人在旅途

陈永昊◎著

邵善泽

浙江人民出版社

图书在版编目（CIP）数据

人在旅途 / 陈永昊著. -- 杭州 ：浙江人民出版社，
2025. 5. -- ISBN 978-7-213-11936-1

Ⅰ. I267

中国国家版本馆CIP数据核字第2025CK3722号

人在旅途

陈永昊　著

出版发行	浙江人民出版社（杭州市环城北路177号　邮编　310006）
	市场部电话:(0571)85061682　85176516
责任编辑	毛江良
责任校对	陈　春
责任印务	程　琳
封面设计	厉　琳
电脑制版	杭州兴邦电子印务有限公司
印　　刷	杭州长命印刷有限公司
开　　本	710毫米×1000毫米　1/16
印　　张	19.75
字　　数	252.3千字
版　　次	2025年5月第1版
印　　次	2025年5月第1次印刷
书　　号	ISBN 978-7-213-11936-1
定　　价	58.00元

如发现印装质量问题,影响阅读,请与市场部联系调换。

目　录

文学之旅　　　　　　　　　　　183

序

自强之路

◇陆文夫

  有缘结识了陈永昊同志，起因是地缘，他在湖州，我在苏州，这两地自古就被吴越文化紧紧地连在一起，现代交通使得两地往来更便利；成因是人缘，两人一见如故，好像早就相识似的。起初我不知道他会写文章，及至见到他的文章，才知道我们之间有着许多相同的经历。虽然我们是两代人，可两代人之间的"代沟"却被一种共同的逆境填平了。我们都是在逆境中理解了人间的纯朴与真诚，同时也看到了势利、油滑与奸佞。其次，我们都喜爱文学，都是在寂寞和追求中跨进了文学的大门。

  刚结束"文化大革命"时，人们有过很多忧虑，其中之一是担心当时的青年如何从那一场大火中走出来，如何抚疗他们自己身上的伤痕；一棵被狂风吹弯、被旋风扭曲的树，如何能挺拔、茁壮地长成。20年后，回过头来看陈永昊同志的文章，可喜地看到他们那一代人真的已在这块土地上扎了根，茁壮地成长，破译了人生。当年到农村去、到边疆去的知识青年除少数人之外，最终并没有在农村、在边疆安家落户，可是他们的人生第一课是在那里上的，他们在那个设施简陋的课堂中开始懂得了世事的艰难和生活的艰辛，他们的魂梦将永远像那村庄上的炊烟，在清晨和傍晚飘向那广袤的土地。

应该感谢那些勤劳纯朴的农民，他们遵循着传统的道德观念，同情、帮助一切受苦受难的人，对那些远离父母的孩子更是多了一份关心。农民们给他们的担子少添些重量，给他们多记点儿工分。当时，一个负责"专政"的民兵连长竟然对一个"可以教育好的子女"说，"你不要灰心……你将来一定不简单"，这对于一个处在逆境中的年轻人来讲，无疑是"拨开云雾见太阳"，从而增强了其奋起的信心。人在逆境中可以奋起，也可以沉沦，决定的因素是信心。信心一旦确立，那生命就像山间的竹笋，能够顶翻巨石，能够在夹缝中求得生存，顽强地聚积着力量，一有机遇便向外延伸。那时候，一部分年轻人还幸运地跨进了高等学校的大门。

如今，这一部分幸运的大学生有不少人在不同岗位上肩负起了重任，他们懂得中国国情，懂得世事的艰难和生活的艰辛，也没有忘记那些曾经哺育过他们的普通老百姓。他们中间有人活跃在文学艺术界，已是中国文坛的中坚，著名的中年作家绝大多数是当年的知青，是先当知青后进大学的本科毕业生，他们的成名之作也大多是写他们自己的知青岁月，写当年的农村。他们都是"偷书"看、偷看书的人，在抄家和焚书的大火中偷出一些书来偷偷看，像普罗米修斯偷火种到了人间，被那文学的光芒照亮了前程，使他们看到了除了斗争之外，人间还有淳朴的友谊和纯洁的爱情，还有仁爱，还有同情，从而唤起他们追求美好人生的希望。

陈永昊也是当年"偷书"看、偷看书的人中的一员，文学从一个更广阔的界面给了他启迪，不仅是"拨开云雾见太阳"，而且太阳的热能使他更加自强不息，终于成了幸运的大学生。他在大学里打下了坚实的基础，熟读文史，钻研文论，在他的"文学之旅"中有许多精辟的论证。爱上文学的人永远做着文学的梦，却不是每个人都可以梦想成真。

陈永昊没有走上专业的文学创作道路，却以他的工作为文学工作者铺平道路。不过，并不能说铺路的和走路的一定会分道扬镳，铺路的在工余之暇、百忙之中，也可以回到自己所铺的路上走走，其收获也许会超过他人。我不希望爱好文学的人都成为专业作家，这倒不是害怕有更多的人来和我竞争。严格地讲，作家是没有"专业"的，他自己要"有业"，"有业"才有生活经历，才有生活可写，因为生活是很难靠"体验"得来的。陈永昊在为别人铺路的时候走走自己铺的路，已有了很好的收成，这本书就是一个例证。

（补记：此文系中国作协原副主席、江苏省作协原主席陆文夫先生生前为《人在旅途》首版写的代序）

"书生部长"

◇王旭烽

陈永昊从湖州带信来，要送我他编著的一本书。我想永昊君当年与我虽不相识，但各自在大学求知，也算是"脚碰脚"的——在同一地平线上。后来永昊君毕业，为人师表，从此成为"陈先生"，便略高一截了。再后来"先生"不做，去做"总编"了，掌《湖州日报》，据说性情是"温而厉"的，彼时我们肯定不在"同一地平线"上了。再后来"总编"交椅也不坐了，成了"陈部长"。我们若要在一个城市，毫无疑问，他是要成为我的顶头上司的。

我知陈永昊在做总编的时候，是编著过不少文学类型的书的——毕竟是毕业于浙师大的高材生嘛，手头可数的，就有《人生哲理》《中国文学史纲》《中国古代文学作品选注》等，有时亦见其散落在各个报刊上的随笔文章，书生意气，说古论今倒也不失文人的潇洒。如今当了湖州市委宣传部部长，原想会到什么山唱什么歌，不料收到的却是厚厚的近40万字的学术专著——以他为主，与余连祥、张传峰合作完成的《中国丝绸文化》。该书勒口上有介绍，评价此书为"海内外第一部系统论述中国丝绸文化的专著。著者运用文化人类学、历史学、考古学、美学、民俗学、未来学等理论，进行多维审视，从广义的文化出发，全方位地探讨、揭示、论述了中国丝绸文化的生成起源、发展过程、对外交流、技术成果、民俗色彩、深层结构、审美情趣、价值变异以及技术的现代化、文化的大碰撞等"。

书是好书，毋庸置疑。尤其近年文化热，文化人拿到这样的书，眼睛是要发亮的，我亦不例外。但陈永昊著书立说，却使我想得更远。

我常思忖，如果我们的干部在担任行政职务的同时，有自己的一份专业所长，有书生本色、济世心肠，晚上下了班，回到书桌，潜心一方土地耕耘，各个创造精神文明，造福人类，这是一件好事！据说，陈永昊即使当了部长，说话有时依旧腼腆，时不时要脸红的。偶见之，依然不改温文尔雅气质，玉面长身，绰约潇洒，朴实诚恳，断无官气。这样一种气质，著这样一种文化书，实在是相得益彰。

故，吾人赠其一雅号，为"书生部长"。

（原载于1996年7月23日《钱江晚报》）

序

◇崔建明

　　收到《人在旅途》的书稿时，海南已进入雨季。每天下午准时降临的秋雨敲打着书房的窗棂，风挟着密密的雨点洗涤着这座南海中间的岛屿，椰树的笔直躯干倔强地傲立着，树叶发出"哗哗"的声响，我望着外面的世界，穿透雨帘，想起了《人在旅途》一书中的许多人和事。

　　念高中的时候，在篮球场上结识了陈永昊，那时他是一名年轻的乡村教师。20多年过去了，我们从球友、朋友变成了情同手足的兄弟。那年，永昊的老父亲在经历痛苦的人生之旅后，身患绝症溘然而去，我看着他脸上的哀恸神情，感受到从未有过的心灵撼动。他的父亲是中国典型的追求思想自由、潜心学问造诣的老一代知识分子，一生向往"浴乎沂，风乎舞雩，咏而归"的精神世界。老人热爱中国传统文化，志趣高雅，学问精深，堂庑甚广，一生布衣粗食，淡泊明志，性格则十分达观，诙谐成趣，舌灿莲花，我至今怀念着与他在一起的快乐日子。我相信，对永昊一生产生深刻影响的也是他深深爱着的父亲。父亲的过早离去，使儿子的心里留下了永远无法实现的心愿和种种遗憾。永昊是大孝子，我看到他在母亲跟前的小心样子，心里常常感动。从他那里我领略了孝的另一种真谛，也对自己的双亲事事优先，不敢有违。《圣经》里说，行善的人是世界的光，是建在山上的城。永昊就是建在我心上的一座城。

1988年，我独身一人闯荡天涯，与永昊见面的次数屈指可数，真有"浮云一别后，流水十年间。欢笑情如旧，萧疏鬓已斑"的沧桑之感。记得1993年的秋天，永昊来海口开会，天涯相见分外欢喜，我很想陪他到处走走，多说说话，可是他依从会议安排，跟随集体活动四天之后，坐上飞机就走了。事后，我有些难过，可细细一想，该说的话都说了，要办的事也办了，他不想客套，这样做是对我好。小事一桩，受益匪浅，我记住了其中的事理。回过头来想一想，这么多年，我们两人之间全是平平淡淡、琐琐碎碎的小事，彼此的心却很近。孔子极赞赏"居处恭，执事敬，与人忠"这样的人，我觉得永昊就是。

当前，有不少生活在江南平原的人由于生活节奏快，生活压力大，导致内心浮动着把握不住的慌张，关注的往往是眼前的利益。这与生活在海边的人不一样，生活在海边的人对外部的一切始终存在好奇，开放和交流对于他们来说是天经地义的事情。我常常惊异于在江南平原的环境里，永昊居然宽容地留下了我这样一个旅居天涯十年的朋友。在那个水乡小城，人们专注于自己的生活，一个背井离乡之人的生存状态不会引起他们的兴趣。有意思的是，我们之间来来往往这么多年，竟然没有一点异样的感觉，只是人到中年，心事多了几分，低头思量从前，"相识满天下，知心能几人"的古语回荡心间，人生得一知己足矣。

海南的雨季总是别样俏丽，这里没有蒙蒙的雨丝，落下来的全是清亮透彻的雨珠。在这样的椰风雨韵中，捧读永昊的随笔是一种风景中的怡然之趣。

我在海南操持一张不怎么引人注目的报纸，陆陆续续向永昊约了一些稿，经常读到令我钦慕的文字。《想起了故乡》《翠君》《我的启蒙老师》等美文还未送版印刷，编辑部的一伙兄弟就已经在传阅了。就手中的《人在旅途》一书来讲，我可能更偏爱"文学之旅"专辑中对于古典文学的阐释。这不是闭门造车的子虚乌有，也不是无病呻吟的风花雪月，它体现了一个学者的见识、造诣和修养。我阅读这些文字的时候，心里觉得很开窍，这很不容易，因为我已经不是一个年轻人。《人在旅途》付梓之际，永昊请我写序，这是对我们友情的一种纪念。虽然，我给朋友写过不少序，眼前这一篇却让我颇费周章，因为我想说的太多，又不知从何说起，思来想去，干脆实话实说吧，于是就有了上面这些拉拉杂杂的文字，有些啰唆，但全是真话，或许对读这本书的人有点小小的帮助。

窗外的雨依旧不停，我的思绪飞回了江南，想起与永昊老哥一起度过的日子，觉得自己的心又年轻起来。再过一些年，我们都将老去，牵着孙子的小手，提着细细的鱼竿，找一个有鱼的河塘，悄悄坐下来，相视一笑，甩出钓钩，在鱼儿激起的涟漪里，重温往昔的美好时光。当然，身后的两个小孙子正在翻阅一本名为《人在旅途》的书。

此情此景，真是棒极了。

是为序。

1997年10月于海南岛

（补记：此文为《人在旅途》首版序言）

自　序

　　我爱旅游，也喜欢把人生比作旅游，因为生命短暂，就应该像旅游一样，多看一些景点、多有一些体验总是好的。在旅游时，遇见阳光明媚会欣喜，遇到风雨交加也感惬意；遇见绿洲碧浪会雀跃，遇见荒漠戈壁也觉兴奋。因为看到了更多的景象，体验了更丰富的人生。试想，有一种行走在四海八荒天地间不断领略未知的冲动该多好！

　　那年去西藏，喜马拉雅山的雄伟、雅鲁藏布江的清澈让人欢喜；在青藏公路上突遭冰雹袭击，在赴藏北那曲时被暴涨的河水挡在途中八个小时，我也仍欣欣然说：哦，这才是真实的西藏！攀爬和礼敬高耸雄伟的布达拉宫是一种高级享受，因缺氧而气急头疼也是一种必不可少的体验。哦，这才是完整的西藏！人生何尝不是如此呢？老天不仅会赐我风和日丽，也会不时赐我冷风阴雨；鲜花和赞美是一种恩赐和考验，荒漠和坎坷也是一种恩赐和考验，人生本来就应该如此呀！——好心态、好心境，无论何时都是人生应该参透的一本"心经"！别人帮不了你，靠的还是你自己！

　　我很欣赏诗人汪国真的一句话："人生是跋涉，也是旅行；是等待，也是相逢；是探险，也是寻宝；是眼泪，也是歌声。"

　　当然，人生同旅游比只有一点区别，那就是旅游可以买返程票走回头路，而人生不可以！但我从不后悔人生过往的旅途，因为后悔没有用！我只珍视当下，努力走好明天。这就是我为自己这本文集取名"人在旅途"的原因。

现在的增订版既增加了我后来写的一些随笔散文，也对原来文章的一些文字包括标题作了修订，还增加了一辑集中收入为友人书稿所作的序，名为"书情之旅"，因为它们是对朋友和朋友著作的感情性的产物。

如父如师的陆文夫先生已离他所热爱的世界而去，为纪念先生，增订版仍用其原序。在文学耕地里收获茅盾文学奖后仍不断有大作问世的王旭烽答应为我的新书写序，重读26年前我们初识之时她为我画像的趣文《"书生部长"》，很受用她的调侃。后来我们成了好友，现在又同在茶文化的研究和推广上拼力，为感念初识，也为现在的同行，征得她同意后也将此文代作序用。崔建明是我在旅途上结伴同行时间最长的一位挚友，也仍留其序以示珍视。当年的书名是时任人民日报社社长的邵华泽先生为我题写的，感恩之心不变，书名题字亦不变。

人生已暮，旅途未尽，在夕阳照耀下仍很美好，仍可慢行赏景。

2025年3月2日于湖州

生／命／之／旅

藤　思

我曾在一篇文章里议过藤的攀附，厌恶而不屑一顾。可是有一天，我却发现了自己的片面。

今年清明后的第二天，我登杭州灵隐飞来峰。下山时经过一段狭陡的石阶，左依山，右悬空。幸喜比肩一粗藤顺阶斜下，成为我的扶手，掌上虽仍有荡悠悠的感觉，但心里很踏实。至平缓处，回首伫望，只见长藤牵树，树牵长藤，两相依，情重重，令人怦然心动。不知是助人多了，还是被人摩挲多了，那藤黑亮黑亮，憨厚谦恭，静谧地悬在那儿。刹那间，一种亲敬之意，油然而生。

我这才歉疚地想到，藤原来也是不一样的：有攀附高树而上却又缠死高树的藤，也有牵拉悬崖间斜出的绿树不使之颓倒的藤；有绊倒行人走马的藤，也有供人攀缘石壁飞越山谷的藤；有味美却含毒的藤，也有辛苦而能入药的藤……这正如看人，在坎坷时遇几恶人、坏人、小人，切莫就悲观看人，大叹人心之不古，世风之日下。心暗了，做人做事便难放光辉。想想当年的鲁迅先生，即使生活在"铁罐"中，"横立"着战斗，甚至被自称"学生"者背叛，却总不肯灰心，并在尚处于弱小和困难的中国共产党人身上看到了希望，于是昂扬坚定地为争取未来勇掷投枪和匕首。这正是因为他未被一叶障目而不见泰山！

我曾读过一个故事，一个令作者感动也令我感动的故事。一位作家在异国小镇上采风，他的感觉和别人曾告诉他的一样——那镇上的人一律懒得发腻。他搜集了好多例证，准备回住处大书特书。这时，他路过一处园圃，园中一执短锄的老人竟坐着轮椅慵懒地锄草。"又一典型！"作家的神经再一次被刺痛，他恨不得一步跨回寓中，记下这一切。他走过去，下意识地回首一望，结果这一望成为他永生铭记的一瞬：老人的另一面空空荡荡的，没有臂，也没有腿！顿时，一股强力震撼了作家的心灵。他深深感激苍天给了他这回首一望，不仅纠正了他对小镇人们的偏见，还几乎整个地更新了他认识世界的方法。

收拢思绪，我又仰视那高悬于飞来峰的藤。呵，你这充满灵气的藤哟，我该对你说些什么？感激，还是……

（原载于1996年9月7日《人民日报·大地副刊·文化广场》。后入选《九年制义务教育课本 语文（试用本） 九年级第二学期》，上海教育出版社2000年第二版；谢亚飞主编，《高等学校文科教材：写作》，华东师范大学出版社2013年第四版、2025年第五版）

此缘长忆

年轻时不大信缘、识缘，年纪大起来，不但信缘，而且越来越惜缘。陆文夫先生和我就很有缘。先生曾写道，我们有缘结识，起因是地缘，苏湖古今都连得很紧；成因是人缘，"虽然我们是两代人，可两代人之间的'代沟'却被一种共同的逆境填平了，我们都是在逆境中理解了人间的纯朴与真诚，同时也看到了势利、油滑与奸佞。其次，我们都喜爱文学，都是在寂寞和追求中跨进了文学的大门"。为此，我常怀感恩之心：上苍竟将与先生这样深厚的情缘赐予我。可是，我没想到先生走得是那样匆忙——

去年7月的一天，我正在新疆喀什地区考察。大约上午10点光景，我与同伴正在爬一个荒凉的土坡，突然接到一位朋友的电话，说陆文夫先生逝世了！

噩耗来得猝不及防。我惊呆了，虽然早知道他一直在病中。我真想插翅飞回他身边，再看一眼他慈爱的面容，再握一次他温暖的手。可是，已经迟了，因为先生已经永远离开这个他所深爱，却也带给过他不少磨难的世界了。

一个人，一个嗜书如命的人熬过了"文化大革命"的荒漠（荆棘却不少），终于步入大学的殿堂，真的像饥饿的人扑在面包上。在众多可口的面包中，就有先生精心制作的美味——不是甜腻的那种，而是常常带一点苦、一点涩、一点辣，却极富营养。他的充满睿智和深刻的作品、他的对生活既热爱又不满的作品，就像我家乡山间的竹笋，虽埋在瘦土中，却久蓄力量，一旦顶开重压，破土而出，便极具生命力和冲击力。我想，他一定是那种虽然经历过冬天，但心一直生活在春天的人。

然而见先生面握他手时，已经是1996年5月。那时我在湖州工作，《南太湖》杂志举办一场专为文学青年颁奖的活动。原本这类会我是可参加可不参加的，没想到这一参加，便成为我永生的幸事——先生也来了。轮到先生讲话时，他轻缓平和地与极希望成为作家的青年男女们谈社会、谈众生、谈情感，却很少谈文学、谈自己。面对一道道渴望的眼神，先生的目光也更加闪亮、慈祥。

午饭时自然少不了酒，而且上的是浙地特产的醇厚的绍兴黄酒。那天两人都喝得满脸通红，以致在今天在那张留下的头碰头的半醉的照片中，似乎依然闻得出酒香。先生说我们"两人一见如故，好像早就相识似的"。我们絮絮叨叨地互相倾诉着虽然不同代却极其相似的肉身与精神的履历。他，使我想起了已逝的父亲（两人竟长得很像），也想起一句话：有些人朝夕相处却如同陌路，有的人一次见面便成终身知己。

后来，在几位朋友的再三鼓励下，并由其中一位说动出版社不用我出一分钱，我才壮胆答应将前几年中在各类报刊上零星发表的勉强可称为散文随笔的东西搜集起来，准备出版，并取名为《人在旅途》。接着，我自然地又想起先生，便又壮胆前往苏州恳请先生写序。我知道这在先生是难事，因为我的这些文章如孩子习作般稚气，先生的时间又如金子般宝贵。不料先生略一沉吟后淡淡地说，先看看再说吧。结果两个星期后，先生就将序用特快专递寄来了。我感激且感动，我知道先生是极少为人写序的，也知道并非因为我的文章好，而是先生对爱好文学的非文学工作者的一种极大的鼓励，是对同共和国一起走路的人的爱惜。

捧着先生写的序，想起当时师母在旁边悄悄对我说"老头子不大肯给人写序呢"，我不禁热泪盈眶，虽然已经到了很难有泪的年龄。我一遍遍默读着近两千字的序，直到几乎能背诵为止。更令我感动的是，从序中可以看出先生是细看了我的文章的，有诚恳的鼓励和心灵的呼应，更多的则是超越情缘的对经历过社会巨变的我们这一代人深切的关怀和殷切的期望。另有一点我记忆犹新，就是他建议我从中抽掉一篇文章、删掉一句话，因为里面提到了两位名人，而先生偏偏是个爱憎分明的人。在与先生交往中，我注意到先生对人品一直是看得很重的。我知道，先生口碑之好在作家圈中是公认的，还有很多人也都爱戴他，因为他是言行一致的贤者。

此后，我总是一年中去向他请教一次，每次去总遇见他咳嗽，有时消瘦的脸上泛起红晕，这时候便刺得我心痛，劝先生抓紧寻医问药或到南方休养。但他依然很乐观，于生活和生命充满信心，我和同去看他的朋友也就稍稍放宽了心。再后来，我奉调进省城工作，新地方、新岗位、新工作，正如下乡时农民说的，"换一样生活（工作），换一副骨头"。忙起来后，我看望先生的次数便少了，但还是常在夜晚想起他，也不断地向朋友问起他的近况。可不知为什么，有两件事是先生离世后我才知道的：一是他在世时竟痛失了心爱的长女，这件事对他的打击一定甚于病痛；二是他在发给一位朋友的电子邮件中说希望我最好不要去某单位工作，因为他了解那里的复杂情形。这便是先生，尽管自己有病痛有不幸，却仍然关心着他人。

今年元旦过后第二天，我和老友张建智一起去看师母。师母泪流满面地追忆着先生，墙上照片里的先生用炯炯的目光慈祥地看着我。向师母告辞时，我拿出一张与先生的合影留给师母，耳边似乎又清晰地响起他说过的话，眼前又出现他写下的那些文字，它们一起永远铭刻在我的心上了。

我想，文夫先生会永远活着，而且不仅仅在我心里……

（原载于2006年3月6日《浙江日报·钱塘江副刊》，后收入《永远的陆文夫》，上海远东出版社2006年版）

1978：我的高考

1978！

这是我永远铭刻于心的数字！

从1968年上山下乡当知青，相隔整整十年，国家又允许我们这样的已经拖儿带女的父亲或母亲参加高考了。真的，那些年我连这样的梦都从来没有做过。

当时我在地铺①公社中学教高中一个毕业班的语文课，还兼任班主任。不管考得上考不上，人生难逢一次高考，味道总是要去尝尝的！我带着几分兴奋报考了，回到家父亲却淡淡地问："你已经教书了，挺好的，还要去考吗？"我没有回答，心里明白父亲是因为在"文化大革命"中被打倒，虽然1973年时初步给予平反（所以我才能当人民教师，虽然是民办的），但还留了一条"尾巴"（彻底平反是在1978年年底党的十一届三中全会召开以后）。那年头"政审"依然很严，他是怕我考试通过了，"政审"却通不过，心里再有创伤。

考试时间一天天临近了，但我一天假也没请，因为我的学生们也都在紧张地准备高考，我不能弃他们于不顾！连我的准考证也是别人帮我

---

① 后恢复南宋时就有的旧称"递铺"。

代领的，拿到手后看了几眼，知道我将在安吉县第九考场应试。

考试那天终于来临。"文化大革命"结束后刚恢复高考，各级领导都很重视，地铺公社学区校长夏相民、中学校长潘洪流等老师都来到考场地铺小学，县教育局局长等干部也都到场。我是骑自行车来的，与同事们、学生们会合后正在那里谈笑风生时，铃声响了，我赶紧去寻找第九考场，可是地铺小学只有五个考场。我急忙一问，才知道第九考场设在几十里外的梅溪小学。我急得快哭出来："明明我是地铺公社中学的人，为什么会被分到梅溪？"教育局局长当机立断，一边叫人马上打电话通知梅溪小学考场，一边吩咐旁边一位王姓干部，让他带我到汽车站买票乘车过去。我跟夏校长借了十元钱，把自行车往旁边的老师手里一推，就急忙跟着王同志一路小跑地离开地铺小学。

到了汽车站，哪里还有马上可乘的班车！多亏王同志急中生智，说我们到公路上去拦煤车（那时路上常有从康山煤矿拉煤送到梅溪电厂的煤车经过）。真是万幸，我们很快拦到了一辆煤车，王同志说明缘由，拜托司机把我送到梅溪小学。

就这样，我搭乘的高考"末班"车是一辆去发光发电的煤车。

车到梅溪小学，校门口已经有老师等在那里，急忙把我带进考场，已经迟到一个小时零五分钟了。第一门考政治，答过的题目现在全都忘了，没忘的却是那道一个字也来不及写的讲实事求是思想路线的题目。那道题有整整20分，占整张卷子分数的五分之一呀！

下午要考数学，我中午赶紧找百货公司买圆规、三角尺，至今都想不起那天午饭到底吃没吃。晚上找到一家旅社，记得是三元钱一晚，我连换洗衣服都没带。好在是炎夏，把自己剥光了连同衣服一起洗完，衣服一晾，到早上不管半干半湿，穿上就走。就这样，一口气考了三天整。直到最后一个下午考外语，我才明白，是自己太马虎没有事前问清楚而错怪了教育局。原来多数考生报考的是英语，全县几千考生只有35

个人报考俄语，所以才集中编在
最后一个考场，放在了梅溪。

我人生的第一次高考终于揭
榜，听说贴在教育局大门边的墙
上。我闻讯赶去，看到自己名列
第二，365.5分！语文、数学、
政治、地理、历史五门课总分
500分（那年外语仅作参考，不
计入总分），365.5分算是高分
了。接着是填志愿，说来惭愧，
自己还是个老师，可怎么填高考
志愿，我全然不懂。依仗分数不
错，我第一志愿填了北京大学，
最后一个志愿填的是广东的中山
大学。

可是，等到快开学了，我的
学生、比我分数低的考生纷纷拿到入学通知书了，我才真的急了，这才
想到父亲担心的事情终于发生了！我不管三七二十一，花了一整夜，奋
笔疾书，把自己的委屈和不平写成一封长信，第二天投出去，投给当年
因刊登《实践是检验真理的唯一标准》文章而引起全国开展真理标准大
讨论的《光明日报》。不知是否是这封信的缘故，很迟，我终于收到了
一份录取通知书，通知我被浙江师范学院湖州分校录取。父亲安慰我
说："挺好，浙江师范学院，读书在湖州，离家近。"我拿着录取通知
书，五味杂陈，有点委屈，但更多的是欣喜庆幸，十年前中断的大学
梦，猝不及防地实现了！

一直到后来我才懂得，恢复高考，对于当时国家和民族的发展来

说，如同久旱大地上的一场及时雨，厥功至伟，意义非凡！我的一人之幸，如果失去国家之幸的大背景，何其渺小，何值一提！当我看到电视文献片《邓小平》时又一次为之震撼，邓小平为恢复高考制度所表现出的决心和胆魄，令人感动至深。里面有一个故事让我热泪盈眶：云南一位考生那时也考出了高分，填写的第一志愿也是北京大学，也是因为"政审"而落榜。他愤而上书中央，在中央领导的亲自过问下，后来被云南昭通师专录取。在那个年代，要建设现代化，基础一在教育，二在科技，恢复高考，正是通过教育为科技发展、为现代化建设奠定人才基础。

转眼40年过去了，1978年后的中国发生了天翻地覆的变化。而我永远感激拨乱反正、改革开放起航的1978年，感激成全我第一次高考的安吉县教育局的领导和那位王同志，感激那位连名字也没留下却把我生命燃亮的煤车司机！

（原载于2018年8月5日《浙江日报·钱塘江副刊》，后收入《风雨后的阳光》，浙江人民出版社2019年版）

我的启蒙老师

我的启蒙老师只教过我一个学期，但他却永远熔铸在我的生命里。

他留在我记忆深处的事情并不多，但留下来的，对于我来说，都是金子。

上小学的第一天，父亲是让别的孩子把我带到学校去的，而当我找不到自己的班级时才知道，他连事先替我报名的事都没做。

操场上已经空旷无人。我只好抱着侥幸心理，壮着胆子，循着一年级教室门上的班级序号一个个找进去，但又一个个走出来，因为里面的老师都说名册上没有我的名字。在我绝望时，一位老师告诉我，在高年级的院子里，还有一个一年级的班级，可以去问问。我找到那间教室，敲门进去，走到正在对学生讲话的老师面前。

那位男老师很年轻，瘦瘦黑黑的脸，亮亮的眼睛。他弯下腰，和蔼地问我叫什么名字。我说了。他翻开点名册，从头到尾查看一遍，说没有我的名字。我带着哭音告诉老师，我已经走遍了一年级所有的教室，我想上学。他略一沉吟，又问我会写自己的名字吗，我肯定地回答"会"。他递过笔来（当时的我觉得那笔好沉），我便一笔一画地在点名册的最后一栏里写下了我的名字。老师高兴地拍拍我的头，说："好，我收下你，都是国家的孩子嘛！"

从此，我便牢牢记住了他的名字——孙玉锦。

小时候我挺顽皮，经常给老师惹上点小麻烦。每当我有了什么错处，批评过后，他总是写一封便信，让我交给父亲——没有信封，只是把信折起来。他从来没问过我是否真的把信交给了父亲，但我还是老老实实地把每一封信都交到了父亲手里。父亲看过后并不打我，只是把它们都贴在我睡的炕梢墙上，让我晨起晚睡都看得到。

还有一件事，在许多人看来也许微不足道，而我却刻骨铭心。

一次，我生病，请假一个星期，但在家仍坚持抄写生字和阿拉伯数字。上学后，孙老师看到我的作业本，高兴极了，把我的本子翻开来，擎在手上，在教室里一排一排地走过去，展示给同学们看，表扬我写得认真整齐，让大家向我学习。当时我幼小的心灵顿时感到一种电击般的震撼……

长大成人后，我知道了什么叫与人为善。人活在世上该讲"诚"行"信"，该认真做事，追求上进，这些，追根溯源，无不与孙老师的"启蒙"有关。

然而，就是这样一位好老师却被戴上了一顶可怕的帽子——"右派"。

记得那一年的寒假特别长，因为老师们要参加"运动"。"运动"的结果是我在校园里再也找不到孙老师的身影了。同学们悄悄在传：孙老师是"右派"！

大连市少先队优秀辅导员孙

老师是"右派"？和蔼可亲的孙老师是"坏人"？这一切怎么能和年轻善良的孙老师连在一起？我对连环画、电影里的坏人个个切齿痛恨，可是现实生活里像孙老师这样的"坏人"却使我迷惑不解了。

大约是在读小学三年级的时候，我在街上又碰到了他。他更黑更瘦了（听说他在农场劳动）。我喊他"孙老师"，向他鞠躬。他的眼睛依旧很亮，泪闪闪的，嘴唇颤动着，用手拍拍我的头，却终于没说话。从此，我再也没有见过他。

孙老师，您现在在哪里？

（原载于1993年9月17日《大连日报·人世间》）

补记：大约十年前，我中学时的体育老师打电话告诉我，说找到孙老师了，他在沈阳生活，但手边没有他的电话号码。我非常高兴，说回东北时一定要去看望他。但第二年，体育老师告诉我，孙老师去世了。我沉默许久，眼里心里都是酸楚。

那些年，那些老师

一个人，在不同的年代总会崇拜一些不同的人。人生的启蒙往往是从小学开始的，那时距离最近又最仰视的人莫过于教自己的老师，特别是班主任。昨晚我梦见了小学四年级时的班主任曲直老师，早上起来靠在床上，一时间从小学一年级到六年级的几位班主任如放电影似的一位位出现在脑海，强烈的冲动驱使我把那个特别年代里那些老师和我的故事写下来。

1956年9月，我上小学了，学校是普兰店镇①中心小学，一直到六年级毕业。

我上学时的第一位班主任是位年轻的男老师，叫孙玉锦。关于他，1993年9月，《大连日报》刊登过我写的《我的启蒙老师》，我详细写了他如何收下我进他的班级，他的批评和表扬如何给我教益，其中最感到痛心的就是这样一位大连市优秀少先队辅导员成了再也不能教书的"右派"。我很希望孙老师能看到这篇文章，或者有老师、同学能通过这篇文章帮助我找到孙老师。结果当时没有人能告诉我孙老师在哪里，倒是一位在大连工作的小学女同学南秋冬看到了这篇文章，通过大连日报社

---

① 普兰店镇当时属大连市新金县，后改为普兰店市，现属大连市金普新区。

联系到了我。一直到十多年后，我中学时的一位体育老师从大连打电话到杭州，告诉我打听到孙老师了，现在住在沈阳。我高兴极了，说有机会再到东北，一定要去看望他。第二年，还是那位老师打电话告诉我，孙老师去世了。放下电话，我沉默好久。我想，孙老师在他最宝贵的年华突然失去了为社会贡献才华、实现人生价值的机会，一定留下了无尽的遗憾，而我的遗憾则是没能见到暮年的我的启蒙老师，给他些许安慰。

孙老师之后，班主任换了梁老师。梁老师年轻、活泼，圆圆的脸上总是露出甜甜的笑容，我们都很喜欢她。她让我记忆深刻的是一起"非常事件"。那是一次课间的时候，我们几个男生比赛谁弹弓射得准，竟傻乎乎地把目标定为教室前面墙上领袖像下的一朵红色纸花。正一一"表现"的时候，梁老师走进了教室，满脸涨红，大声呵斥我们。我们从来没有见过她如此愤怒、惊恐，都吓得不敢作声。备感窒息的片刻寂静之后，梁老师把我们几个拖出教室，来到院子的一角，厉声批评我们不懂事，说，万一射到像上怎么得了？你们怎么办？你们的爸爸妈妈怎么办？我们这时才感到事情的严重和后怕。不过，之后梁老师没在班里提起此事，也没向家长告状，我们从此再没干过这样的傻事，对于我来说，这甚至成了我一生中的一大教训、一大警戒。

三年级时，又换了一位姓于的女老师做班主任。听说于老师是从农村学校调过来的，证据是雨天时于老师会将裤脚卷到膝盖，光着脚走进学校。但这并不妨碍我喜欢她，因为她总是亲切地对待我们，而且光着脚照样能把脚踏风琴弹得很好听。多年以后，我感到最对不起她的是一件事。我读小学时始终难改的缺点是《品行鉴定》中每学期都有的几个字——上课爱说话，爱做小动作。有一次下课后于老师把我带出教室，弯下腰侧着头贴近我说话，要求我今后改掉这些小毛病。回到教室后，就听到几个男同学在起哄："于老师跟他亲嘴了！"我大声辩白，并冲过去跟他们扭打起来。从此，为证明我的"清白"，每逢于老师上课，我便故意捣乱，偏要做做小动作、和同桌说话，最夸张的一次是用红领巾把自己的双手捆在背后给她看。于老师这次是真生气了，把我带到办公室，问我，知道红领巾象征着什么吗？能这样对待"先烈鲜血染成的红旗的一角"吗？我无言，知道自己真的错了，不仅愧对先烈和红旗，也愧对我心里敬爱着表面却抗拒着的于老师。当然，后面这句话我当时是无论如何也说不出口的，可惜于老师可能永远听不到我的心声了！

上三年级时是1958年，在我幼小心灵上打下深深烙印的有两件事。一件是吃食堂，开始的几天放开肚子随便吃，四五天后就限量了，到后来就清汤寡水了。一天中午，父母上班不回家，由我这个做老大的带弟弟妹妹共四个孩子用饭票到食堂打饭，我盛来了一盆西红柿面疙瘩汤，捞了又捞，捞出半小碗面疙瘩给最小的弟弟吃，剩下的三人就只有西红柿汤喝了。最小的弟弟还不懂事，妹妹和大弟弟都是有泪无声地喝着汤，那场景我永生难忘！第二件是"大跃进"时期的"大炼钢铁"。我们学校背靠南山，山坡上建造了四五座"高炉"和两个很大的方形柏油池子，说是用来炼钢铁的，却从来没看见"高炉"冒过烟。我们也停课，跟着于老师到农村的一条河里淘铁砂。正值寒

冬，我们要凿开冰层，用水瓢像淘米一样去淘沙，淘出的黑色细砂就是铁砂了，运回学校最后堆成了小山似的砂堆，但砂堆好像再也没运出去，更别说用来炼钢炼铁了。而我的收获就是双手生冻疮并溃烂了好久，到现在还留下浅浅的疤痕。

四年级时我们又换了班主任——个子小小、脸黑黑的中年女老师。第一次见面她十分严肃地自我介绍说："我原名叫曲金花，现在叫曲直。"接着用粉笔在黑板上重重、粗粗地写下了"曲直"两个大字，然后用威严的目光扫视了全班一遍。因为同前面几位班主任的和蔼可亲反差挺大的，我便有点怕她。她当班主任给我留下最深的印象是"爱恨交加"各一件事。

第一件和"大炼钢铁"扯得上一点关系。一天上午课间时，我和同学石明友互相追逐嬉闹着跑出学校很远，累得满头大汗，就坐在一阴凉处没回去上课。午饭前我俩才回到教室，马上有同学去报告老师，曲老师还没回家吃饭，走进教室当众把我俩痛批一顿。这时我俩才知道，为了寻找我们，上午班里的课都停了，曲老师带着同学们四处寻找我们，其中就包括废弃的"高炉"和旁边的柏油池子。曲老师和同学们钻进"高炉"看，用棍棒在柏油池子里面搅，担心我们爬"高炉"摔下来或者失足跌进柏油池子。那次曲老师骂得很凶，但我非但一点不恨她，还心存感激，从此知道了学生不当回事的"事儿"，老师却会放在心上，十分担心。

另一件事是一次午饭后在回校的路上看一本借来的"小人书"——连环画《三国演义之赤壁大战》，等走进教室时曲老师已经在讲课了。曲老师问我为什么迟到，我扯谎说午饭吃得晚了。曲老师一眼看到我衣袋里露出一截的"小人书"（那时的衣服简单，只有两只浅浅的口袋，也没有盖），一把扯出来，一边说"迟到还扯谎"，一边把书撕扯开来。我一边心疼一边还在暗想，扯开的书还是可以再装订起来的。没想到下面的同学和我想到一起了，坏就坏在他们竟嚷出来，而且被曲老师听明白了，于是气上加气，又开始横撕开来。这下子我"哇"的一声大哭起来，叫喊道："这是我借来的呀！"曲老师一怔，说了一句"今后你长记性了吧"就让我回座位了。为这件事，我恨了曲老师很长时间，直到我当老师后才理解"撕书事件"。但我无论在中学还是在大学当老师，即使再生气，也从来没有对学生进行撕书或摔东西一类的惩罚。

现在回忆起来，最不幸的是读小学五年级的时候，这一年是生活上最缺衣少食、上学又最不开心的一年。一开学，学校就在各班中抽调学生组成了一个新的班级，我不幸就在其中，被迫与四年来朝夕相处的要好同学分离。那时听说要调一批农村的贫下中农进城当老师，我们新班的班主任是姓关的中年老师，还配了一位年轻的副班主任（姓什么忘记了），都是从农村新来的。同学们不服管，凡是这两位老师在，课堂总是乱成一团，其中一大奇景就是学生跑来跑去、老师追来追去。我则从众，但属于"闷吵"型的，一个"杰作"就是把铁钉钉在课桌上，再并排绷上几根细铜丝，当作弹拨乐器跟着起哄。就是在五年级，我的语文和算术两门主课，不能再保持"双百"的纪录了，即便如此，我的学习成绩还是全班第一，于是期末评"三好学生"，我仍然在班里得票最高。可是班主任宣布，因为我家庭成分不好，不能当"三好学生"，为此，我伏在桌子上哭了好久。

大概是因为管不好课堂纪律，加上全班学习成绩直线下降，后来两位老师就不见了，是调离还是辞职不得而知。有一次，我在路上迎面看见关老师正坐在一辆马车车辕上，手执鞭子，成了"车老板"。他好像没有看见我，我也不好意思前去相认，但我一点没有幸灾乐祸的感觉，反而觉得心里沉沉的，有点难过。

上六年级的第一天，学校宣布我们班又分拆了，从哪个班来的回哪个班去。回到原来的班里，班主任组织全班同学鼓掌欢迎我们几个同学回归。我当时一下子泪流满面，好像委屈已久的孩子突然受到关爱。那位和我妈妈差不多大的女班主任注意到了我，走过来笑着拍拍我的头。后来有同学告诉我，她姓曾，刚从北京调过来，所以能说一口非常好听的普通话。

我是1962年小学毕业的。那一年，"三年困难时期"过去了，家里的生活状况也明显好起来，至少能吃饱饭了。我的心情和学习成绩在同步提高，到毕业前评"三好学生"时，因为学校又在抓教学质量了，所以班里只评上两位同学——我，还有前面提到过的南秋冬。说起来很奇怪，小学最后一位班主任曾老师，虽然没有什么特别让我记住的事情，但我对她一直心存感激。不知是因为她欢迎我归来时那亲切的笑容，还是因为那张经历酸楚后失而复得的"三好学生"奖状？说不清道不明，但的确如此，到现在我连她的音容笑貌都还记得很清楚。

那么多年过去了，今天我突然想，小学、小学生、小学老师，可是于人、于人生、于社会，果真小吗？

（原载于《浙江散文》2020年第2期）

翠　君

从小学到高中，我都在北方上学。离开那些同学几十年，记住的少，忘却的多。我记住的多是亲密的伙伴和当时算得上出色的人物，似乎只有一人是例外，她的名字叫翠君。

翠君是我上高中时的同学。在女同学中，她是极普通的，不是能歌善舞的文艺骨干，不是漂亮婀娜的班花校花，也不是学业突出的才女。她是那种极朴实的人，朴实得容易使大家忽略她的存在。如果不是后来发生的事，我也一定会像忘掉不少女同学那样忘掉她的。

"文化大革命"爆发后，我也走上街头，成为戴红臂章的"革命小将"，热血沸腾，豪情满怀。然而没过几天，血连同脑袋都不得不一起冷下来。因为"革命"革到老子头上，儿子自然降为"混蛋"，再难充什么"英雄"了。

于是突然间，我被形形色色的——冰冷的、躲避的、幸灾乐祸的，也有怜悯的眼光围挤。生活逼得我承认"环境造人"的哲学是条真理，我从此变得孤傲，不再仅仅知道"俯首"，也学会了"横眉"，别人用什么眼光看我，我便用同样的眼光回敬。让我意外的是，对视中先低下头或转过身去的并不是我而总是对方，直到那一天。

那一天，我颓坐在教室里，除横七竖八的课桌椅外，再无二人。过了好久，进来一批"战斗队"。有人见我在，话就变着调儿带着刺儿射过来。（我不想提他的名字，因为那是时代的因素。17年后我们重逢时还是很亲热地彼此握手、拍肩膀、说友好的话，再过几年传来坏消息，说他已经不幸病逝了。）

我扭转头，专心致志地看窗外风里摇动的树叶，不去理睬教室里的噪声。

忽然，我隐约感到有人站在我身边，回头一看，竟是她。她用明亮的大眼睛看着我，柔和得像冬日里的阳光，又轻轻叫了一声我的名字，像一阵春风拨响树叶一样清晰动听。这次是我先低下不算高贵却也不肯屈服的头，心在暖暖地咚咚地跳。

从那以后，我便常常在人丛中找寻她的脸。我发现，她属于那种美丽被朴实掩藏，初看平常却越看越动人的女孩：双眼皮，眼梢微微向上吊着，长长的两道眉不粗不细、不浓不淡，挺直的鼻梁和不厚不薄的嘴唇是那样和谐无比。她也常常越过密匝匝的肩膀，远远向我送来微笑。

接着是上山下乡。我们被分配到同一个大队相邻的两个生产队。北方的村庄相隔挺远，到她那个知青点有三四里路，还要蹚过一条小河。她和同一知青点上的人一起来过我们这儿一次，我与她没法单独说什么话，只在一片寒暄中趁空对视几秒钟，然后

各自解读对方眼神中的信息。我们也去看过他们一次，临别，他们一直送到小河边，我和她总算有一次并肩的机会。她像在教室里那次一样叫了我的名字，又轻柔地说了一句："你常来看我，好吗？"我嘴巴蠕动着，眼中已盈满泪水。直到今天我也记不清，当时我到底说了点什么还是根本什么也没说。

我下乡不到一年，全家准备南迁。受父母之命，我先行一步，要去落实许多迁家落户的麻烦事。离村那天，我犹豫过，也只片刻，就颇具英雄气地决定——不同她告别，不能让她再牵挂一个注定要在田泥中埋没青春的人了。

从此，我们再没有通信，也没有见面，我却忘不掉她和她美丽的名字。这是我第一次尝到青年男女间那种相依相恋的滋味，即使是那样匆匆、那样朦胧，而且最终分离，但在精神上永难割舍。

翠君，如果你看到这篇文章，会笑我吗？既无什么召唤，也无什么承诺，似乎什么也没有。然而，你在我心田干冷欲裂时赐予我的温雨，实实在在地滋润了我的生命，拓展了我的胸怀，它非但没有随岁月流逝而淡去，反而愈来愈浓，愈来愈刻骨铭心！

后来，同学写信告诉我，她嫁给了一位农民，是我们下乡女同学中嫁得最早的一个。我曾经自责过，这样不回头地走，会不会伤害一个善良的女子的心呢？后来我在南方也娶了一位朴实的农家女子做妻，难道冥冥之中真的存在某些非理性非逻辑说不清道不明的联系吗？

17年后，我有机会回到青少年时代生活过的城市。同学们聚在一起，感慨万千。大家合了一张影，又推我在照片上题点什么。刹那间，脑袋里竟一片空白，那些熟记的唐诗宋词、名句格言，一时都不知逃到哪里去了。慌乱间竟写了一句极平淡的话："此间多少事1968—1985。"终于，我假装不经意地问起她，大家一下子沉默了。稍后，一位女同学幽幽地说道："她现在还在农村，当幼儿教师，知青大批进城时，她把机会让给了丈夫……"

我也黯然，无话可再说。

生活常这样，许多不平凡的事，其实是平凡人做成的。

（原载于1997年7月23日《海南开发报·人文副刊》）

想起了故乡

少时读鲁迅先生的《故乡》，记住的就是"闰土"和关于"路"的名言，于自己则似乎毫无牵连。现在年岁增长就不同了，凡涉故乡，不论是谁的什么文章，读过后总要掩卷静思，魂游一番自己的故乡。可是若真有人问我："你的故乡在哪里？"我又常常不能应声而答。

杭州是我出生之地，若按本本，该算故乡，但父母都不是杭州人，而且我还在襁褓里时就被裹到辽东半岛的一个城市了。杭州很美，多少人为之倾倒，而我却从没跟杭州人攀过什么"老乡"。在我的梦里，杭州从未扮过故乡的角色。它是"血地"，却与我既无"血缘"，又无人生之缘，若认它为故乡，实在太冤，也许还太矫情。

在东北，我倒生活了整整20年。身体长成于斯，性格养成于斯，是我人生的学校；也是在那里接受基础教育的：不仅有数理化、音体美，还有花半天摔一跤就学会了骑自行车，摘苹果得用拇指和食指夹住果蒂让它与果体相连（否则会降了等级）……在那里，我欢乐过，也苦过、痛过、委屈伤心过，但无论如何，它至今仍是我热爱的地方。

那时，我还不懂得交朋友，不懂得恋爱，但现在想起来，人与人之间宝贵无比的真情，却大多属于那个时期——爱护我的老师、相互欣赏的同学和邻居的孩子、朴实可靠的乡下农民……

我家曾一度住在城乡接合部，在那里我认识了一位和我同姓同年级就读于不同中学的农家子弟，相知很深。一次，我看他将一庞大的树桩一斧子一斧子劈成柴片，好奇心起，也要试试。抡起来，第一斧砍在上面，第二斧，手已发软，斧子飘向他站的一边。他极灵敏，一下子跳开去，我却已经吓呆。若不是他躲闪得快，这一斧一定砍中他的小腿。醒过神来后，我问："真的砍到了，那可怎么办？"他笑了，说："砍就砍了呗，你也不是故意的！"简朴的、轻轻的一句话，却使我感受到从未经历过的震撼。从此，这一瞬间永固在我生命的天空中，灿烂的笑连同灿烂的话，像一轮不落的太阳。现在我想，故乡该是有这样的太阳的地方吧！

"文化大革命"的第三年，我们"复课闹革命"还没有几天，便算高中"毕业"，接着是写决心书、戴大红花，要到广阔的天地里去接受贫下中农再教育。那天是10月5日，原本用来载货的大卡车装着我们缓缓地鱼贯出城，街道两边站满了组织而来和自发而来的送行的人们。驶过我家附近时，我终于寻见了正在抹泪的母亲。刹那间，悲怆替换了豪壮，我鼻子一酸，扭过头不敢再看。父亲自然看不到，他属"黑帮"，尚无行动自由，哪怕自己的孩子要离家远去。

就在这样的心境中，我来到远郊一个叫东南屯的地方。所幸的是命运没有给一个可怜的孩子雪上加霜，东南屯的户主们几乎和我同姓，即使例外的三家也是上门的女婿。他们大大小小都亲热地叫我"一家子"，给了我很多关怀和照顾，教我拉风箱贴大饼，给我的土筐里少加点粪肥……一切现在看来是细微的，但那时对我来说都如"巨大的暖流"。

那地方很穷，一个工的分红才5角2分钱，但评工分时乡亲们说，咱"一家子"毕竟也是小伙子，就给记"全劳力"的10分工吧。有几位乡亲听说我的家境后，还把他们认为的村里最漂亮的独养女介绍给我，劝我在屯里安家算了。我那时自然害羞到极点，慌不迭地拒绝，如此再

三，直到几个月后我随家南迁。虽然好事未成，但这种温馨已经渗进生命再难抹去。

东南屯最令我感激的是担负"专政"重任的民兵连长，他曾手持填满我们知青各种情况的表格，眯缝着平日有神有威的双眼，注视我半天。过了两个月，他悄悄对我说："你不要灰心，我看过了，你将来一定不简单！"虽然这句话在当时并非灵丹妙药，真有"拨开云雾见太阳"之功效，但我心里着实感激他对我的好意、看重和鼓励，从此也开朗了许多。后来终于离开东南屯并且再没有回去，心缘却一直无法割断，它成为我心中的圣地，常常需要虔诚地向它朝拜。这样富有亲情感的地方不正契合"故乡"的要义吗？

填写各类表格，不知从何时起成了我们人生中的一项很重要的工作。读书时填，工作后填，加入各种组织要填，其中"籍贯"一栏非填不可，又必须择一而终。我填的是"浙江安吉"。虽然20岁以前我本人与安吉毫无瓜葛，但它毕竟是父亲的老家。这也是中国传统男权社会的一个遗存，尽管血统中有母亲的一半，但只是自然生命的一半，社会生命的大部分影响毫无选择地只能跟随父亲，不管好坏，也不管你情不情愿。

　　我的生活融进安吉是20岁后的近十年。这十年正是一个人人生中最强健也本应最美好的时段。在这十年中，我确实强健了，肩膀从只能承受五六十斤重到可以挑起200斤的担子，一吨石头堆在双轮车上照样拖着走。至于"美好"二字，说起来不免有点复杂：烈日下稻芒刺背猪粪熏蒸，暮色中蚊蝇围剿蚂蟥叮咬；风雨摇屋漏，霜雪侵骨寒；流言蜚语，黑脸白眼……这些昔日视作苦的事，今天想来却有用有益，自然觉得亲切。还有做农民时的田头幽默，白丁往来，雨后捉田鸡，围火聊大天；做园丁时的灯下陶醉，台上挥洒，学生望你时的自得，你望学生时的爱意，都是那么令人难忘，都是永远存放心头的人生展览馆。这就是山清水秀、民风淳朴、盛产能顶翻磐石的毛竹的安吉，是父亲的老家和打磨我生命韧性的地方，少一半便难称故乡。

　　最后想起安徽怀宁。那是我爷爷的老家。我没有见过爷爷，那是完全陌生的地方。可既然血缘相连，所以有人提及，总感到有些亲切。比如，无论哪个地方，总会有个把甚至很多名人产生，我对怀宁名人陈独秀、严凤英就特别怀有自豪感，原因恐怕就在于此吧。然而它毕竟同我的人生关系不大，所以在心田扎根很难，顶多只留下一个"祖籍"的概念罢了。

　　古人说，月是故乡明。哪轮月亮在我心头最亮？是东北，还是安吉？我已说不清楚。抑或两者都是？我觉得，故乡是在生命烙下深深印记的地方，烙印中有血缘的痕迹，而更多的应该是对性格、命运的铸造。如果说人生是一首诗，那么这首诗的骨架一定是在青少年时期就已经搭成，剩下的岁月就是对这首诗再作润色和修改了，而彼时生活过的地方，就是这首诗的主要背景。所以人们总是对自己的故乡满腔挚爱，魂牵梦萦。记得彭德怀元帅曾深沉地说："我死以后，把我的骨灰送到家乡……把它埋了，上头种一棵苹果树，让我最后报答家乡的土地，报答父老乡亲。"

我想，一个人不一定终其一生在故乡的土地上耕耘，即使告别了这个世界，"青山处处埋忠骨，何须马革裹尸还"。最重要的是，既然故乡照亮过自己生命的旅程，自己的生命不论在哪里燃烧，都不能愧对故乡，都应该同故乡的光焰相辉相映才是。

（原载于1997年5月7日《海南开发报·人文副刊》）

我和篮球的故事

　　我是那种一看到、一说到篮球就会笑容灿烂的人——不管是在屏幕前，还是在实战的赛场边。

　　那天晚上散步，路过杭州文三路232号的浙大西溪校区北园，下意识地走了进去。天已经很黑，模模糊糊中只见六七个男生还在打篮球。我心想这批孩子可真贪玩，那么黑了还乱打一气，又不是灯光球场。随即又哑然失笑：哈，你自己读中学时不是也常常打球打到天昏地暗吗？直到找投出去的球很费力了才恋恋不舍地离开球场。回到家免不了挨骂，但这耳进那耳出，打球的心满是欢喜，哪里挤得进大人们的唠叨呢？

　　在操场走了两圈忍不住又回到篮球场，看见旁边一位同学竟打开了手机电筒，高举着算作照明，小伙子们一边哄笑一边继续"战斗"。我走过去说："哈，你们年轻人球瘾可真大哟，用手机电筒作照明也算一种发明呢。"那位同学马上应和说："我们这是自制灯光球场！"我就在旁边笑眯眯地看他们继续乱打乱投，直到他们和我都恋恋不舍地离开球场。

　　能打篮球的年华是多么美好的年华啊！

　　我自上初中起就酷爱打篮球。那时上课时，班里的篮球多数时间是

踩在我脚下的，下课铃一响，我就抱起篮球第一个冲到球场上。上高一时，有一次，上课铃响了，我还是再投了一个球。等抱着球冲到教室门口时，教化学的女班主任曲美君老师已经拦在那里，她似怒似笑地嗔怪我说："陈永昊，你要是少打点球，成绩还会好一些呢！""是，是"，我嘴里应着，心里却想，多考几分少考几分，哪比得上打篮球的快乐啊！多年后，退休了的曲老师夫妻一起到无锡休养，我专门安排车子接他们到湖州，陪他们逛了一天。我提起那个终生难忘的场景，没想到曲老师也依然记得！

后来是"文化大革命"，再后来是上山下乡，就再没机会摸篮球了，直到我当了安吉县一所民办中学的老师。那时是和学生一起打球。农村男孩子身体壮硕高大的也不少，下课时打起球来，师生纠缠在一起，难分难解，全无尊严谦恭，是身心最爽的时刻。开始时，一些高大调皮的男生在上课时也仍然嬉皮笑脸，我便板起脸来，甚至用蛮力将"出头鸟"拖到黑板前罚站示众。我又把那几个球员集合起来，讲解课堂和球场、老师和学生的异同，并威胁说，如果有人不改，我就不再教他们打球，更别指望我和他们一起玩球了。这招数还挺管用，从此那几个男生不再在课堂上"捣乱"了。

　　后来我也反省，课堂纪律不能全靠压服，关键还是要把课上好。如此自省使我大为受益，在授课质量和艺术上下了一番功夫（直到现在还有学生能回忆起我当年是怎样讲《红灯记》、讲诗歌《周总理办公室的灯光》的），成为全校公认的语文课上得好的老师，领导还让各校的语文骨干老师来听我的公开课。

　　那一天，我们班的教室里挤满了人，连窗外也站着不少听课老师。那一天，我和我的学生们都得意极了，我每提一个问题，下面的手都举得高高的，回答问题的同学都站得笔直，挺起胸脯，声音自豪而响亮。我想，我和学生们心灵相通，打篮球也有一份功劳吧。

　　因为打球有点小名气了，自然就成了当地公社篮球队的一员。有时放学后在食堂吃了饭，就和小伙伴们骑上自行车，呼啸而去，赶到20里路外的一个灯光球场（那球场大概是当时全县最奢华的篮球场了），和当地的篮球队来场恶战。我是主力队员，因为体力不错，一场球赛打下来基本不用轮换。打完球又呼啸而去，在月色下蹬着车子说笑间就到家了。如今回想起来，自己都诧异得很，那时生活非常艰苦，缺粮少肉，人精瘦的，打球的劲儿也不知从哪里来的，一到球场上就精神十足，一群小伙子拼着命横冲直撞。那时，可真是人生的黄金时代啊！

　　上大学时我已经是两个孩子的父亲了，但仍然热衷于打篮球，带着班队找这个班那个班打，打遍全校不算，又到校外找人打。班里同学很团结，男女生啦啦队拥来拥去的，好不热闹。又去参加全省大学生篮球赛，虽然是板凳队员，有点遗憾，但总算过了眼瘾，也聊可自慰了。

　　毕业后在大学里当了十年老师，也打了十年篮球。调离学校后，球打得渐渐少了，人也就渐渐老了。最后一次参加非正规比赛大约是十年前我58岁时，浙大文科的中老年教师球队喊我去打球。那一次终于知道什么叫心有余而力不足了，虽然奋力，也得到队友表扬，可意识和动作毕竟不能时时同步了。我那时就想，唉，能打球的年华是多么美好的年华啊！

是的，于我而言，打篮球，有竞力的乐趣，无关年龄；看打篮球，有共鸣的乐趣，也无关年龄。

现在我有时还在梦里打篮球，腾挪切入、三步上篮，来回传递、起跳投篮，都十分真切。我不明白，为什么我青少年时喜欢的运动项目不少，比如也特别喜欢乒乓球，却从来没在梦中演练过。

也许，我和篮球的情缘特别深吧！

（原载于2017年7月23日《浙江日报·钱塘江副刊》）

攀附名人的悲哀

有的朋友初次见面，爱问各是何方人氏，到我总觉得一言难尽，便索性——交代清楚：祖父是安徽人，后来带父辈迁到浙江安吉；我在大学毕业后又成为湖州人。再追问祖上是安徽哪里，答曰：安庆怀宁。于是常有人笑道："陈独秀也是怀宁人，你们恐怕是本家吧？"这时我就会觉得浑身不自在，露出窃人之物、贪人之名似的尴尬。

我祖父确是怀宁人，但我断定，独秀之"陈"与我之"陈"是八竿子打不着的。不过人在场面上，容易冒出虚荣心，如随便应了，那就有高攀名人之嫌。仔细想来，确实可笑。

像我，平平庸庸，无所成就，即使与陈独秀同乡，甚至沾亲带故，又怎样？人家总不至于说陈独秀了不起，你便也了不起吧？弄不好，背后还会说：那小子，枉与陈独秀同乡同宗，连陈独秀的一个小手指也比不上！何苦来着？

即使有点成就又怎样？一个人把自己置于别人的光环下或阴影里，等于没有了自己。藤可以攀附大树爬得很高，然而，大树毕竟是大树，令人景仰，而藤终究只是藤。

忽然又想到名人的子女。

依我想，名人的子女，心理负担一定很重。他若取得成就也成了名人，别人一定认为是靠了父母或父母关系的帮助，而自身的努力被轻易抹去，至少也被淡化了。他若和常人一样，便会遭受常人所不会遭受的奚落：瞧，这家伙怎么搞的？枉为名人之后！他若做坏了事，那就更糟糕，不但要被人大骂"不肖"，甚至会连累父母，让人怀疑其做名人的父母是否也有阴暗处未被发现以致"谬种"流传。所以我看到中国回忆名人父母的文章，大多是自己已成名人的人写的，回忆的也多是父母对自己的呵护、帮助和影响，而这正符合中国人的传统美德——孝敬和谦虚；同时很少看到那些平凡的名人之后回忆父母的文章，他们不但"不敢"写，甚至"不敢"说。当然，不可否认，也有人利用自己亲人的权势，推销自己，以达到自己的能力所不能达到的目的。

在推销自己的市场上，还常常遇到一些攀附名人的人："某某同我认识……""我是某某什么人的什么人的什么人……"接着便绘声绘色地吹，好像名人同他们简直是耳鬓厮磨、嫡出亲传的关系。

这些人有的只是出于虚荣，炫耀一下也就完了；有的是借以抬高身份，谋点小利；还有的是在为己贴金之时包藏着"深谋远略"……不过，能摆上市场卖的货色总有它的销路，有的人就偏偏信这个"邪"，岂止信，还拼命捧场，胡蜂阵般地趋附也屡见不鲜。君不见，报端不是经常有冒充名人或"大首长"之子女、亲友、下属等诈骗的案件被披露出来吗？话又说回来，我们也不能因此而否认名人对社会的强大影响力。名人的榜样力量是一种无形的号召和激励，尤其是对乡人。我曾在安吉的一个乡中学教过书。这个乡有一个狮子山村，因为村里以前出过大学生，后面便不断地考出大学生来，连村里的在校生也特别用功些。许多家长说：张家、李家的孩子都能考上大学，我们家的孩子为啥不能？这就不难明白，为什么名人越多的地方越容易产生名人，像江苏宜兴、浙江东阳都是著名的学者之乡，湖北红安又是著名的将军之乡。当然，这人才辈出的原因，绝不是靠攀附名人，而是靠以名人为榜样的奋斗进取。前者只能上演讽刺喜剧，后者才是真正有价值的！

　　于是，我下定决心：今后无论谁将我与怀宁的陈独秀或安吉的陈嵘（著名的林学家）或湖州的陈英士还有其他什么陈氏名人硬扯在一起，哪怕是开玩笑，我都会告诉他，"彼陈"与"我陈"毫无关系，我就是我，我只是我，虽然"彼陈"都有值得我敬佩和学习的地方！

（原载于1995年3月30日《海南开发报·现代潮》）

夹缝中的生命

　　在我的老家安吉，离县城不远有一座灵峰山。灵峰山麓，有一处260多亩的竹林。走进去，曲径通幽，两旁的竹子微微弯着腰身，摇曳生姿，风情万种，这就是目前全国面积最大、竹种较全、世界闻名的安吉竹种园。粗壮挺拔的毛竹、株高盈尺的菲白竹、刚劲有棱的方竹、俊逸潇洒的花毛竹、枝疏成林的紫竹、泪洒千滴的斑竹、丛丛簇簇的鸡毛竹、节间膨胀的佛肚竹……还有许许多多，像我这样的凡夫俗子很难用肉眼看出它们的差别，而竹专家们却能一一区分，并给它们取一些美丽的名字：石缘竹、囡儿子竹、甜竹、罗汉竹、橄榄竹、圣音竹、实心玉竹、大叶凤尾竹、黄金间碧玉竹、大琴丝竹……在这里，安吉本乡本土的竹种只有几十种，而从福建、江西、湖南、四川、贵州、安徽等17个省市和泰国、美国等地移植来的竹种却有几百种。虽然换了水土，却照样长得郁郁葱葱、灵秀可人，展示着它们强健的生命力和安吉水土的宽容度！

　　其实，整个安吉，便是一个偌大的竹公园。以县为单位，安吉竹林面积居全国第一，其中毛竹蓄积量及年供商品竹数量均居全国之首。在一些山连着山的地方，竹海连绵，碧涛起伏，蔚为壮观，令人陶醉。最让人惊叹的是毛竹，那种在挤压中求生存、在夹缝里求发展的欲望和力量，常使人感到心灵的震撼。当它的胚芽在地底下孕育时，它便一边积蓄力量，一边寻求突破，一旦成熟，便毫不犹豫地顶出地面，不论压迫多重，绝不屈服。竹笋箨壳包裹下的肉体是洁白娇嫩的，然而当它求发展、求自立时，即使是巨石，也会被它顶翻身。你如果在收笋时节走进安吉山区，便可以看见，在那些嶙峋瘦石的缝隙中，时时有一支或几支肥硕的毛笋倔强地挺立着，令你战栗，也令你兴奋。我不知道科学是否已经揭开这个谜：竹笋向上突破的力量为什么那么强大？我只知道，生命的潜能是不能小视的，只要它自己不甘被埋没，欲有作为，外部的压力愈重，它就愈顽强。

我突然想到我们民族的创世神话。

我们的祖先原来只是一个婴儿，名叫盘古。他被紧裹在一个如同鸡卵的混沌世界里，天和地紧紧合在一起，就像蛋清和蛋黄贴得那样紧。他蜷缩在那里，吸收母体的营养，积蓄生命的力量，恰似婴儿生存在母亲的子宫里。有一天，他睁开睡眼，发现自己竟在一个夹缝中消极地生存。他不甘心这样窘迫地活着，他变得不安分。他要自立，要开辟一个属于自己的、能够充分施展自己创造力的世界。于是，他开始抖动腰身，直立双腿，擎起臂膀。第一天，他把原本合一的天地撑开了一条缝，接着，第二天、第三天……就这样，他一天天地扩大自己生存的空间，同时也生长着自己的身体和智慧。在他的奋力拼搏下，手撑的终于高升为天，脚踩的终于下沉为地，而在天和地之间，是"万物之灵长"的人！

在湖州郊区，还流传着另外一个神话故事，它说明正如人类的繁衍离不开女性一样，世界的创造也离不开女性的参与。这则故事让一位女英雄同盘古一起享受了开天辟地的光荣。

这位女英雄叫青子娘娘。她嫌盘古开出的天太低，还没有三丈高，害得她"立立身子立不直，走走路要撞开头"。于是她发狠捏了三天三夜的泥，捏出四根大泥柱。东、南、西、北四个角，每个角上竖一根泥柱，把天撑得四平八稳。但她还嫌天不够高，又捏了九九八十一天的泥，捏出了一根顶天柱。青子娘娘把它竖在四根柱子中间用来顶天，一口气顶了九顶，天便一连升了九升。天已高得看不见了，青子娘娘还不满足，又拼命顶了一下，结果天被捅了个洞，顶天柱也被砸断了，"哗"的一声散落在大地上，就变成了山……

看来，远古的人们已经对人在夹缝中生存有了深刻的认识，并把它看成是人与生俱来的本领，认为在夹缝中，生存能力越强的人越有出息，甚至可以成为伟人；反之，他便显得猥琐，甚至自己走向毁灭。

如果不把"夹缝"作贬义的理解，那么可以说，几乎每个人都与"夹缝"有缘，都有过处在"夹缝"中的遭际。

一个实例非常有趣，在美国著名的职业篮球联赛NBA中，可以说是巨人成林，那些队员几乎个个在2.1米左右，很难想象1.6米的矮个子怎么在他们中间立足。可是夏洛特黄蜂队偏偏有这样一位队员，大名叫博格斯。比赛时，只见这"矮个子"在众多"巨人"的"夹缝"中穿来插去，游刃有余。博格斯终于在"夹缝"中变成明星！

所以我想，"夹缝"是一种困境，也是一种机遇；"夹缝"对于愚者、懦者来说是深渊，对智者、勇者却是突破口；"夹缝"逼弱者自毁，却让强者大显身手……

（原载于1995年5月11日《海南开发报·现代潮》）

茶花的美丽

立冬后的第三天，中午的阳光明媚温和。午饭后，我走到中国茶叶博物馆后面的茶山上散步，惬意地享受稍带寒意却备感亲切的清新空气。

人在窄窄的石板路上贴着两旁低矮齐整的茶树漫步。

忽然，一朵小花亮晶晶地跃入我眼帘。我蹲下来，仔细端详，花儿已经盛开，白瓣黄蕊，洁净无瑕，鼻子靠近仔细闻，香气似在有无之间。小小茶花毫不张扬，却深深地吸引着我。略一抬头，只见她身后的小伙伴们一朵又一朵地簇拥在绿叶丛中，那么多，那么密，有的全开，有的半开，有的还是含羞待放的花蕾，静悄悄地面对你，似乎想亲

近你，又似乎在躲着你。我不由得顿生无限的爱怜，伸出手想折一枝回去，插在办公室的小瓷花瓶里，但终于收住手：自由飞翔的鸟儿谁愿意被关进鸟笼呢？自在生长的花儿也一定不愿意被切断连着母体的血脉而任人摆布吧！我步入现在的年纪，已深知健康、快乐、自由的美妙与宝贵，己所不欲，勿施于人吧。

我掏出手机，拍下这些半掩半藏于茶丛中的精灵。近拍、远拍，俯拍、仰拍，快乐在劳动中升腾。直到累得额头冒汗，才在旁边一块石墩上坐下来。再打开手机看，一张张照片都是那么美。原本是茶叶中的配角，在手机相册中全成了主角，而绿叶像在其他花儿那里一样，又回到了配角的位置上。我无声地笑了，其实主角配角只是视角问题。自然界、社会上、生活中，许多人们习以为常认为是配角的事物，一换立场角度就会发现，原来真正的主角是他们！

我站起身，来回走来回看，满怀欣喜，美丽竟悄悄地掩藏在这平凡朴实之中！我停住脚步，耳畔轻轻响起《雪绒花》的旋律：雪绒花，雪绒花，清晨迎着我开放，小而白，洁而亮……雪绒花和茶花多像一对性格迥异的姐妹，一个在浪漫飘逸中展现流星般的美，一个在朴实无华中展示顽强生长的美，但她们都"小而白，洁而亮"，她们共同的魅力在于纯洁、朴实、谦逊，多么启迪心智的茶花呀！

> 花藏绿叶里，香在有无间。
> 天然去雕饰，清静生爱怜。
> 入冬偏盛放，凌寒敢争先。
> 待到霜雪后，孕作春芽甜。
> 东风劲吹处，茶香满人间。

我吟咏着，把流淌的思绪记在手机里，又挑选自己觉着拍得好的照片，一起发到微信朋友圈里，让四面八方的朋友共享我的欢乐和收获。一会儿，就一会儿，朋友们的赞叹和欢乐就从四面八方会合到我的手机上。一时间，人与自然、人与人心交融的快乐在我所在的茶山石径上贯通融合，这是一种多么千寻不得、蓦然而生的快乐呀！

有趣的是大多数朋友都在回过来的微信中承认从来没有注意过茶花的美丽，最有代表性的是一位爱茶爱到比较讲究，甚至不惜花重金买各种昂贵的茶来喝的朋友，看了我的照片心怀疑虑地发来微信问："你拍的不是油茶花吧？我怎么从来没看到茶树上开这么好看的花呢？"我在确切地告诉他我就是在茶园里拍的同时，也在问自己，是啊，喝了这么多年的茶，走过这么多茶园，怎么从来没注意过茶花呢？我们一直以来都在讨论什么茶好喝，什么茶名贵，可怎么从来没人发现茶花的美丽呢？难道我们向来只认为物质的才是有价值的，值钱的才是有价值的，显赫的才是有价值的吗？难道我们不应该老老实实地承认，真正的美丽不是装扮出来的，真正的奉献不是宣扬出来的吗？茶花对茶叶而言，是养育呵护它们的母亲呀！

茶花呀茶花，我真的应该感谢你，感谢你赐予我真实的美丽，感谢你开启我闭塞的心灵一隅。

（原载于《南宋茶韵》2015年第1期）

武夷山购壶记

人们爱说水是茶之母，器乃茶之父，可见水和器对于茶的重要。无怪乎茶圣陆羽在中国也是世界第一本茶文化专著《茶经》里不仅论茶，而且还对水和器——进行了深析。

如同人都爱他们的父母一样，爱茶人也没有不爱宜茶之水、适茶之器的。我就是从爱茶那天起同时爱上茶器的。这次参加在武夷山举行的"第七届海峡两岸茶业博览会"，除寻访茶叶茶企外，我特别留意的还是茶器。海峡两岸来了不少茶器参展商和采购商，大陆的龙泉、景德镇、德化、宜兴在这里大显身手，精彩纷呈；台湾来的也不少，明显的风貌是既体现中华优秀传统的注入，又处处彰显对当代时尚的迎合。一路看去，精美的作品令人目不暇接，恨的只是囊中羞涩。

"明峰窑"是地处中国台湾新北市的嘉峰陶瓷艺术公司的品牌。我看中了它的两把颇具皇家风范又具时尚特点的鎏金彩瓷茶壶，一把是白瓷壶上画着大的彩蝶、小的青花，都是手绘而成，鎏金的壶盖壶柄与白色壶身上的鲜艳的蝴蝶、滋润的青花搭配得自然和谐，鲜中见素，艳而不俗，每壶配有两只鎏金茶盏，上面画的也是彩蝶青花，与壶顾盼呼应，相得益彰；另一把除壶盖之钮和壶柄、壶口、壶底鎏金外，用赤红作底，白花作衬，既喜气洋洋，又不失文雅，也配有两只茶盏，如同一母双胎，如影随形。我将两壶轮流捧在手里，反复端详，心想用这样的壶泡绿茶、用这样的盏盛其汤该多美妙。女摊主也是画师，看出我爱不释手，便咬死价格，说这次参展，每样作品只带来一件。我虽心疼，但终于难抵诱惑，只好付钱取货。

台湾地区的"陶作坊"在大陆地区已久负盛名，我看中了它的一把"怀汝"系列的茶壶。顾名思义，这是一件仿汝窑作品。汝窑是宋代五大名窑之首，文献中常以"汝官窑"称之，因其在北宋曾一度专烧宫廷用瓷而得名。我选中的这把，颜色是汝窑有名的"雨过天青"，温润柔和，壶嘴短小而得体，壶身雍容华贵，隐隐可见"开片"。壶盖和壶口都刻意模仿汝窑的"金边铁线"，壶盖、壶身合在一起，在天青上画出一圈红褐色的细线，奇妙得只可意会而难以言传。也是一壶二盏，决心买下，回去可用来泡饮红茶或乌龙系列，既好看又留香，还可与家里的台湾地区"晓芳窑"的作品（前年访台时去陶瓷大师蔡晓芳家里买来的）作一比试。

最后买进的是台湾"风清堂"的一对"兔毫天目釉"茶盏。"天目釉"源于宋代，最早指福建、江西、浙江一带窑口生产的黑釉瓷器，因为是日本僧人从天目山一带的寺庙带回日本的，故日本人统称为"天目"，如"油滴天目""兔毫天目""曜变天目"等。这些釉彩由于配方比例不同加上高温烧制，茶盏表面会留下不同的油滴流动之状，形成各种纹路。我买的这对茶盏是以紫砂为坯体烧制的，釉色深沉油亮，毛茸茸的纹路宛如兔毫，均匀流畅，古朴典雅。展主仅带来两对，旁边观察已久的一位山西客人也很喜欢，我们便一起买下，同享其乐。

回到杭州家里，赶紧腾空玻璃橱柜的一格，将几件"宝贝"陈列起来，几乎每天都要欣赏一番。只是"陶作坊"的仿汝窑的壶和盏虽然已经很不错，但与"晓芳窑"的茶具放在一起看，毕竟还有天壤之别。额外的心得是，就像做茶一样，很多台湾人做茶具十分注意文化内涵的发挥，认真精细地制作，这些都是值得大陆同行学习借鉴的。突然冒出几句顺口溜，就赶紧记下来："本是同根生，竞开两岸花；茶舟渡海月，丰盛我中华。"

（原载于《茶博览》2013年第12期）

藏航上的茶缘

应邀到渝川考察茶文化和茶产业发展情况，先走山城重庆，再去四川宜宾，金沙江和岷江在这里汇合成长江浩荡东去，与此相伴的是一路闻不够的茶香、道不尽的茶缘。不承想，茶香和茶缘竟如此不舍，一直追到回杭州的飞机上。

11月15日上午，我们登上了西藏航空TV9827航班（从拉萨飞来经停宜宾）。刚上飞机，我就看到很多穿着民族服装的藏族同胞散坐在飞机上。"应该有藏族服务员吧？"我猜想。稍作观察，我发现一位女孩与众不同，脸上虽然没有"高原红"，和其他女孩一样白净，但差别在高挺的鼻梁，更在一双目光灼灼的眼睛。她走到跟前时，我问她："姑娘，你是藏族吗？"她的目光更加凌厉发亮，用标准的普通话反问道："您怎么知道？""嘿嘿，我去过西藏。"我笑答。这时，她那双美丽的眼睛比刚才柔和多了，算是一种默认，又礼貌地把我带到座位前。

飞行途中，我在重读周重林的《茶叶战争》。聚精会神间，一句"先生，您想喝点什么"的女声让我抬起头来，一看，还是那位藏族女孩。我合上书说："来点茶吧。"她朝《茶叶战争》的封面扫了一眼说："您想不想尝尝我们藏族的酥油茶？"

"飞机上还供应酥油茶？"我不是怀疑，而是情不自禁的惊喜。

"那当然了！"姑娘的自豪之情溢于言表。

"好啊，谢谢啦！"我甚至有点兴奋。

十五六年前到西藏时好像尝过酥油茶，那时不知茶的好处，没把喝茶当回事，所以对喝酥油茶的记忆有点模糊了。如今做了几年茶文化推广工作，见茶则喜，更何况是这么难得的藏族酥油茶呢！我把姑娘递给我的热腾腾的酥油茶捧至鼻尖，呵，浓郁的香味，沁人肺腑；抿一口，淡淡的甜和淡淡的咸混合着，奶油与茶汁水乳交融，好喝极了！刹那间，美味变成永恒！

姑娘看我如此喜欢，也很高兴。

"您很喜欢茶吧？看的也是茶书。"航空小姐多是聪慧之人，这位长着明眸皓齿的藏族姑娘更是机敏。

"我们就是做茶文化推广工作的。"我回答。这时，旁边"咔嚓"一声，摄影造诣颇深的同伴不失时机地按下了相机快门——汉藏茶文化交流的时刻就这样定格了！

我又问她的名字，她有点害羞，轻声说叫"德古拉姆"；追问不休，方知道意思是"幸福的仙女"。

是啊，德古拉姆就是一位传播民族文化包括茶文化的美丽而幸福的仙女，翱翔在祖国的蓝天白云之间，站立在不同民族的人们的心间。

我从心底祝福她：扎西德勒，德古拉姆！

（原载于《文化交流》2017年第2期）

远安：人生一处茶驿站

人生有许多缘分，当十分珍惜。

我工作了二十多年的湖州，是中外闻名的丝绸之府。中国称丝绸之府的城市很多，如江苏苏州、浙江杭州、四川南充等，但像湖州这样丝绸产业链非常完整的（从种桑养蚕、缫丝纺织、印染成衣，所有业态一应俱全），产品品种非常齐全的（绫罗绸缎锦绢帛都有），着实不多见。那时既出于熟悉，又出于责任，我曾找人合作写就了三十万字的《中国丝绸文化》。调省城工作十年退休后，又到中国国际茶文化研究会做公益，有机会到湖北省远安县考察，才知道这里是传说中首创"种桑养蚕之法，抽丝编绢之术"的中华先祖黄帝正妃嫘祖的故乡。

我在《中国丝绸文化》一书里写到了迄今为止存世最早的湖州钱山漾遗址出土的丝带和绢片，写到了嫘祖，当时还不知道嫘祖与远安的联系。再深入了解，又知道古代远安，地属峡州。茶圣陆羽在《茶经》里分析茶产地时提到"山南，以峡州上（峡州生远安、宜都、夷陵三县山谷）"，山南，当时指的是终南山、太华山之南，大致包括今天的秦岭以南的川东、渝中、渝东、陕南、鄂北和河南南阳；峡州，唐代所辖大致相当于今天的宜昌市，包括宜昌市所辖的远安县。在嫘祖故乡产陆羽盛赞的好茶，不由得引起了我浓厚的好奇之心：在这块最早进入中华农耕文明的美丽土地所产出的茶今天是否还处在"上"的位置？

陈才华是远安县的人大常委会副主任，是位有情怀、有情趣的爱茶之人，县里重视茶产业和茶文化的发展，所以"响鼓也用重锤敲"，让他兼任了县茶办主任。他给我们介绍起家乡的茶叶来，不仅满怀热情，也通识往来，从历史沿革到当今发展，如数家珍，一股脑能跟你说几个钟头。从他的介绍中，我们知道，"峡州上"，最上是黄茶。远安黄茶史称"鹿苑茶"，因最早产于鹿苑山而得名。鹿苑山当时有鹿苑寺，应是寺院首先种茶、制茶、饮茶，再在当地乃至更广的地区传播开来，也是一种"茶禅一味"的证明，相传至今已有750多年的历史。远安人口只有20多万，但森林覆盖率却是湖北县区的第一，气候温和，光照充足，雨量充沛，山清水秀，茶多种在海拔800米上下。古人云：好山好水出好茶。远安黄茶就置身在这样一个得天独厚的优美环境中。"清溪寺的水，玉泉寺的塔，宝华寺的香炉，鹿苑寺的茶"，通过当地这首古民谣可以想见鹿苑黄茶该有多么好的品质！

然而任何一种茶，故事好固然重要，可是对于茶人来说，闻香、观色、入喉才是硬道理。才华主任带我们来到一家不大的茶馆品茶，挑了一款"鹿溪玉贡"，让一位茶艺姑娘来泡。姑娘眉清目秀，从容端坐，布具之后，纤手麻利地从罐里拨出少许茶来。我抓紧瞄了一眼，姑娘会意，马上将茶托送到我面前。只见里面的茶多是一芽一叶，金黄油润带星点白霜，凑近一闻，隐隐有焖熟之香。姑娘收回茶托，开始温洁盖碗和杯盏，再置茶碗中，将壶中沸水停留一会儿倒少许于碗中，浸润而已，盖上碗盖，双手捧起优雅地摇香，揭盖之时，盖内、碗中淡香飘逸，待上下冲泡，分茶奉至大家面前时，有说是豆香的，有说是草香的，有说是花香的，观其汤色浅黄明亮，细看一圈金边似有似无。我分三次啜饮，鲜且清爽，待放下杯盏，已回甘生津。待第二泡送上时，汤色稍深，越发明亮，入口厚度增加，甘爽依然。左右观之，个个面带喜色，交口称赞，都说茶亦醉人。到第三泡，香气、茶气都开始转淡，但恬淡雅致，别具风韵。到第四泡，色香味具淡，但幽幽的，仍不觉水气。姑娘不动声色地说："换茶吧。"大家都跟着说好好。看来"恰到好处"也是一种境界啊！有人说黄茶好，就是不耐泡。我倒认为，该耐泡的茶如乌龙、生普等不耐泡，一定不是好茶；而不该久泡的茶如明前的绿茶、黄茶等强求耐泡其实也是一种糟蹋！水与茶，如同母与女，缘分该到哪里，都是定数，不可强求违逆。茶艺姑娘又换了远安本地的几款黄茶，都不相上下。我开玩笑说，有才华主任在，待客的茶一定不会差，也希望远安人都爱惜家乡的珍宝，多做增光添彩之事，千万不要为眼前蝇头利而砸家乡的牌子、子孙的饭碗！

远安黄茶，有历史的光荣，有当代的风采。但是在优质茶、名牌茶群雄蜂起的今天，远安黄茶显得有点"养在深闺人未识"。也正因为如此，改革开放后，远安县决心把历史文化和自然资源的优势转化为今天的市场优势，造福当代远安人，也让黄茶走出远安，造福更多的爱茶之人。1982年和1986年，远安黄茶先后两次被评为全国名茶；2017年7月，中国国际茶文化研究会又授予远安县"中国茶文化之乡"之名，将远安黄茶列为中华历史文化名茶；同年9月1日，农业部批准对远安黄茶实施农产品地理标志登记保护。当前，远安县正在采取一系列措施推广远安黄茶，比如通过外引内育，培育龙头企业；建设品牌，扩大市场影响力；茶旅融合，拉长远安黄茶产业链。远安黄茶充满了希望……

几天下来，面朝鸣凤山谒过嫘祖，俯视灵龙峡聆听泉乐，然而最动心的还是鹿苑寺、鹿苑茶，钟鼓之声、黄茶之香，幽幽而远扬，清、敬、和、美，朴实无华，虽浓而淡，虽淡而浓。茶如人生，一见钟情的鹿苑黄茶是我人生中的一处驿站，在心底永驻。辞别才华主任的时候，我遥望远安的青山绿水，从心底发出一声祝愿：远安黄茶，衷心祝你展开双翅远举高飞！

（原载于陈才华主编《远安黄茶》，三峡电子音像出版社2020年版）

远安的春天

正值春茶开采的时节，因茶之缘，我们第二次来到地处湖北宜昌的远安。

"晟茗茶业"的袁总和负责联系企业的一位人大常委会副主任带我们登山去看白马山茶园基地。

车到山脚，袁总让我们下车看一眼始建于南宋宝庆元年（1225）的鹿苑寺遗址。山路旁是水绿如蓝的鹿溪，彼岸岩壁上刻着"鹿苑寺"几个大字。好山好水，再加上气候适宜，一定是产好茶的地方。为远安人津津乐道的是，中华茶祖神农和丝麻纺织的发明者、黄帝之妻嫘祖都在这里留下过美丽的传说。至隋唐时期，远安的茶已经闻名遐迩，以至吸引了茶圣陆羽过来访茶三月，得出的结论是"山南，以峡州上"。而在峡州所辖各县最好的茶中，陆羽又在自己的注释里将远安排在第一位，可见当年远安的茶在陆羽心中留下了多么美好的印象。特别值得一提的是，当时鹿苑寺的僧人们不仅种茶、制茶以自用，而且热心地向周围民众推广茶道，将寺中"禅茶一味"的修为和寺外关乎百姓生计与健康的善行融汇为一，让一片绿叶具有了禅和惠民的双重功效。于今，陆羽和寺院虽已不在，但我珍惜所有的不期而遇，所以还是用静默仰视的方式，对先贤们为远安之茶和文化所做的贡献表示了礼敬。

汽车继续在袁总投入大量资金和心血的蜿蜒山路上爬行。他的茶园大都在海拔800米左右，至最高处已近1100米。下车四顾，轻柔的山雾时聚时散，那些茶园一小块一小块散落在林边涧旁，不仅有高海拔、寡日照、多云雾的适宜茶性的地理之利，而且具有现在十分难得的花草林木穿插环绕的生物多样性的生态环境，加上精心配置的福鼎大白、黄金芽、郁金香等充满诗意的茶叶品种，无疑为一杯好茶奠定了优良的原料基础。创意十足、布成八卦图形的一垄垄茶树，也和袁总这个憨厚汉子一样，正积蓄一冬的营养和力量，在乍暖还寒的时节里，让自己的芽头铆足了劲儿往外冒，既青涩又清纯。我蹲下来看过去，葱郁苍翠的母树顶露出齐刷刷的黄绿芽尖，晶莹地闪着毫光，配合着天色变化，呈现一派云蒸霞蔚的景象。这些美丽的精灵好像已经准备好离开母亲去迎接那揉、捻、晒、蒸、炒、焙等重重磨难、历练和考验，只为了遇见相知，奉献菁华。

看我起身后痴痴遐想的样子，主人笑起来，一脸自豪和自信，掷地有声地说道：“我这里的茶，香和味一定会更干净更醇厚的！”我频频点头，表示赞同，随后又情不自禁地补了一句感叹：“做茶时须更上心才不会辜负这么好的茶园哟！”

下山时忽然从车窗里看到路边一大片一大片的白花，如霜似雪地覆盖了半个山坡，赶紧让司机停车。下车细看，原来是一串串细密盛开的黄蕊白瓣之花，一朵朵虽然细小，但密集在一起，再蔓延开来，也很显气势。袁总告诉我说，高山上虽然气温很低，但这花早就开放了，所以叫作“报春花”。我想，其实非常低调的总是隐身于绿叶之中的小小的白色茶花也是春前开放的，还有那一代代默默耕耘的辛勤茶人，不都在年复一年地用春茶、留住春韵吗？他们也都是茶世界的“报春花”呢！

那天告别远安，乘飞机翱翔于蓝天的时候，那一寺一花一茶园的印象，那从古到今的神农、嫘祖、陆羽般的人物，一起涌上心头，温馨如茶，回甘如茶……

（原载于《茶博览》2021年第5期）

险艳的华山

暮春之时，有幸一攀久已仰慕的华山。

电影里看过华山，书报上读过华山，然此次登攀仍大出意料之外。华山美得令人吃惊，归来后竟不敢轻易下笔，一直在心里沉淀了好久，才小心翼翼记下一点文字。

登山那天是 1997 年 4 月 23 日。

头天我们一行八人，乘一辆面包车从延安冒着风雨行进几百里直奔华阴，到傍晚住进华山脚下的华阴宾馆时，雨仍下个不停。可是早上起来，却已碧空白云，于是大家齐赞华山有情、我等有福了。站在公路上远眺，华山好像一朵硕大无朋的青色莲花盛开在天地之间。翻过《旅游指南》一类小册子的同伴云，民间传说华山之顶曾生长一种千叶莲花，食可成仙，所以华山又称莲花山，唐诗人李白《登华山》中就有"西上莲花山，迢迢见明星"的句子。我听了，虽然知道古代"花""华"通用，但还是觉得"华山"的名字更好，响亮而有气势。

乘缆车从空中飞越著名的"智取华山道"，直抵北峰脚下，又手抓铁索，脚踏凿出的石阶翻上近乎直角的岩壁，再登北峰就不难了。这时才知道五岳中华山以险称雄并非虚言。别称"云台峰"的北峰，在华山东西南北中五峰里是最矮的，海拔也有 1500 米，而且三面绝壁。我站在离崖壁边缘几尺的地方微微探身，直感头晕腿软，赶快眼离近处，向北远望，只见渭水如线，黄河如丝，八百里秦川一览无遗，于是对脚下之山的峻伟更多了一层真切的感受。

出北峰向东蜿蜒而行，片刻便到"擦耳崖"。崖边路不盈尺，俯视千仞，不辨水石。我们壮胆挽索，贴身"擦耳"而进。到了尽头，转身就崖，扶索而上，便是整整30级石阶的"上天梯"了。"天梯"渡罢，即是"日月崖"，转向西南行约一公里，便到了"苍龙岭"。

"苍龙岭"坡陡路狭，上下1500多米，径宽不过一米，两旁全是深渊。有多深？哪敢细看。相传，唐代韩愈当年曾鼓足勇气爬上此岭，回头一看，大惊失色，自忖生还无望，竟抱头痛哭，写了遗书投下涧去。我估计这是后人为了把华山故事讲得生动而撰，彼时交通何其艰险，怎能携笔墨绢帛去爬山脊？我们八人，在北峰自愿留守者二，过"天梯"又留二人，过"苍龙岭"仅余三男一女。至岭尽头，虽不至于像韩愈一样害怕，但在逸神岩边读刻于其上的"韩愈投书处"五个大字时，心悸犹存，冷汗难消。

虽说来华山的人皆为一"险"字而来，但据我观察，很多人只能做到看"险"而已，中途而返者不计其数，能将诸峰踩于脚下者方能得到力量的证明和自豪的权力！经"苍龙岭"，经五云峰渡桥，衔石脊而上，至金锁关，又称"通天门"，入门里许，便是"三峰口"。在这里我看到了始料不及的另一番景象，那就是与华山之险相依相傍、美艳鲜活的桃花。

在我过去的印象中，桃树多生在平地，即使偶见于丘陵，也定有沃土。再好的桃子也算不上果中珍品，再艳的桃花也算不上花中上品。"艳若桃李""面如桃花"，说是赞美，但进了耳朵却总给人轻薄戏谑之感。难怪《诗经》中美词"桃之夭夭"后来被狼狈不堪的"逃之夭夭"借用了去，而说人交了"桃花运"，更是揶揄之词，只有浑人才高兴。

可是，这次华山的攀登，把长期构筑在我心中的对桃花的偏见壁垒一下子全冲垮了。

华山高处本是霜雪和青松同在的地方，万没想到这里也是青崖和桃花同在的地方。

当时，我刚转过一块巨岩，冷不防一树桃花斜出来，密密匝匝，鲜活爽洁。我驻足凝视，感慨万千：在平野沃土上你多给人以浮华媚俗之感，而在这高寒之处，你却瓣瓣如粉色玉片，晶莹纯净，艳而不俗，艳而高洁，因为在这里你有独立的品格，你是和坚强不凡的高山在一起的。如果不是在这里遇见你，我岂不要误解你一生，也蒙蔽自己一生？

往上走，气温愈来愈低，不时可见披着租来的军大衣的游人下来。其中一人告诉我们，刚才东峰上一阵云过，还飘了雪花呢。我一边把因为走得热了而脱下来的羊毛衫披在背后，将两只袖子围在胸前打个结，一边想，上面还有桃花吗？

走过一段平缓的山路，一峰又挡在面前，这就是相传秦穆公时萧史弄玉隐居过的玉女峰（即中峰）。我们拾级而上，没走几步，竟又在山梁边被一树怒放的桃花留住了脚步。

那桃树枝密花更密，遮住了周围的杂树，遮住了对面的山岭。我几乎是一朵一朵地欣赏，脚再也舍不得挪开，鼻息间已分不清究竟是花的清香还是空气的清香，只觉得一股暖意弥漫在周围。半晌，在同伴的一再催促下，我才向它们告别，还没走几步，又拖回同伴为我和桃花拍照。随着"咔嚓"一声，一尘不染的桃花便永不凋谢，凝固在华山的一个瞬间。

再往上走，已是寒气逼人。就在高耸入云的东峰下，我终于看到了我在华山上所见的最后一棵桃树。嫩叶未长出一片，满枝丫尽是含苞欲放的花蕾，华润结实，傲气凛然。我仔细观察，原来这桃树生在山阴处，位置又高，故开放最晚。这时我才记起，山下平野处的桃花早已褪尽了吧？真是"人间四月芳菲尽，山寺桃花始盛开"，花开得迟，便也开得久。世上的生命常如此，生活环境过于优裕，往往衰败得快，越是艰苦越将生命磨炼得坚强。华山上的桃花心甘情愿地远离如脂如膏的肥土过清寒的生活，因为她是与傲骨铮铮、峻峭高洁的华山为伴的，她在华山的永恒中找到了自己永恒的归宿。

同伴看我如痴如醉的样子，也感叹着："这么高的山上怎么会有桃树呢？"这时，几只鸟叽叽喳喳地从头上飞过，我目送它们远去，又一种思绪油然而生：是人，是鸟，还是其他生命，把青松、桃树，还有种种花树草木的种子携上层层叠叠的高山岩缝之间，让赤橙黄绿、让缤纷色彩绽开在崇山峻岭之上，让登山之人在高寒处感受温暖，在心惊时备感欣慰？生命之伟大，在人类，也在一切动物和植物。当初若没有动物和植物，后来便不会有人类。如果人类一味地为满足自己的欲望而不断毁灭动物和植物，那么，实实在在的是一步步走向自我的毁灭。

山之险，花之艳，二者结合的美丽风景线哟，你们是否就是脚踏莲花的观音手里那柄开启慧心的拂尘？

（原载于1997年8月6日《海南开发报·人文副刊》）

西塘行

已近春节，杭嘉湖平原的天气却似深秋，淫雨霏霏，连日不开。

1月10日上午，我来到被称为嘉善县第二大镇的西塘。天色迷蒙，雨非雨、雾非雾的。镇上的主人很热情，亲自陪同，还带来一位怀姓姑娘做导游。我漫步西塘，开始并不十分经心，看着听着，却渐被吸引，似有身入佳境之感了。

西塘，在元明清时又称斜塘。元朝尚未成镇，但已因漆器精品传天下而闻名，张成、张茂、彭君宝等都是"技擅一时"的名匠。据县志记载，至明正德年间，西塘逐渐成市，一片兴旺，以至"官设征商局于上……贾舶鳞集"。清康熙年间，"民居稠密，不减市廛，水乡贸易者萃焉"。清末至民初，"商业繁盛，有商店三四百家……交通便利，为本县首镇"。昔日的繁华，痕迹今犹在，怀小姐介绍说，西塘有"三多"——弄多、桥多、廊棚多，看过后，更知这些就是证明。

弄多，是因为老宅多。老宅在旧时是富庶的标志。一个镇上，大户人家多，老宅便多。老宅与老宅之间的分界，便是"弄"。家道殷实的，一是购田地，二是置房产，田买在乡下，房建在镇上，往往是土地主向工商地主乃至资本家的过渡。西塘繁荣早，富户多，于是老宅和弄便也多了。

西塘弄多且长。怀小姐带我们去看了一条"石皮弄"，狭窄的只比人肩宽一点，两人相向，定要侧身摩面方可过去。我当时便生了忧虑，如遇胖人该如何是好呢？弄里黑黑的，又逢炊烟蒸腾，行走一段，仍不见底，便不再有人坚持探看，都小心翼翼地退身而出了。

西塘老宅，有很多是明清民宅。我对民宅建成年代是明是清，本分不大清楚。怀小姐耐心解释，明代老宅的木雕、砖雕，线条较明快简洁，墙脚又多用青石砌成；至清代，因"青"与"清"同音，朝廷便不准青石被压在底下，所以民宅都改用花岗岩砌墙脚了。虽然清代多禁忌，又兴过多起文字冤狱，但仍于事无补，最后还是垮台了。

我们走进一幢据说是明代的老宅。大宅子已分给多户人家居住，一进一进的正门都被封住，各家的共同通道就是原来留给宅中女子和用人行走的侧廊。侧廊又窄又深，又黑又潮，以至同行的李君愤愤不平地说："谁主张保留这样的'古迹'，就让谁搬进来住。我就是在这样的房子里长大的，受尽其苦哇！"我笑他偏颇，笑过又觉得他的话有一定的道理。古迹要保留，现代化也要建设，两者相宜当然好，万一有冲突呢？像此类老宅，虽有历史文化价值，说到保护，还是应该精一点好，价值特别大、名声特别响的自然除外，其他的应该逐步退出历史舞台，让老百姓也住得好一点，其中一个办法就是"旧表新里"，外表保持旧貌，屋里设施加以新的改造。听老人说，旧时大户人家的公子小姐易生痨病（即肺结核），现在想起来，不但与少劳动有关，大概也与住在这类见不到阳光的阴气很重的大宅子有关吧？

看罢长弄老宅，怀小姐又带我们去看桥。

"江南多曲水，人家尽枕桥"，西塘桥多，原因正是河港交错。镇上正筹集大量资金，对桥进行全面的维修或改造，既为了便利交通，更希望营造吸引游客的景观。怀小姐说，镇上十几座桥，最出名的叫卧龙桥。

我们沿河左顾右盼。虽是阴雨天，脚下的石路却不怎么湿，因为一路上有廊棚遮掩。

所谓廊棚，就是水乡古镇临河的走廊。像西塘这般手工业、商业发达的古镇，交通全靠河港。商家要据地利，便沿河开店设铺，店铺与河港之间须留出一条通道，为了晴天不晒头、雨天不湿鞋，便将房瓦从店铺的檐口延伸至河港边缘，利于行人和装卸货物，这就是廊棚的来历。

西塘的廊棚曲折绵延，长至数里，足显当年西塘之繁盛。与廊棚相映成趣的是那些石砌的河沿，相隔不远，便铺设有或凹或凸的船埠，船埠也叫桥埠头，既供船身靠泊，又可供妇女们捣衣洗物。特别有趣的是，许多人家就临水而居，往往前门临街，后门临水，出后门就是船埠。船埠边的石壁上凿有拴船之物，有凸，有凹，有横，有竖，也有斜着的；有的刻着花草，有的刻着鸟兽……我一路走一路仔细观察，看了十几处，竟无一雷同。这使我惊奇不已，如此实用之物，也被劳动者们艺术化了，不放弃一丝创造美的机会，不愿意简单重复雷同。看着它们融会于大自然中，我简直心旷神怡。

我们终于来到卧龙桥前。

这条"卧龙"是座石拱桥，大半个圆弧，雄跨于碧水绿波之上。桥两边与岸相接处，有石砌平台浮出水面半尺许，凿着不起眼的钩状石鼻。据怀小姐介绍，桥洞其实就是旧时城门，一到夜晚，守桥人便拉起绳栅，严禁船只进出。我听了，只觉得一股凉意和绵绵细雨一起袭上额头。正当我默默凝视之际，怀小姐却话题一转，说起桥的来历——清嘉庆年间有一贩盐青年，深恋着当地一位美丽善良的姑娘。不幸，在一次洪水中，姑娘过渡舟倾人亡。青年悲痛欲绝，发誓要用石龙镇住水龙，纪念爱人，也方便后人。他从此带发修行，跨千山万水，费千言万语，走千家万户，不知磨穿多少鞋，跪破几次膝，历尽艰辛，募齐造桥之资。桥一天天架高，眼看大功告成，可巧匠们却怎么也凿不好最后一块桥心石——极普通却能使整座桥紧紧挤成一体的石头。青年不吃不睡，坐在桥中央，望着那个缺口默默无语、泪流不止。到第三天早上，小伙子一头青丝竟成白发。这时，桥上走来一位挑豆腐担的老人，他用慈爱的目光看了看青年，然后放下担子，拿起刀切出一方白嫩的豆腐，放进石桥中央张开的嘴巴里。顿时，奇迹发生了：豆腐化成方石满满盈盈、服服帖帖。未等青年醒过神来，老人已不知去向，青年赶紧朝天跪拜……

明知是民间传说，但我还是被故事深深感动。脆弱短暂的生命一旦注入崇高的精神，常常会创造不朽的业绩，这不正是被无数真实或虚幻的故事所反复揭示的至理吗？

我怀揣一颗崇敬虔诚的心，踏上桥，站在中央环顾四周。桥的帮沿和护栏，每一块青石都用雌雄榫相连，你牵着我，我拉着你，紧贴紧挨，不需外加一点泥灰粘连，这就是极受民间推崇的"清水活儿"。桥中央那块方石上凸着一个圆，圆里凿着朵莲花。从这里向两边辐射一道道弯弯曲曲的纹线，密密交织，既可防滑，又酷似龙身的鳞片。我想，这也是它被称作"卧龙"的一个原因吧？我这个异乡人心中不由得升腾起祝愿：愿卧龙桥永远美丽，愿西塘人民永远幸福并永远珍惜属于自己的这个美丽的传说。

（原载于《人在旅途》，南海出版公司 1997 年版）

青海湖之恋

　　小时候，先从父亲然后是老师的讲述中知道了青海湖——与众多平原上的湖泊迥然不同，它位于被称为"世界屋脊"的青藏高原，而且是一个像大海一样咸的咸水湖，非常神奇，非常美丽。从此，我一直在向往中等待，盼着有一天可以一睹芳容。

　　许多年以后的2002年，我曾去过一次青海，参加青海电视台一个节目的开播仪式。活动结束时向东道主问起青海湖，主人告诉我，现在青海的气候与莺飞草长的江南不同（那天是4月1日），去青海湖的道路连同青海湖都还被冰雪冻封着呢。我失望至极，离西宁往兰州而去，隔着车窗向外看，一片枯黄，渐行渐远，两边的树木开始慢慢绿起来，将近兰州，绿越来越密，心情也慢慢变得轻松。

　　事隔八年，人过花甲，老天似乎不再忍心让我苦等，终于给我机会来青海考察。来时正逢青海50多年来最炎热的夏季，8月2日那天，西宁白天最高气温达33摄氏度；到了晚上，宾馆里既无空调也无风扇，燥热难眠，辗转反侧间，我忽然想出一个心理催眠之法——不断想着明天就要见到的清凉的青海湖，竟十分有效，心静自然凉，也就慢慢入睡了。

　　第二天一早，我们一行人就乘车驶上了举世闻名的青藏公路。公路宽阔平整，汽车稳稳疾行，已经很难想象当年工程部队官兵是如何在恶劣的气候环境和生活条件下开山辟土的，那时候有多少青春的身影在严寒中倒下，又流了多少鲜血把雪原都染红了啊！

一个半小时后，车子停在了日月山口。据说，这里是黄土高原和青藏高原的分界处，也是大唐文成公主进藏时的休憩之处。原来，我们与文成公主走的竟是同一条路！但是这位柔弱美丽的女子所走的路，不知比我们今天要艰难多少倍，非常辛苦而且心苦。传说，文成公主为解思乡情，进藏时带了一面日月宝镜，它能照见千里之外的长安城。在日月山口休息时，公主掏镜观长安，不由潸然泪下，但想到使命在身，岂能日日怀旧，便将宝镜摔在地上，以示诀别故土、踏入西藏之决心。而宝镜被摔成两块，分落两个小山包上，日月山由此得名。后人为了纪念文成公主，就在这海拔3500多米的山口两边各修筑了一座日亭和月亭，可谓用心良苦，既与日月山山名相合，又含有文成公主之心日月可鉴，成就了汉藏民族交融的一段历史佳话，其功绩与日月同在的意思。

这时，原本晴阳灿烂的天空不知何时飘来几朵乌云，紧跟着一阵冷雨便飘飘洒洒而来，我不由得打了一个寒噤。雨很快停住了，身边的草原更加明亮清洁。置身于庞大无比的时空之中，广袤的草原、连绵的远山、深邃的蓝天上白云悠悠，顿感自己的渺小。看着悠然自得的黑白牦牛、殷勤招呼游人穿上鲜艳藏服拍照留影的藏民，还有欢呼雀跃的孩子们，想到古往今来，国家其实都是靠实力立国的，国力羸弱便什么都靠不住，当时的文成公主不过正好契合了一种平衡、一种互信。随口吟出一首格律不严的诗来，表达自己的感慨，担心过后忘却，连忙用手机记录下来：

日月山边日月亭，黄土藏青界分明。
大唐女镜铜身碎，公主文成闺梦惊。

家国从来凭实力，红颜自古枉牺牲。

白云绿树今犹在，放眼通途唱大风。

车过日月山口，海拔逐渐低下来，到青海湖的路程也过了一半。刚才有点气急胸闷的感觉消失了，一阵睡意袭来，我竟迷迷糊糊进入梦境之中。

小时候，

听父亲讲你，

在课本上读你——

世界屋脊上的女神。

从此，

你成为一个梦，

仙境一样美丽，

仙境一样遥远，

仙境一样朦胧。

从此，

不断追寻你，

在印刷的彩页里，

在忙碌的网络里，

在传神的笔墨里，

你依然如梦……

今天，

终于来到你身边，

走过半个世纪的路程，

一身风尘，

霜染双鬓，

你依然年轻美丽纯净。

你是蓝天的孪生姐妹吗？

靠近你，

我的世界一片湛蓝清静。

你胸怀广阔，

与天际相融；

你深沉得让我心醉，

连微笑都是蓝色的涌动。

阳光下我胆怯地伸手触摸你，

龟裂的心田立刻凉爽湿润，

心灵像湖面的飞鸟一样自由，

耳边响起天籁之声……

啊，青海湖，

我永远的恋人！

当旧梦已圆，

心底又涌新梦：

愿你永远超凡脱俗，

永远年轻美丽洁净！

南华寺纪事

　　2013年3月3日，我随好友参观广东韶关六祖慧能的祖庭南华寺，认识了妙寿师和照生师。妙寿师热情，禅学修养极好；照生师沉静，能打一套妙不可言的太极拳。

　　妙寿师领我们进六祖肉身殿参拜，又参观了藏经阁。六祖圆寂正好1300年，但真身不朽，面虽成黑色，但眉目仍清晰慈祥。藏经阁藏有大量文物，年代最早的有北齐皇建元年（560）的精美小巧的铜佛像，还有武则天的圣旨和赐给六祖的袜子、千佛袈裟，以及艺术价值很高的北宋精致木雕罗汉像360件（原有500件，"文化大革命"时被毁掉一部分），印度的贝叶经，中国的佛像、瓷器等，都极其珍贵。参观后与朋友到妙寿师的房间听他讲述对六祖的理解，令我印象深刻的有：修禅先要修己，清除原有的妄念错误，自身干净了再接受好的东西，等到好的东西成为你的习惯，再放下它们便成为自然了，不然你后来接受再好的东西也难成正果，就像砌一堵墙，上面再妙，根基不好，也难成气候，正如六祖所言"常自见己过，与道即相当"；有为与无为、入世与出世，都是同一个理性；禅不是靠传授的，靠的是自身的体悟和修炼，传授只提供了启发和契机而已，六祖不是靠五祖弘忍的传授，他出家前后都在修行，只是他自己没有意识到而已；禅在生活中，生活场即道场，日常积善即在修行，倒不计较是否在寺中、是否在诵经。

夜晚上床，难以入眠，妙寿师训不断在脑海翻腾。第二天早上四点钟便起床，旁观寺中早课，是平生第一次。结束后吃了素斋早餐，心念顿起，赶紧回房，一气呵成：

> 晨钟催我起，洗耳诵经坛。
> 修佛先修己，清心第一难。
> 日常见己过，与道欣欣然。
> 倒却肮脏水，装进智慧泉。
> 有无同理性，出入当自然。
> 妙寿启人智，照生太极玄。
> 俯身拜六祖，不朽延千年。
> 新叶南华绿，生机皆盎然。

心中欣喜，马上用微信发给二位师父。

在回广州路上我接到照生师微信，照录如下：

> 晨钟不催人，唯人心不安，
> 末世无修证，起妄登经坛。
> 清心徒费力，已过不相干，
> 脏水无须倒，一任自循环。
> 智慧乃本能，有无皆一般，
> 六祖遗圣教，衣钵不再传。

如今南华寺，心动扬风幡，

唯愿后来者，莫负祖师愿。

拜读大作，恭敬不及！照生疲陋，无能奉和。搜尽枯肠，凑成拙句，以为答谢。奈何老衲无学，所出无章法，不成体统。唯愿慈悲教正。

看来照生师对修行又有另一番认识，是否在说我诗中所云的修行追求，还是"有"的境地，还不是无所挂碍，如果修到"无"的境界，无欲无恶，善德不也就自然存在那里了吗？

佛学是哲学，是教育学，是心理学，也是社会学。记得南京栖霞寺净善师曾对我说："我们是用出世的形式入世的，你看，我们做早课、法事等，不都是在为人类幸福、社会和谐、世界和平而祈福吗？"我想，这也是一种辩证法呢！妙寿说、照生说、净善说，等等，无非是路径不一、方法有别、识见多元而已，只要自身向善、引人向善，都是"善哉"啊！

心结难解

一位朋友，前段时间很失意，心结重重。我劝他去安吉住几日，事情既然已经有了结果，不能再挽回了，还不如去生态人文俱佳的环境中洗掉烦恼，拾回轻松，恢复生活常态。我个人一直认为好山好水是让人摆脱至少减少烦恼、增加快乐的去处，对凡人、伟人都管用，又对朋友举出一些例子加以说明。他听从我的意见，果真去安吉住了一个星期，参拜了灵峰寺，登上了龙王山，在原生态的高山湿地间久久地徘徊，又去天人合一的碧湖——赋石水库飞舟激浪，钻进了大竹海流连徜徉……

回杭后他告诉我，去的这几个地方确实很好，是一等的休闲处所。若在过去，他一定会兴高采烈，可这次几乎等于白去，因为情绪一直好不起来，心中块垒总是放不下、溶不了。

我听了，竟一时语塞，老话不必再说，隔靴搔痒的话不能说，不挑担子不知别人腰痛的话也不便说，然而心却无法平静下来。

至夜深人静时我想到，宁静之心，若放到宁静的环境中自然可以更加宁静，但酷爱自然的陶渊明也说过"结庐在人境，而无车马喧"，可见关键还在自心。否则，就算住在深林古刹，居山水之远，心也很难做到静与净啊！

后来，我用星云大师的禅语劝他："人活在世上，就是要追求快乐；

快乐源自放下、自在，不为旁人一句话而烦恼，不为他人一件事而怒。人生唯有少执着，多放下，对名利不执着，对权位不执着，对人物是非能放下，对性爱欲念能放下，才能享受随缘随喜的解脱生活。心若放下，风轻云淡；负累太多，苦在心头。"（见星云大师：《人生就是放下》，甘肃人民美术出版社2014年版）

朋友回答我："星云大师说得固然不错，可是知难行更难，我毕竟不是超凡脱俗之人啊！"

我再次无语，是啊，要是轮到我自己，我能做得到吗？可再往深处一想，心再大，也总有装满的时候。如同一瓶水，已经装满了，遇到再好的水也倒不进去了，若要装进新水，必先倒出里面的旧水。但是，倒出和放下一样，都是很不容易做到的事情。里面有功名，倒得出吗？里面有财富，倒得出吗？里面有情爱，倒得出吗？本来是惹来烦恼的脏水，却只看到里面含名、含金、含情，而不觉其脏，不舍得倒出，不空也不洁，那么再好的山水、再好的风景也倒不进去了，岂不惜哉、哀哉！

看来确实是知易行难，捆绑自己的绳子必须由自己解开啊！让心腾出更多的空间，让种种美好洁净、有益健康快乐的事物，如蓝天白云、青山绿水，如扶老携幼、行善积德等进入心间、融入人生，可真是一门大学问啊！

（原载于《第三地》2012年第2期）

简单的真谛

　　一位好朋友告诉我，他最近非常幸福，说话间脸上绽放着笑容，语气又带点神秘。经不住我追根究底，他终于坦白说，经过这么多年，终于和一位好女子真心相爱了。我说，看你快乐的样子，像是真的很幸福呢！他笑得更灿烂了："快乐就是幸福呀，不快乐怎么会幸福呢？"

　　是呀，真理往往是最简单的，思考了那么多年，朋友一句话就道破了幸福的真谛。

　　英国作家欧文曾说过："人类的一切努力的目的在于获得幸福。"我想，世上大多数人会认同这句至理名言，然而在这个经过高度概括以至有点抽象的判断中，又容纳了多少丰富到难以穷尽的生活内涵和体察角度呵！

　　大科学家爱因斯坦是这样描述他的科学研究工作的："我把科学的广阔园地，看作是一个广大的原野，其中散布着一些黑暗的地方和一些光明的地方。我们的工作的目的，应该是扩大光明地方的界限，或者在原野中增加光亮的中心。"这是他的工作，也是他追求的幸福。这一追求过程，充满了艰辛、曲折、牺牲，但是付出而有收获，不正是最大的快乐和幸福吗？科学家们的这种幸福观，使得艰辛、曲折、牺牲等诸如此类的在许多人看来并不快乐的事情饱含了快乐的意义。

　　还有更多的人把他们追求的幸福直接与快乐连在一起了。作家奥斯特洛夫斯基充满豪情地说："创作产生了无比惊人的快乐，而且我感觉出自己的手也在为我们大家共同建造的美丽楼房——社会主义——砌着砖块。"他的人生经历在别人看来实际上充满了坎坷，有时甚至非常痛苦，然而他却感到无限快乐、无比幸福。当《钢铁是怎样炼成的》在一个个读者手中散发着油墨芳香时，谁又能切身体会到他的那种快乐、那种幸福呢！于是著名法学家谢觉哉朴素而带有总结性地说："人生最大的快乐，是自己的劳动得到了成果。农民劳动得到了收获，工人劳动出了产品，医生劳动治好了病，教师劳动教好了学生，其他工作都是一样。"在这些说法中，你能区分什么是快乐、什么是幸福吗？

　　由此看，幸福绝不是抽象的概念和千篇一律的公式，而是具有丰富多彩的生活内容、鲜明生动的个性特征的。如果有人对你唠唠叨叨地说他对幸福的看法，那往往是他或她自己对幸福的一种感受和认知，如果你正巧对幸福缺少主见，就会在纷繁的说法面前找不到北，从而陷入茫茫然无所适从的境地。就像穿在脚上的鞋，漂亮与否并不是最重要的，舒不舒适、合不合自己的脚，才是最要紧的。可惜生活中偏偏有许多人把外观的也就是给别人看的一面放在首位，反而忽视了内在的属于自己的一面，以至于"皱着眉头穿新鞋"。这正如有些中国人的住宅很注重外观的漂亮与否，而内部的质量、结构和功能往往不如人意；请客吃饭讲究的是饭店的豪华、价格的昂贵、数量的充足，而菜肴究竟是否合乎口味、是否符合绿色消费、是否避免浪费往往不多考虑。心里痛，脸在笑，重面子，重外人的评价，这是历史给部分国人留下的一种通病，在对幸福的认知上往往也如出一辙。同时，幸福是和追求快乐的过程、实现快乐的目标联系在一起的。一个人快乐的时刻（真实而非虚假的）就是幸福洋溢的时刻。科学家把扩大已知世界、缩小未知世界视为快乐，革命家将把旧世界改造成新世界视为快乐，文学家把让读者从自己的创作中吸取精神营养视为快乐……试想，如果科学家、革命家、文学家，还有农民、工人、医生、教师等劳动者都把他们工作或奋斗中的精神快乐抽掉而只剩下工作或奋斗本身，为工作而工作，为生活而生活，他们会感到幸福吗？他们还能感受到工作或奋斗的崇高意义吗？

有人会问，健康不是幸福吗？的确，有一个形象的比喻，说健康是数字"1"，事业、爱情、财富等都是跟在后面的那一串"0"，加得越多，自我价值越高，可是没了这个"1"，后面就等于"0"了。我承认，健康与幸福是一对密友，然而连接它们的纽带依然是快乐。健康状况差的人一般来说是很难快乐，不快乐也就很难感到幸福。但是如果他已经患病，却依旧能忘情于美丽的山水之间，那他仍然是快乐幸福的。而且，像奥斯特洛夫斯基一样疾病缠身却仍然为自己所热爱的事业、生活拼搏不已的不也大有人在吗？你能说他们不快乐不幸福吗？你可以保留自己的看法和感觉，但不应该取代他们的看法和感觉。相反，如果一个人只剩下健康，但顾影自怜，没有事业，没有亲情，没有爱，没有任何使他能够追求快乐、享受快乐的生活目标，他会幸福吗？不快乐像块橡皮，足以把跟在"1"后面的那些"0"全都擦掉，弄不好连"1"也会被涂抹得不成样子。

也有人认为，财富可以给人带来幸福。财富与幸福有时候确实有点像木材和火焰的关系，可以助燃，也可以让火熄灭。比如原本恩爱的夫妻如果长期陷入贫困，很容易破坏他们的快乐和幸福。我们是不能随便给古语"贫贱夫妻百事哀"扣上一顶"庸俗"的大帽子的，对于长期在贫穷中生活的夫妻来说，每天用几个铜板来安排油盐酱醋都是容易引起争吵的大事情啊！当你需要进行非常有价值的投资却一筹莫展的时候，当你需要出国留学却学费、生活费没有着落的时候，当你的亲人被病魔折磨而你却囊中羞涩的时候……你都不会快乐，你只会感到痛苦。但是，拥有金钱、财富就一定能让人幸福吗？不是也有人因金钱而入狱、因金钱而毁家、因金钱而神魂颠倒、因金钱而丧失爱情吗？不是曾有人绝望地发出"我穷得只剩下钱"的哀叹吗？卢梭说："我们手里的金钱是保持自由的一种工具；我们所追求的金钱，则是使自己当奴隶的一种工具。"想一想吧，保持自由当然是快乐和幸福的，但当奴隶又怎么会快乐和幸福呢？不过，我们有时会看到这样一种情形，就是做着可悲的奴隶却还陶醉在当主人的错觉里！

还有举不完的事物，无论是事业、爱情、友谊，还是恶行、欺骗、背叛，等等，能真正给你带来快乐的才是真正的幸福，那些为得到一时之快，却要长期遭世人诟骂或良心谴责的人，是不会获得真正的幸福的。那些貌似幸福的东西，如果不能给你带来真正的持久的快乐，你就不能获得真幸福；而那些貌似痛苦的事情，一旦具有快乐的意义，你仍然会得到幸福的满足。幸福必须快乐，快乐之于幸福具有终极意义！

朋友，让我们一起珍视快乐、寻找快乐、创造快乐，幸福地工作和生活着吧！

（原载于《第三地》2013年第1期）

一个朋友的离去

正在外地出差时，忽然接到一位友人的电话，说一个朋友在沪不治而逝。友人悲切地向我絮絮诉说着逝者的好以及未亡人的哀伤，特别是提到天真、不谙世间炎凉的孩子，更令人心痛。

噩耗来得突兀。逝者正值英年，与他相处，总见他生气勃勃、眉飞色舞，不承想竟如此匆匆地撒手而去，抛却了他热爱的生活、事业和妻儿，还有我们这些朋友，令生者猝不及防，而我在伤悲和猝不及防中又平添了几分遗憾。

那次，我得知他在一家医院动手术，割去了医生认为不可救药的脾脏。因为那一阵我正忙得不可开交，时间凑来凑去凑不好，心想，这样的病，总不会马上出院吧，于是拖了几日才去看他，知他所好，还提去一篮鲜花。没想到，他已经不在病房，同室病友告诉我，他只是上午在病房里应付一下医生护士，下午就回家尽享天伦了。

看不到他，我怏怏而归，并没有为他似乎已经康复而喜，却实在为他担心。夜里马上打电话，劝他耐心住院，认真治养。他却在电话那头笑声朗朗地告诉我"问题不大""总体还好"，但我怎么也高兴不起来。

而今，只隔月余，他却突然离去，一个脾的割失，毁灭力竟如此之强吗？

我不得不详问他的病因。

同逝者的关系，友人比我更密切，一切的一切，都已深烙在她脑中。她一一细说，是对逝者不绝的追忆，而于我，则是对心灵的一次充满疼痛的撕咬。

逝者原来开了两次刀！

第一次住院时，医生诊断说，胆囊有问题，必须割掉。

就医的病人，大致分两类：一类是怀疑论者，对医生总放心不下，要诊过多处和多个医生，结论一致才放心服药开刀；另一类是迷信论者，对医生百依百顺，药苦刀痛都在所不惜。很难见有第三类人。我的这位朋友属于后者。他颇具英雄气地走进手术室，摘掉了帮他消化食物毒素43年的胆囊。

去胆之后，并没有如他期盼的那样病体康复，倒好像出了毛病的蓄能电池，未等充进新的能量，就又发现新的病灶——医生说他的脾也有问题，再次劝他割掉。他也没有犹豫，因为对健康的渴望太强烈了。

他的腹腔再一次被打开，长长的血淋淋的伤口。麻药麻醉了肉体的痛感神经，难道也麻痹了原本清醒的头脑？

舍脾之后，他的身体更虚弱了，一度靠输液消除炎症、供给营养。就像下山前的夕阳显得格外红、格外大一样，短暂的辉煌后，迎接他的竟是漫长的黑夜了。

他再次住院，医生说他肝也有病。在这样的城市这样的医院，对肝就不能轻易下刀了，于是只好转院到上海。但一切晚矣。上海医院检查的结论是，肝病之源在血，血病之源在骨髓纤维化。病确诊了，但生命已无可挽回。

血液有病，可是存血之脾已被割除；

血液有病，可是消毒之胆已被割除。

难道还要拿走肝，剔除骨髓吗？

拆掉桥梁，路便不再完整，不再通达。

如果个别部位——除了心脏外——出了毛病，那么可能是它的个体素质问题，无碍大局，但如果这样的部位越来越多，疾病越来越重，甚至危及要害，那么真的危矣！该认真查找真正的病根并及时果断地铲除它！

如果一味地在局部上动刀子，割来割去，那么未等割及病根，这生命恐怕就已经中断了吧？如此看来，中医所谓"标本兼治""固本强基"，真是可放之四海而皆准的正理。

在结束与友人通话前，我叮嘱她帮我送一花圈，置于逝者的遗像前，也算是参加他的追悼会。后来听友人说，逝者生前做过许多好事，参加追悼会的人很多。但一具原本充满生气的生命竟被先是潜伏进而扩张的病魔所吞噬，纸做的花圈又有什么用呢？

（原载于《人在旅途》，南海出版公司1997年版）

缅地的美丽

　　恐怕她永远看不到这篇承载我的感激之情的文章了。可我多么希望有一天她能看到，哪怕在生命的傍晚。

　　今年初秋，我来到云南瑞丽。主人为我们安排的一个节目是渡过瑞丽江，游览邻居缅甸南坎县的几个景点。

　　瑞丽江名副其实，美丽吉祥。它湍急的上游发源于云南西部腾冲市北的高黎贡山；宽阔的下游流入缅甸后，经掸邦高原西北注入伊洛瓦底江。其中有20公里，是中缅两国一衣带水的界河。当年陈毅元帅曾热情洋溢地为缅甸友人赋诗："我住江之头，君住江之尾。彼此情无限，同饮一江水。"今天能乘舟过去亲睹芳容，实乃幸事。

　　渡至南岸，来接我们的是缅甸华人开办的南坎珠宝旅游公司的汽车，导游叫张文凤，是位热情的缅籍华人姑娘。她一面向我们介绍路边风光，一面说些笑话。最有意思的是她教我们说常用缅语，看我们记不住就传授歪说之法，如"早安"叫"美国喇叭"，"你好"叫"你勾引我啦"，"大家好"叫"相互勾引"，"谢谢"叫"姐夫不在妈妈在"，"不用谢"叫"妈妈不来我来了"，"再见"更有趣，叫"老马对面"……她的活泼为我们带来了一路的轻松和笑声。接受国内导游服务的机会也曾有过几次，感觉都还愉快，但这么富有朝气的导游，还是令我惊喜不已。

在南坎游览的三处地方，珠宝市场和中心寺庙都印象平平，倒是原本期望不高的山帝大民族村却留在了心里。

山帝大民族村地处南坎郊区，出南坎经一段著名的"滇缅公路"后，再向左一拐，就到了这个小村落。我们走进去，在四五亩地的栅栏内，散落着十多座民居小阁楼，一律的木地板、竹编罩壁，只是各自造型略有不同。

我们看的第一处阁楼是缅族的。一位缅族姑娘立在园门边，上穿窄袖紧身的短衫，下面围着有如傣家姑娘筒裙般的"沙笼"，一身素白，亭亭玉立，肩上还背一把精致鲜艳的小伞，端正和谐的五官，长而卷起的睫毛，一脸静谧的微笑，稍觉缺憾的就是俊美的脸上涂了一层太厚的黄粉。

我们先上楼看，两间小屋，里面是卧室，铺设极简；外间只有一张长桌，上面摆着一排富有民族风情的漆盘，一问，是非卖品。正中摆着一座小神龛，佛像下插着一束鲜花。以花献佛据说是小乘佛教的特点，我觉得这比烟雾缭绕要雅洁得多。又见桌上放着一段圆木和一块大砚石。问导游，导游说这是当地的一种树木，晒干后再蘸水在石上研磨，便加工成一种黄色水粉，可以用来涂脸。缅族女子不论长幼都采用这种化妆术，因为南国的阳光太毒辣了。我这才明白，门口姑娘的脸上涂的也是这种"防晒霜"。

我们下楼，驻足在摆着一些小工艺品的货柜前。我指着一个圆形漆盒，招呼门口的姑娘问："小姐，这个多少钱？"一直保持静态的姑娘变得异常欢乐，她欢声朝楼上喊话，其中似乎有"阿妈"之音。果然，一位涂着更厚黄粉的年长妇女从楼上走下来。姑娘又欢快地说了些什么，年长女子便用生硬的汉语说："这是烟盒，十元钱。"我不抽烟，所以只能摆摆手。看得出，站在边上的姑娘很失望，她回到门口，又恢复了一脸的平静。

参观完民居，我们又被导游引进一个大棚子看民间歌舞表演，有傣族的、景颇族的、缅族的……平和的歌声和舞姿，变换的服饰和色彩，表演水平虽有限，其真诚和投入却令人感动。

女主持人宣布穿插抽奖活动，两个姑娘被请上台，其中一位竟是刚才的缅族姑娘，仍是一脸的平静。

主持人宣布挑选第一位抽奖人，这件事由缅族姑娘来做。她微微扫视左右，而后目光落在我脸上。她分明认出了我，我在心里祈求："请别把目光转开。"

她袅袅地走近我，微微欠身，将手捧的纸盒送到我面前。我摸出一张签，展开一看，天哪，同我的门票号码一字不差！主持人宣布号码，我应声上台，台下则一片"噢，自摸"的惊叹声。尽管只是从抽奖人变成了摸奖人，能否摸到奖还是未知数，但心里已经很高兴。我再向另一位姑娘的纸盒里摸去，嘴里念叨："一等奖，一等奖！"

我展开那张折叠的白纸，上面明确无误地写着个"1"。连主持人也睁大眼睛，"一等奖！"她高声宣布。台下又响起一片惊叹声。另一个男子走上台来，伸过手说："祝贺你！"我猜他是民族村的负责人，就说了声"谢谢"。他却开起玩笑来，说了一句"妈妈不来我来了"（不用谢）。我向主持人要过话筒，真诚地说："我能中奖，是托这位缅族小姐的福。"台下又一片"噢"声。缅族姑娘虽然仍一脸平静，但直觉告诉我，她很欢乐，因为这时她的双眸特别亮、特别美。

我的奖品是一条珍珠项链，封在一只塑料袋中，外面贴着一朵塑纸红花。我始终处在兴奋中，直到走出村寨坐上启动的汽车，我才猛然一惊，为什么不把这串项链赠给那位缅族姑娘呢？要是当时能当场取出项链并亲手挂在她的颈上该有多好！我心底的感激，不是来自一串有价的项链，而是来自姑娘无价的宽容，一个小村庄的宽大的胸怀啊！

南坎之行是人生一段小的插曲，可是这份喜悦与怅然连同缅族姑娘的美丽和善良，一起留在了心间，再也难以抹去了……

（原载于《人在旅途》，南海出版公司 1997 年版）

"疑义相与析"的乐趣

今天是农历丁酉年腊月初九,公历是2018年1月25日。

早上起来,拉开窗帘,哇,院内玉树琼花,远处天地皆白。江南难得有如此壮观雪景,我不由得触景生情,吟得一首:

南国雪纷纷,隔窗欲断魂。

一城皆寂寞,千里无轻尘。

悄看梅枝静,不闻飞鸟惊。

劝君温酒缶,小酌候春音。

发给好友海龙,海龙质疑:"断魂二字是否过了?"又说:"鸟儿无处觅食,倒是可以断魂。"接着积极性颇高地发来他的修改版:

南国雪纷纷,窗含千里银。

满城凝寂静,阡陌无浊尘。

独见梅枝俏,尚忧鸟断魂。

劝君温酒缶,小酌候春音。

我觉得他对断魂的意见是对的，而且我"飞鸟惊"的"惊"字用韵错了。但"浊"字属仄声，且"梅枝俏"和"鸟断魂"不对仗，于是我再改：

> 南国雪纷纷，隔窗念远人。
> 一城皆寂静，千里无轻尘。
> 寞寞梅枝韵，殷殷青鸟心。
> 劝君温酒缶，小酌候春音。

发给诗友小覃，她也很热心，又改了几处，并取名《雪思》：

> 南国雪纷纷，伫窗念远人。
> 一城皆肃静，千里无轻尘。
> 寂寂梅花树，殷殷青鸟心。
> 劝君温酒缶，小酌候春音。

因为隔窗看雪景可以，"念远人"就不合适了，"梅枝韵"虽然和"青鸟心"也对仗，但不如"梅花树"平易自然一些。她说她最喜欢"一城皆肃静，千里无轻尘"和"劝君温酒缶，小酌候春音"两联。我遂将这两联诗书写成一竖一横两幅习字，拍了照和诗一起发给书法家王锐请教。我这位书法老师说横的比竖的写得好，并说最喜"寂寂梅花树，殷殷青鸟心"两句。浙大卫军英教授是写古典诗词的高手，有诗词集《栖溪风月》出版，我便发给他请他指点，卫教授回信说："高情自出，韵致清绝。首联、颔联俱佳，尾联亦有味道。颈联花鸟不错，唯觉稍直白。"前两句自是客气，后两句批评有理。可见，同一首诗，因为读者情趣和审美角度的不同，结论自然不同，所谓"君子和而不同"，所谓"接受美学"，算是增添了有趣一例。

西安朋友贾晋华长期从事文物保护工作，是大词家，我也发给他看，他回信说："音改君如何？前面思远人，结尾候春君，首尾照应，思人就变成思春了，更恰当。"另外，他建议改"肃静"为"素静"，改"劝君"为"煮水"，改"伫窗"为"倚窗"，甚至更婉约一些的"倚帘"。我开玩笑回他："那主人公就不是我了，而是一位佳人了。"又说"煮水"不合平仄，他迅即回话，那就改"取炉"吧。真不愧词林大家，是何等细致！改了以后再发给海龙看，他说还是喜欢原句"劝君温酒缶，小酌候春音"，味道好，弄得我很是纠结。我又发给茶友旭平看，旭平的回信是："大师改诗：'南国雪纷纷，倚窗念远人。一城皆裹素，四野尽铺银。寂寂梅花树，殷殷青鸟心。取炉温酒缶，小酌候春音。'"

还未及回，他又发来"高手再改：'南国雪纷纷，倚窗念远人。一城皆裹素，千里尽铺银。寂寂梅花树，殷殷青鸟心。取炉温酒缶，小酌候春音。'"并解释说："与'一城'对应最好用'四野'，因千里概念太大。'一城（城区）皆裹素，四野（郊区）尽铺银。'"原来旭平是请一位王先生过目了。我明白那位先生的意思，一则"无轻尘"的"无"是平声，这里要用仄声；二则"寂寞"与"轻尘"不够对仗。我则觉得"裹素"和"铺银"语义重复，"千里"乃虚数，虽夸张，但既不离谱，也有气势；另外写诗重的是一个"境"字，景境、情境、意境，逐次而上，意境为高，音韵平仄相合最好，二者如果冲突，忌因文害意，宁取意境，通俗讲就是"味道"二字。为照顾平仄，我还是决定将"无轻尘"改为"绝轻尘"，杭城是闹市，又常有雾霾，一场大雪，既素又静，而且无尘，俨然超凡脱尘，感觉是何等之好啊！一首小诗抛出后，得各方指点，教益满满，真正品尝了"疑义相与析"的美味！特以记之。

（原载于《问红》2018年3月春季号）

慧眼与慧心

灵隐往天竺，路经一山，名曰"栏杆"。山麓绿油油的一片茶树，再向上，是茂密的丛林。林间夹一小路，蜿蜒通向幽深高陡之处。

"清明时节雨纷纷"，可今年偏不如此。清明节的第二天下午，天气明媚无比，同妹夫和小沈沿小路上山，走走停停，指花看树，聆听鸟鸣，人人神采飞扬。

突然，我被路边一块石头吸引，弯腰拾起，托在手上，回头问小沈："你看这块石头像什么？"小沈应声答道："像石观音。"接着便头啊脸啊披风啊地指点起来。妹夫也连声响应："像的，像的。"

我愈加欣喜，用手抹去土灰，仔细端详。石质极普通，因长年暴露，已遭风化，但形状确实不错，煞像一尊微微侧身、颔首端坐的观音。这时两个10岁左右的男孩赶上来，脸蛋红扑扑的，看我手上托着石块，便好奇地盯着。我问："小朋友，你们看这石头像什么？"其中一个答得极快："像观音菩萨！"他的同伴则一本正经地说："有的观音是看不出来的。"说完便跑开了。

我一愣。天真的孩子心中自有天眼，煞是厉害，一语就道破哲人修行多年的心得——"大音希声，大象无形"。

发现值得赞美，被发现值得庆幸。浅层的发现需要慧眼，深层的发现需要慧心；没有慧心，心里没有观音，"有的观音是看不出来的"。

后来，我把"石观音"带回家，洗干净竖在一个我喜爱的盆景中。

（原载于《人在旅途》，南海出版公司 1997 年版）

感情的天空

感情的天空有白昼，也有黑夜。

黑夜有时有星星有月亮，有时没有，是乌云遮住了它们。有乌云才更能感到星星和月亮的美丽和可贵。

白昼本来也有星星，只因太阳的光焰太强烈，也像乌云一样遮住了星星。

感情的天空有和风拂煦，也有雷电轰鸣。

和风中待久了渴望雷电，雷电惊久了盼望和风，都不能太多，也不能没有。

感情的天空有阳光灿烂，也有雨雪霏霏。

阳光和雨雪都能滋润生命，催熟万物。阳光和雨雪难道是异形而同质的吗？

感情的天空有春夏，也有秋冬。

春风乍暖还寒，夏日火云如烧，秋天云淡霜白，冬季红装素裹。有爱必有恨，有长必有消，有生必有死。天不一时，地不一利，人不一事。渴望单纯而不单一，渴望丰富而不复杂……

南宋高僧慧开写道："春有百花秋有月，夏有凉风冬有雪；若无闲事挂心头，便是人间好时节。"

南宋已逝，智僧已逝，智慧永存，感情永存。

（原载于《人在旅途》，南海出版公司 1997 年版）

两条小河的故事

两条清清的小河，一条是哥哥，一条是弟弟，并肩结伴，周游世界。哥俩带着童真，从大山中流出，奔向东方，那里有他们早已神往的大海。

"大海是什么样子的呢？"弟弟问。

"听说，天有多高，海就有多深；天有多大，海就有多大呢！"哥哥轻声回答。

走呵，走呵，走得很累——他们的力量太微小了。正好，一条向东奔去的大河从他俩身旁走过。

"伯伯，带上我们吧！"两条小河异口同声地请求道。

大河哈哈地笑了："来吧，孩子们，我们一起走吧！"

在大河的怀抱里，他俩感到了力量的扩展、信心的充溢。

终于有一天，他们来到了大海边。

"呵，多壮观，多宽广，多深邃，这才是永恒的所在！"弟弟发出衷心的赞叹，欣喜万分地扑向大海。

"哦，大海确实伟大，但我也不能失去自我啊！"于是，他从大河的一个岔口流开去，在一处低洼地聚成了属于自己的一泓水，蓝天白云映照在他身上。他更得意了："看我，不是也能怀抱蓝天、白云、日月嘛!"

　　投向大海的小河不但拥有了今天,而且拥有明天和后天。

　　离开大河拒绝大海的小河,虽然也拥有今天,可是明天和后天呢?

　　(原载于1990年12月19日《湖州日报·苕溪副刊》)

我是一滴水

我是一滴水。

我有时温柔平静，在西湖与游船同享悠闲，默默仰视着岸上周边的青山；我有时又盛气凌人，随钱江大潮呼啸奔腾，溅起浪花迎着太阳怒放。

我是一滴水。

我不愿沾惹浑浊的油腻，虽然我并不全然透明纯净；也不愿混入滩涂的泥泞，虽然我并不十分独立傲然。如果一定躲不开泥，我宁愿与水泥为伍，去浇筑伟岸的栋梁；我宁愿与岩浆同流，去烧毁腐朽，与之同归于尽。

我是一滴水。

我也很包容豁达，与茶共融清敬和美，与酒同唱知己千杯，与咖啡互品香甜芳菲……在山顶我和树一样绿，在天上我和云一样白，在地下我和岩浆一样热气腾腾，在海洋我连天接岸，胸怀宽广，充满豪情。

我是一滴水。

在南方我喜欢聆听雨吟，在北国我喜欢触摸冰雪；无论晴雨日夜我都闪亮，无论沃土沙漠我都是生命！

我是一滴水。

我微小柔软单薄，但只要投入母亲的怀抱，只要挽起兄弟姐妹们的臂膀，我就不会干涸，我就力量无穷。

虽然我只是一滴水。

（原载于2018年11月25日《浙江日报·钱塘江副刊》）

文/化/之/旅

考验相术

不知为何，眼下"相学"行情见涨，面相、手相、体相，凡占个"相"字，便被炒得风起云涌。相士们也仿佛《封神演义》中的"土行孙"，随时随地会突然出现在你面前，不仅"马路相士"屡见不鲜，就连身边有些朋友一夜之间也变得神秘兮兮，对你相来相去，说些能进能退的话。可我总以为，所谓"相"，与人的健康（包括生理和心理的）有些关系，如中医的"望诊"，就是通过观察病人的形色神态来作诊断。因而我认为，"看相"从某种意义上说，是病理医生或心理医生的工作领域，如硬要将其推广到测算人的凶吉、命运、前程等一切方面，便是滑稽可笑的。

记得我当知青时，有一天，虽在冬季，却风和日丽。锄麦的男女老少一字排开，一位肚子里有说不完故事的黄姓社员像往日一样开始讲故事，他首先称今日所述是件真事，发生在新中国成立前夕。国民党兵败如山倒，有一"逃官"正被解放军追得急，仓皇间躲进一座破庙，逢一职业相士也在此歇脚。那军官摸出几块大洋，要求相士为他一卜凶吉。相士稍作盘问和观察，便作大惊失色状，说军官眼下有血光之灾，命不保夕。不想那军官恼羞成怒，拔出手枪，对准相士逼问："你既会看相，倒算算自己现在会死会活？"相士自知失言，赶紧叩头求饶，承认是根

据时势和军官的行止、脸色推断，并非真会算命。因为相士知道，若说"活"字，军官便会立即打死他；若说"死"字，军官会说是成全他，也送他去死。

说完这个故事，黄姓社员兴犹未足，接着又讲了一个古代赴京赶考的三位读书人同去请教相士的故事，那相士伸出一个指头以示答复后便不再言语。实际上，伸一指，就将考取一人、一人考不取、没一人考取和三人一起考取所有选项都囊括其中。

也许是第一次接受"相学"的"启蒙"，所以我印象特别深，但对看相的不信任也伴随"首因效应"烙在了脑子里。

事隔20多年，日前在杭城街头总算第一次亲尝了相士为我"看相"的味道。

那天同朋友散步，被一路边自称是来自九华山的相士死缠。朋友劝我且看他如何蒙我，便让他"相"了一回。听了半天，我摸到一个规律：好话多，虚话多，关于将来的好话、虚话更多，要使你在奉承中飘飘然不辨真伪、难分虚实。为了证明其"神"，他偶尔也往实处说说，其中一条颇有趣，那就是"封"我一个"经理"的头衔，但是"副"的。过后想想，大概是因为那天我穿戴整齐，西装革履，精神气色俱佳，一路又在谈笑风生，他便以为我是有钱的主儿。现在有钱者以经理为多，而且不管企业盈亏，自己一律不穷。所以他便把我塞进"经理"之林，只是看我尚带文人气，"体相"上尚未腰圆肚凸，够不上扶正的要求。不过，他像是怕我伤心，便鼓励我，不久的将来肯定会被扶正的。

归途中我忽然想起不是相士的杨修。

《三国演义》第72回写曹操在汉中斜谷与诸葛亮对峙。当时曹操正处在进亦难退亦难的境地中，见厨师送来的鸡汤中有鸡肋在，随口便定晚间的口令为"鸡肋"。不承想手下的杨修便叫随行的军士收拾行装，准备撤退，理由是"鸡肋者，食之无肉，弃之有味"，进而猜测曹操的心态是进攻不能取胜，撤退怕人耻笑，断定他很快会下令退兵。这一来，曹军中许多人都在准备撤退。曹操得知后大怒道："汝怎敢造言，乱我军心！"让刀斧手砍下了杨修"聪明"的脑袋。

读《三国演义》者至此，大多会指责曹操的残暴，也为杨修才高命短而叹惜。可我认为，杨修是以小聪明误大事，一是搬掉了自己的脑袋，二是差点儿搬掉了千万人马的脑袋——岂不知两军对垒，军心最要紧吗？不是算命先生的"算命先生"杨修一靠知情二靠察言，揣摩他人心理显示了聪明，可又因此断送了自己的性命。曹操用战时法令对付杨修是自然之理。试想，常人如果不是自投罗网找相士，谁愿意终日有人盯住你、观察你、析你言行、窥你隐情呢？杨修虽非相士，所用方法却和相士如出一辙，而且都一样起误导人的作用。当然不是说相士个个该杀，但至少我们不该被相士牵鼻子乱了方寸才是。

其实，在"相术"盛行的古代，也有明哲之士树起自己的旗帜。战国时期的哲学家荀子写过一篇《非相》，对后世影响很大，颇能击中"相学"要害。荀子举例，尧长舜短、文王长周公短、孔子长子弓短，但他们都创下了辉煌业绩。他又说，孔子的容貌像蒙着怪面具，周公瘦矮得像折断的一株枯树，皋陶面色像削了皮的瓜，闳夭的大胡子遮住了整张脸，傅说驼背，伊尹无须无眉，而这些极不"上相"甚至丑陋不堪的人物可全都非圣即贤。所以荀子大声疾呼："长短大小，美恶形相，岂论也哉！"《韩非子·显学》里也记载了一件有趣的轶事，说"澹台子羽，君子之容也，仲尼几而取之，与处久而行不称其貌。……故孔子曰：'以容取人乎，失之子羽'"。意思是孔子开始时因为学生澹台子羽生就一副君子之相，对他很赏识，但相处一久，发现其行为与相貌并不相称，因此孔子作自我批评说：以貌取人造成了我对子羽判断的失误啊。正因为看相之不可靠，荀子认为，一个人的命运吉凶，主要决定于他的心地是否善良和行为是否正直，并不决定于他生就的形体面相是否美丑，他铿锵有力地说：

> 相形不如论心，论心不如择术。形不胜心，心不胜术。术正而心顺之，则形相虽恶而心术善，无害为君子也；形相虽善而心术恶，无害为小人也。君子之谓吉，小人之谓凶。故长短大小、善恶形相，非吉凶也。

真理相对于谬误而成立。荀子们旗帜鲜明地非相了两千多年，相士们慌慌张张地相面了两千多年。我想，只要这世间存在智慧和愚昧，这一切还会继续下去，让我担忧的却是伪科学的"相术"，在科学越发昌盛的年代，是否能制造出蒙住普通人的彩旗。

（原载于1995年11月30日《海南开发报·特区人生》）

寻找朋友

何谓朋友？古人的解释是，"同师曰朋，同志曰友"。《字源》中说，"友"原本表示两手相握，"朋"则是两串贝壳并列，而我却愿意识其为两个并排站立的身体，非从"月"，而从"月"（肉）——彼此援手、平等站立，才称得上朋友。

如果将一盅浓郁香醇的美酒倒进一碗水里，酒味之寡淡可想而知，再将其倒入一缸水里呢？由此想到"朋友"一称的演变——先是志同道合之谓，后是有交有情之谓，至今有交无情、喝两杯、拍一肩也都你朋我友了。演艺场上、交际场上、生意场上，乃至官场上，沸沸扬扬一片"朋友"声，可生活中堪称"良友""益友""净友""畏友"的能有几人？

鲁迅曾感叹真朋友之可贵，说"人生得一知己足矣"。他的感叹当然与他所处的社会陷阱太多，又亲眼看见许多弃友、卖友者有关！说明交友忌滥、质量为先是任何时代都通行的原则。

若要画真朋友的"标准像"，我私下有过设计：在你贫穷落魄时不嫌弃你，在你遭难遇厄时帮助你，在你"中邪犯傻"时扶正你，在你迷惘苦恼时启发你；不会拿你的友情去换一顶"帽子"、一沓钞票，也不会拿你的信任去沽名钓誉沿街叫卖，急你所急，痛你所痛，乐你所乐……当然，反过来你亦然。若要拿建一座美丽的房子作比，那么首先须选择并夯实善良的心地，然后再用"爱"和"平等"作基石，而黏合剂该是什么呢？也许是一致的价值取向，也许是共同的兴趣爱好，也许还是相互间的理解和支持。美学家朱光潜先生说："你自己如果不是一个好朋友，就决不能希望得到一个好朋友。要是好朋友，自己须先是一个好人。"他还举西谚为证："告诉我谁是你的朋友，我就知道你是怎样的一种人。"平易的话语浓缩了多少洞察人世和人际的甘苦啊！

在众"友"中，我以为有三类"友"更能观照人的精神世界。

一如，"女友"。不知从何时起"女友"成了恋人的代称，我想可能为含蓄，也可能为避免浪费，因为如按其本义，在生活中使用的频率实在太低。倒不是因为难平等，而是因为爱的"度"难把握，异性交往的常见模式是熟人—恋人—情人—夫人，唯始终做友人、非"过"亦非"不及"者如凤毛麟角，鲜见得很。因为真朋友贵在一个"真"字，真心、真情，无真便"不及"，也就称不上朋友；可是"过犹不及"，异性之间除亲情外，一旦动了真心、真情，是否能坚定"友"的立场呢？也许两人能相约相守以自持，可周围与社会又会怎样看呢？那些善意的规劝或恶意的流言蜚语会汹涌而至，呛得人面目全非。古今中外倡导男女间真诚友谊的理论家颇多，但成功的实践者甚少。鲁迅与许广平就是先做师生，后做朋友，最终做了夫妻的，一般俗人又怎敢轻易去试？于是便从中滋生出一串串或有趣或无聊、或幸福或痛苦的故事来，于是文学、影视便乐此不疲，让人们去赴只中看不中吃的精神宴会。

二如，领导部下。常听人说："我把部下当朋友看。"我以为这愿望有大器感，然能达到此境并不易，不但要看实际操作，还要看机缘——本来世上许多事就不是一厢情愿就能办到的。依我看，已是部下的，能建立同志加朋友的关系固然好；但最好不要把已是朋友的请到麾下来，因为朋友一旦成为部下，爱与平等就难以完全实现了。虽然古人有"举贤不避亲"之说，但"贤"的标准极活络，不太容易用尺子去量，有人欲攻击你或朋友，拿来作枪弹似乎挺方便。另外，上下级间因原本社会工作赋予的角色，管辖与从属不可避免，难题也便随之而来：要求松了不仅难以服众，而且对不起事业；要求严了又怕伤感情。做部下的朋友也顾忌颇多，达到彼此默契和体谅不可谓不难，部下做事又难保事事成功，若朋友出错失误，影响自然不一般。无须赘言，仅此几项应如何相待？

三如，父子（子原来也可男女通用）。我很羡慕马克思和女儿小燕妮那种既为父女也为朋友的关系，羡慕小燕妮总是"卡尔""卡尔"地直呼父名，但羡慕归羡慕，躬行便觉得困难，因为父子间的"爱"是从骨子里淌出来的，而"平等"却容易走岔道。像我在家中就常常不自觉地要表现"权威性"，唯我是尊，总觉得孩子长不大。岂知子女偏偏在成长，主见渐多，自尊渐强。而且朋友间一般需持包容态度，性格、嗜好、私生活等都求同存异，不应也不会横加干涉。而对子女就不一样，父母总喜欢按自己的"准星"去校正子女的言行，子女随年龄增长对此也渐生抗争。呜呼，平等不立，立朋友关系难矣，于是只好老实承认：父子转为朋友，尚须不断努力。

生活中不能缺少朋友，可是寻找真正的友谊是多么不容易！然而正因为友谊具有用心灵的语言创造着生命的丰厚的魅力，所以人们并不知难而退。我想，只要手握善良、爱和平等这三把金钥匙，再凭借耐心，就一定会打开神殿之门，找到美丽的真正的友谊。

（原载于1995年12月19日《海南开发报·特区人生》）

人在湖州说茶酒

在湖州过年，几乎天天与茶和酒相伴。

茶和酒缘分极深，常常形影不离。

而且，让湖州人自豪的是，中国——当然也是世界的第一部《茶经》和第一部《酒经》都诞生在湖州。客寓湖州的陆羽和湖州本土的朱肱携手把世界性的、既物质又精神的两大品饮文化书写在人类文明史上，将各种肤色的男女老少迷得如痴如醉。

人们为什么那么喜爱茶和酒？

除了茶和酒的内含物质和功能性成分有益于人的健康外，更让人迷恋的大概是它们对人精神上的赋能。与陆羽亦师亦友的诗僧皎然神采飞扬地写道："一饮涤昏寐，情来朗爽满天地。再饮清我神，忽如飞雨洒轻尘。三饮便得道，何须苦心破烦恼。"做过湖州知府的苏东坡则豪迈地吟唱："酒酣胸胆尚开张，鬓微霜，又何妨！"特别是茶和酒引发的人生共鸣，更让人感叹不已：人生如茶也如酒，品茶品酒品人生。

茶如人生。担任中国国际茶文化研究会会长十余年的周国富先生曾有一段精彩之论，说茶在人生最美好的时候离开母亲，历经锻炼甚至磨难，晒、揉、蒸、炒、焙，浴火重生，终于成材，幸遇相知之水，得以释放生命的精华，然后慢慢淡去。这何尝不是人的一生？如果能历经悲壮之美、相知之美和奉献之美，这样的人生该多么美好！

想起看过的一个故事，一失意书生去寺中求教老僧，老僧让小僧取一壶温水泡茶给书生喝，书生见茶叶尽浮水面，了无香气，眉头皱了起来。老僧再令小僧将水烧沸重新泡茶，只见茶叶上下翻滚。书生闻得茶香四溢时幡然醒悟：人生如茶，不经一番煎熬浮沉，怎得灿烂芬芳？

酒呢？酒也如此，各美其美，各显其态：红酒色艳香幽，白酒醇厚浓烈，果酒甘甜芬芳，啤酒清口豪爽。各有长短，当扬长避短；各有浓淡，当适量忌贪。酒有浓淡，人有尺度。酒能成就人，李白斗酒诗百篇；酒也能伤害人，张飞醉酒失徐州。酒有酒气，人有精气。酒有浓烈清淡，人有分寸尺度。酒助豪气，但切忌戾气；酒助义气，但切忌匪气；酒助胆气，但切忌意气。人生如酒，取其精华而不痴迷，取其豪迈而不骄横，取其自信而不浮夸，总要经历一番甜酸苦辣才愈久弥香，才愈纯厚愈妙曼。

兼为诗仙和酒仙，也曾路过湖州并回答过湖州人问题的李白仰天高呼道："五花马，千金裘，呼儿将出换美酒，与尔同销万古愁。"在李白眼里，功名利禄毫不足惜，他看重的是精神的快乐，诗和酒成为他寻求快乐人生的重要伴侣。

看来，爱茶者自有爱茶的道理，爱酒者也自有爱酒的道理，可以偏爱，但不能互贬。刚柔相济，茶酒互补，才能让人生更健康、更丰富。

宋末元初有位文学家，叫戴表元，是浙江奉化人，却对湖州情有独钟，赞美湖州："山从天目成群出，水傍太湖分港流。行遍江南清丽地，人生只合住湖州。"几百年过去了，世间已天翻地覆，但戴氏笔下的湖州山水还顽强地保留了它完整的风貌，实属不易，难怪湖州人品茶品酒时总爱拿戴表元抒情说事。

戴表元说的"清丽"之地，从诗的表面看是指自然山水，但如果往人文处深挖，其实也是不错的。长期以来，外人总觉得湖州作为鱼米之

乡、丝绸之府、文物之邦，文气较重，人文性格如水如丝般柔软，刚强不足。其实不然，水和丝是有柔和韧、柔和刚的双重力量的。水有太湖之平静，也有莫干瀑布之激越；丝织成绸缎具润滑之美，拧成丝绳则具坚韧不拔之力。文学博士陆羽为人就既有茶气亦有酒胆，从善如流如茶之回甘，疾恶如仇如酒之浓烈，以"精行俭德"之论对抗奢靡浮夸世风便是证明。陆羽仰慕而投奔的湖州"市长"颜真卿是书法巨匠，其字方正刚直中又有圆融柔美。颜真卿爱惜人才，柔情似水如茶，专筑"青塘别业"支持茶圣著《茶经》；身负家国重任时则正直刚烈，履御史之责，不怕开罪炙手可热的杨国忠；安史之乱爆发，毅然以文人之躯率义军对抗凶顽，最后拒降叛将李希烈而慷慨赴死。湖州历史上出过众多著名的文人、学者、院士，也出过诸如"沪军都督"陈英士和"龙潭三杰"之一的共产党人钱壮飞等革命英烈。为国为民如茶之柔和，舍生取义如酒之雄壮，在他们身上，得到了完美融合。

世上第一部《茶经》和《酒经》都诞生在湖州，人在草木间，醉似逍遥仙，是用一种"天人合一"的缘分，来印证湖州文化的刚柔相济？还是用一种"和而不同"的智慧，来诉说"江南清丽地"的动静相宜？抚平情绪，觉得还是轻松点吧，便将昔时所作的打油词《茶酒论》拿来充作结尾：

> 古有打油诗，今写打油词，
> 人念茶酒两本经，我曰兄弟情。
> 酒是武将军，茶是文先生，
> 不离不舍如手足，功夫各不同。
> 遥想鸿门宴，项羽施茶工，
> 刘邦难做汉高祖，何畏过江东？
> 酒壮景阳冈，打虎成英雄，
> 若是饮茶十八碗，水浒无武松。
> 惺惺惜惺惺，张弛皆有功，
> 琴棋书画诗酒茶，灵魂总相通。

（原载于《茶博览》2022年第4期）

湖州人看"三国"

电视连续剧《三国演义》的播映，又掀起了一阵"三国热"。我也每集必看，一反常态成了"追剧迷"。

其实，我从小就是"三国迷"。

到小学四年级时，我已经用父母给的零花钱一本一本地攒齐了整套"小人书"《三国演义》。有一次上学，一路走一路看"火烧赤壁"，结果上课迟到，"小人书"被老师当着全班同学的面一页页地拦腰撕断，害得我伤心大哭一场。那时我的一颗少年心，对刘、关、张，对诸葛亮，对赵云、黄忠、马超都崇拜得五体投地；而对董卓、曹操、司马懿又是恨得不得了，因为他们都要抢别人的江山，而诸葛亮到底未能战胜他们。

上初二后，我有机会开始读古典小说《三国演义》，看法开始发生一些变化。比如我觉得关羽不如张飞可爱，刘备的大事不就伤在他的手里吗？而刘备的英雄形象也逊色起来，一个男子汉哭哭啼啼的好没志气，在赵子龙面前摔阿斗，总让人觉得不是味道。还有曹操、司马懿也有令人钦佩处，算得上是个"人物"呢！然而，有一点却始终没变，我总是不大重视东吴一方。除孙权、周瑜、鲁肃外，其他常常连人名也记不清。现在想起来，大概一是原著对孙吴一方的描写笔墨总量少些，精彩处也不多；二是我那时还是一个北方的孩子，对东吴的地理、历史、人物都不甚了然，看书时自然缺少烙印感。

20岁那年，我从东北回到父母的故乡浙江湖州安吉，务农、教书、上大学、工作，一晃就是25年。25年的甜酸苦辣，使我对这片厚土产生了深深的情愫，连现在看"三国"，也带着更近一层的亲切或遗憾，传统的亲刘蜀、仇曹魏、轻孙吴的心理定式也被冲淡了不少。

这与三国时期湖州的历史和人物大有关系。

湖州在春秋时地属吴国，在战国时地属越国；到战国晚期成为楚国春申君黄歇的封地，始筑城名菰城；至秦，实行郡县制，公元前222年，菰城改称乌程县；到东汉末年，孙权的老爷子孙坚虽官居长沙太守，食邑却在湖州，所以封号叫作"乌程侯"；到了孙权的曾孙子吴国末代皇帝孙皓时，又在乌程设吴兴郡，盼的是东吴能够中兴。然而，取一个吉利的名字就能够改变一个人或一个国家的命运的想法实在太幼稚，孙皓最终也没有能够逃脱亡国的厄运。孙皓虽然不争气，但毕竟当过皇帝，又给湖州留下了一个断断续续使用了一千多年的名字——吴兴；加上开国皇帝孙权虽然黄须碧眼，相貌怪异，但治国有方，称得上是英明君主，所以湖州人对东吴一方自然会有同情和好感。现在湖州城郊白雀乡有一个村子，名叫太史湾，传说就是因东吴名将太史慈战死后葬于此地而得名。虽然《三国演义》中说太史慈死后被"厚葬于南徐北固山下"（在今江苏省镇江市），但许多湖州人对前说仍然笃信不疑。

三国时期的东吴大将有几位确是湖州人。故鄣（今湖州市安吉县）人朱治，先随孙坚，继扶孙策，后与张昭同掌权柄帮助孙权，官位显赫，一直做到安国将军。朱治的外甥叫施然，过继给朱治为子后改姓朱。朱然十九岁便任余姚长，后不断升迁，深受孙权器重，至东汉建安二十四年（219），官居昭武将军，封西安乡侯。大都督吕蒙病重时，孙权问："卿如不起，谁可代者？"吕蒙应声而答："朱然胆守有余，愚以

为可任。"朱然活到68岁，在吴赤乌十二年（249）去世，孙权素服举哀，为之恸哭。朱然之子朱绩，也是东吴大将，领兵征战，以胆力闻名，执法刚正，历任镇东将军、骠骑将军、上大将军、大司马等职。除朱氏祖孙三代名将，湖州籍东吴名人还有曹不兴、沈友、沈充、吾粲、徐详等。其中，乌程人曹不兴是位画家，善画龙、虎、马，有"佛画之祖"之称。传说他为孙权画屏风时，不当心误落一滴墨汁，他灵机一动，将这滴墨汁点染成一只苍蝇。孙权看画时，竟不辨真假，举手去掸。正因为东吴有这些湖州名人，所以现在的湖州人包括我，看"三国"也自然爱屋及乌，对东吴的人物一律感到亲切起来。

湖州人崇拜的几位东吴历史名人，在小说《三国演义》中可见的好像只有朱治、朱然、吾粲三人。

朱治在第十五回中出现，当时孙策还在袁术帐下，他恨自己屈居人下，不得伸志，月夜之中，放声大哭。朱治却大笑而自荐，与吕范一起为孙策献上了质玺借兵之计，使孙策能够带兵马脱身而自立。看来朱治也算得上是一位有远谋大略的能人。孙吴以后能够割据江东，朱治应当占头功。吾粲在第三十八回中出现，但只是一笔带过，说孙权"广纳贤士"，其中来投者有"乌程吾粲"。而只有前面已经提到的朱然最光彩。虽然《三国演义》中已经抹去了吕蒙向孙权推荐朱然的情节，为的是好让关羽直接向吕蒙复仇解恨，但还是让朱然在孙刘之间的两次重要作战中担当了重任。一次是关羽败走麦城，在突围时，被朱然"率兵掩杀"，昔日不可一世的关公也只得落荒而逃。另一次是刘备亲征，欲为关、张两位兄弟报仇，结果被东吴陆逊火烧连营七百里。刘备在逃窜中，又遭朱然截杀，亏得赵云来救，才脱了身。可惜这位湖州籍的英雄，同朱治、吾粲一样，在电视连续剧中连一个照面也未打，让我们这些湖州人看了不免感到有点遗憾。

如果深究，就不只是遗憾了。关羽在历史上实际并无出色的表现，小说和电视剧却让他大出风头；朱然是东吴的栋梁，在小说里却大大逊色于关羽，电视剧更是对他不屑一提。看来在舞台上招摇显赫的，不一定是历史上的真英雄，而许多不事张扬甚至默默无闻的实干家，往往堪称社会的栋梁——我作为湖州人，对东吴名人有偏爱，举湖州名人的事例固然不那么客观，但这一点被许许多多历史中的人和事证明不失为一个真理。

（原载于1995年5月17日《浙江日报·西子艺苑》）

冷眼相看"保皇竹"

我曾讥讽过攀附而无骨的藤，继而又发现了自己的片面；我也曾饱含热情地歌颂过家乡强劲有节的竹，可最近却懊恼地发现了自己熟视中的盲区——一块仅占二三亩地的"保皇竹"。

在安吉县山川乡与港口乡交界处的青龙山下的一处山湾中，长着一片弯腰躬背的毛竹，村里的老人叫它们"保皇竹"。据说是北宋末年康王赵构在金兵追赶下狼狈逃奔，慌不择路，来到一个小山坳时已是日落西山，便在竹林中露宿。早上醒来，侍从见康王睡处毛竹垂腰，枝叶细密如蓬，便大拍康王马屁。康王得意，随即给了它们一个"保皇竹"的封号。从此，"保皇竹"之名竟流传下来，这些竹子的腰也得永远弯着。

这类"摧眉折腰事权贵"的故事让人不敢恭维。

赵构是什么人？大白天还在宫中行房事，听说金兵逼近，被吓得从此阳痿的就是这个赵构。抗金名将岳飞被害风波亭，千百年来这笔账一直记在秦桧头上，其实秦桧的后台老板就是赵构。万一岳飞真的"直捣黄龙"，迎回被金国关押的老皇帝，赵构不就当不成皇帝了吗？

就是这样一个偷安苟且的腐败皇帝，照样有苟且腐败的官吏捧着，所谓"泥马渡康王""保皇竹"之类的故事，正是"皇权""正统"意识的流毒，也是抹在赵构脸上的厚粉。而且，既然赵构可涂抹，赵构的侍从们自然也可涂抹，后世的"赵构"及"侍从们"一样都能涂抹了。

由此我想到，凡事不能一概而论。世上好人多，但不可不防谬种；家乡可爱，也找得到需改良之处；竹海万顷，却偏有一隅"媚竹"……

其实不能怪那竹。竹之曲直，源于自然和地理。谓竹之"保皇"且得意洋洋，恰恰是软骨的保皇党的意识在民间的流毒，时间长了便潜移默化，令人无知无觉，麻木得可怜。可见培养刚直、自主的意识和骨子有多么重要。

至于"保皇竹"，则不必一定铲除而后快，留在那里作一处风景，既可赏心悦目，又可增知益智，何乐而不为？只是再别冤枉了那些竹才好。

（原载于《文汇报》，后收入《人在旅途》，南海出版公司1997年版）

湖笔杂谈

一友人自西安返，说起那里的大雁塔、兵马俑，眉飞色舞，惹得我心痒；忽然又说到西安有条文化街，街上有店名曰"善琏笔庄"，是专卖湖笔的。我不禁又精神一振，为家乡自豪起来，于是刨根究底：庄主是不是湖州人、所卖"湖笔"是否正宗……友人答店主自称是湖州人，却已不会讲湖州话；至于那些笔，匆忙间未及细察，也就没有发言权了。

与友人分手后，我心绪难平，先是担心眼下假冒伪劣产品多，那西安文化街上的湖州人、湖笔是否也有假冒的可能？多想一会儿，便又释然了。不管那老板是不是湖州人，都说明他很会做生意，不仅知道最好的毛笔产自湖州，与徽墨、宣纸、端砚同列"文房四宝"之席，还知道最好的湖笔产自湖州善琏，进而利用其地其笔之名，在文化大都西安亮出名号，实在称得上是一位有文化、懂经营的"儒商"哩！

说到湖笔和善琏，自然要提到蒙恬。蒙恬是秦代大将，却又独享"湖笔之祖"的荣光。世上常有这等怪事，二者似乎南辕北辙，偏偏鬼使神差地连在了一起，史籍中"蒙恬造笔"的记载，大概也算是一例了。

其实，据说在早蒙恬几百年的孔子时代就已有毛笔，孔子还看到过周室宫廷门牖上用毛笔画出的尧、舜、桀、纣的画像；在《庄子》一书里则有"众史皆舐笔和墨，是以毫染墨也"的记载。1954年，在湖南长沙附近出土了战国时楚国的一支毛笔，不过是把兔毛包扎在竹竿的一端，还围上麻丝，髹以漆汁。这种笔，笔锋尖挺，适于在竹简木牍上书写，正与古书《物原》"以漆书于方简"的记载吻合。

那么，为什么偏说蒙恬是"湖笔之祖"呢？

原来，在秦统一中国之前，毛笔名称不一，楚称"聿"，吴称"不律"，燕称"弗"，秦称"笔"。传说蒙恬曾在善琏取羊毫和兔毫制笔，并对毛笔进行了重大改良。他以竹为管，将笔毛纳入管内，便成了最初的"湖笔"。此种笔与以前的毛笔最大的区别就在于笔头藏纳于凿空的笔管之中。"蒙恬始作秦笔"的说法也就这样流传下来。1957年，从湖北云梦睡虎地一座秦墓（公元前217年）里，还真出土了一支以竹为管的毛笔呢！对于蒙恬造笔，《湖州府志》分析道："《博物志》云，舜造笔，《小博物志》云，蒙恬造笔。古非无笔也，但用兔毫自恬始耳，且制法较胜于故，故至今善琏者必祀恬为笔祖。"你看，此论颇具辩证法味道，并非说蒙恬之前无毛笔，而是说蒙恬对制笔工艺进行了革命性的改良。为纪念蒙恬，笔工们在善琏建了"蒙公祠"，每年农历三月十六日和九月十六日（相传是蒙恬和笔娘娘的生日），便举行迎神盛会。惜乎蒙公祠在抗战时期被日军所毁，历朝名人赠匾，一同化为灰烬，然而这种民间纪念活动却一直延续到新中国成立初期。可喜的是，如今善琏人珍视自己的文化瑰宝，自筹财力，不仅恢复了蒙公祠，还建造了中国湖笔纪念馆，成为远近闻名的旅游胜景和制笔基地。

湖笔经历代发展，至唐宋时工艺已达到相当高的水平，特别是由于纸张的普遍使用，笔也从刚硬的短锋笋式笔，演变成柔软的长锋毛笔。这类毛笔的诞生又影响了书风变革。唐宋时期书家辈出，风格纷呈，不能不说与笔的改进大有关系。元代以后，湖笔制作技艺更臻成熟。从

《湖州府志》的记载中可以看出，当时的制笔已初步形成了选料、水盆、装套、结头、择笔等诸道工序，与现代制笔流程十分接近。善琏人冯应科、陆文宝成为制笔大师，其精品，竟值千金之价。冯陆制笔法作为湖笔的祖传技艺，流传至今，使湖笔在海内外一直享有盛誉。周恩来总理和董必武生前均用善琏湖笔修改文件，董老还曾题词赞湖笔，"赖此优良传统笔，指挥如意鼓东风"。人——制笔之人、用笔之人、售笔之人等，给湖笔以生命；湖笔也像人一样，有着自己的品德。

湖笔有"四德"。《湖州府志》云："凡笔之佳者，以尖、齐、圆、健四字全备为上。"尖，指笔锋如锥；齐，指笔锋散开时要齐如刀切；圆，指笔头浑圆挺直无凹凸之处；健，指书写时笔有弹性，苍劲有力。"四德"中尤以圆、健最难得。用笔在指头上画圆圈，不觉得强硬和涩滞，画完圆圈，笔头自然收敛成尖锥状。其中羊毫笔的外表还要达到光、白、直三个要求，使湖笔以精料精工著称于世。

湖笔有软毫、硬毫之分，正如人的性格有刚柔之异。羊毫、鸡毫属软毫，狼毫、紫毫属硬毫，兼毫则兼有软毫和硬毫的特性。

羊毫选用优质山羊毛精制而成。鸡毫是湖笔中最柔软的一种，最初选用白毛乌骨鸡身上的

绒毛制成，现已改用纯白鸡腋下之毛制作。古代名家用鸡毫作字画者，首推做过湖州"市长"的苏东坡，并有鸡毛笔字帖留于世。狼毫选用东北优质黄鼠狼尾毛制成，弹性强，锐而健，书画皆宜，但不适合初学者。紫毫以山兔毛为原料，是湖笔中毫性最硬最锐的。其中一种叫"紫圭"，仅用几十根兔毫制成，是理想的工笔画工具。兼毫用羊毫和兔毫或狼毫等其他毫料配制，刚柔相济，笔形较小，一般适于书写中小楷。

湖笔凭着自己优秀的品性，成为中国传统书写文化中的优秀者，并因此誉满全球。以写民歌著称的江南诗人李苏卿有一首诗写得颇精妙：

> 秦时羊毫晋时旺，羲之七世露锋芒。
> 不是善琏多巧匠，哪来湖颖笔中王。
> 浓绘浅描皆合意，刚书柔写总相当。
> 汗水浇灌两千年，笔端花开五洲香。

蒙恬之后，晋代大书法家王羲之、王献之父子均在湖州任过太守，他们不但能书善画，还经常同湖州笔工们一起磋商、改进制笔工艺。至隋朝，王羲之七世孙、有名的书法家智永禅师云游到善琏，在蒙公祠边的永欣寺一住就是30年。他一边临池习书，一边与笔工切磋技艺，使湖笔制作更合书家之意。智永生前曾自造一支大笔，圆寂时还怀抱着它。后世的颜真卿、杜牧、苏东坡、赵孟頫等人在湖州参政为官时，都关心湖笔技艺，对发展湖笔业做出了贡献。这些人和事，既是湖州的记忆也是湖州的骄傲。

（原载于1995年3月28日《人民日报·文化广角》）

补记：2002年，湖州市决定举办首届湖笔文化节，委托我邀请乔羽、王立平先生创作歌曲《湖笔颂》。二位先生珠联璧合，分作词曲，写下了感人动听的《湖笔颂》。其词曰：

是谁写下华夏时代春秋？
是谁画出神州万里锦绣？
蒙恬将军的智慧！
湖州儿女的巧手，
制作出一支支神奇的妙笔，
名传四海五洲。
得心应手，能放能收。
可大可小，有刚有柔。
静若玉兰吐蕊，
动如龙蛇竞走。
大智大巧大创造，
能与天地共长久！

20年后的2022年，乔羽先生仙逝，但是他的大智大慧和对湖州人民的深厚感情已经汇入"一条大河波浪宽"，滚滚向前，永不干涸。

湖州人文名胜之奇

湖州西依天目，有山峦起伏、翠峰连绵之美；北临太湖，东多港汊湖漾，又有波光帆影、碧水绕岸之秀。青山绿水的自然景观自不必说，底蕴深厚的人文名胜也令人称奇不已。

一奇者，莫干山。莫干之名，来自干将、莫邪铸剑于此的传说。山中"剑池"遗迹，飞瀑穿石，清泉涌流，石砧赫赫，似乎至今仍可听到锤剑之叮咚、磨剑之霍霍。

莫干山是著名的"清凉世界、翠绿仙境、避暑胜地"。

莫干山中多云雾，夏日清晨，变化最多。有时旭日浮动，红霞绿浪，交相辉映；有时大雾弥漫，万物顿失，恍若仙境；有时雨过天晴，云海蒸腾，山色空灵。

莫干毛竹，茂密粗大，高者三四丈，大者胸径近尺半。毛竹之外，尚有紫竹、淡竹、木竹、苦竹、箬竹、凤尾竹、象牙竹、桃枝竹等，堪称百竹展览馆。

莫干遍山皆泉，"山中一夜雨，树梢百重泉"，叮叮咚咚，潺潺淙淙，如古筝轻弹、玉女放歌。汇集处便顺涧流淌，逢绝壁而成瀑布，奔腾倾泻，观之听之，惊心动魄。故此，莫干山上坐落着具有中外各类艺术风格的别墅群，享有"万国建筑博物馆"的盛誉。

1952年，陈毅元帅上莫干山，在88号别墅前后住了十日，诗兴奔涌，挥毫写下数首《莫干山记游》。为了纪念他，近年还建造了"陈帅诗碑亭"，为莫干山又添了一个新的景观。

二奇者，飞英塔。此塔堪称世界之奇，它首先奇在结构，是全国唯一的"塔里塔"。飞英塔初建于晚唐，原名上乘寺舍利石塔，据说其顶常有神光冲天，于是在北宋年间建外塔笼罩之。因这段缘由，取佛家语"舍利飞轮，英光普照"之中二字，易名"飞英塔"。

飞英塔之奇，还在于它的内塔全由太湖石筑成。太湖石虽美，瘦皱透漏，但易风化，故筑外塔以保护实在是当时的设计师和工匠们聪明才智的体现。后飞英塔历尽沧桑，内外塔都曾受到不同程度的损坏。1982年，国家拨款大修，历时五年，于1986年底竣工。1988年1月，国务院批准飞英塔为全国重点文物保护单位。

三奇者，铁佛寺，为浙江省重点文物保护单位。寺有三宝：铁观音、日本铜钟和赵孟頫书写的巨碑。

铁佛寺因宋铸铁观音而得名。铁观音造像高2.5米，身体向左侧立成"S"形，上部承盛唐丰腴之遗风，下部开宋代清瘦之先声，娴雅婀娜，飘逸流畅，实为一件罕见的艺术珍品。法国、德国、美国、意大利、丹麦、日本等国，都曾派代表团和艺术家来参观。

这铁观音也曾在"文化大革命"时期遭劫难，被拖到殿外受风吹雨打火烧，但铁骨铮铮，终不蚀不锈不熔。经当代科学检测，铁观音不只含铁，还化合了钛、锰、铬等十三种稀有金属。宋代是中国古代科学技术发展的黄金时期，铸造技术之绝，确实令人叹为观止。

四之奇，为"趣园"，指的是莲花庄。莲花庄原是元代大书画家赵孟頫的别业。1986年，重建的莲花庄将毗连的潜园（原是清代著名藏书家陆心源的别业）划入，连成一个大公园。莲花庄三分之一是水面，碧水风荷，波光潋滟，洲屿曲廊相连，楼榭花木掩映，常使游者兴高采烈、流连忘返。

莲花庄之妙，不仅在水趣，还在字趣、联趣、石趣。

莲花庄园门面向苕溪，门额"莲花庄"三字为著名书法家赵朴初先生手笔，气韵生动，天然处见真功。进园门，左侧有一巨石，镌赵孟𫖯撰书的《吴兴赋》全文，洋洋洒洒900余字。另有吴作人、沙孟海、方去疾等名家题词，妙趣横生。

五之奇，为义冢，指的是坐落在湖州城南、碧浪湖畔、岘山南坡的陈英士墓。陈英士是辛亥革命时期的传奇英雄、沪军都督，是孙中山先生的重要助手，1916年不幸被袁世凯爪牙暗杀。

陈英士墓始建于1918年，1984年，根据保存的历史资料重新按原样修复，由墓冢、墓道、石坊三部分组成。石坊是墓道的起点，上有孙中山等人的题匾，有于右任、蔡元培题写的对联。走完200多米长的墓道，拾级而上，就是陵墓的中央平台，两侧有青石狮守护，中间巨型石𧊲趺驮着一块重12.5吨的石碑。石碑上的四言诔词为中山先生所撰，淋漓尽致地表达了孙中山对烈士的高度评价和深厚感情。再沿旁边石梯走上去就是墓冢、墓碑了，墓冢正面刻有"气壮山河"四个大字，花岗石墓碑上镌刻着孙中山先生手书"陈公英士之墓"六个大字。我想，虽然辛亥革命已经过去了100多年，但海峡两岸一定有众多的人仍然对辛亥革命的先贤们景仰不已。

（原载于1996年9月6日《人民日报·海外版》）

文化的园林

　　83岁的朱均珍教授率领她的清华团队花费整整八年时间终于写就了中国第一部《中国近代园林史》，这部高水准、开创性的权威著作的出版是中国园林研究史上的一件大事。听朱教授娓娓道来整个学术团队在调查、研究、写作过程中遇到的困难和表现出来的科学、敬业、奉献、团结精神，也极为感动，觉得这一切和他们的扛鼎之作一样具有宝贵的价值，与在当今校园和社会中频频出现的一些浮躁、重量不重质的现象形成了鲜明的对照。

　　读完图文并茂、洋洋洒洒的《中国近代园林史》后我在想，这些宝贵的园林的背后是什么呢？是经济吗？是的，没有钱是兴建不了园林的。但当时兴建园林的目的似乎并不是为了钱，因为当时并不卖门票或拿来做旅游景点赚钱！是生态吗？是的，园林确实为生态增色。但当时的目的似乎也不是为了生态，因为当时的人们并无生态观念，而且生态也普遍比现在好得多。我想，旧时只有非常有钱又有文化的人，才会兴建园林、享受园林。园林是他们从冷酷的官场、商海争斗中暂时或永远退避的身心憩息之地，是他们依靠权势或金钱建造起来，又借以避开权势和金钱的地方；园林是浓缩的山野、世外的桃源，是可以走进去的水墨画，是通过悦目而赏心、通过审美而抚慰心灵的地方；园林是居尘而出尘的城市山林，是隐士文化的美学形式。而这些正是文化的功能。文化是人创造的，又是用来化人、化人心的。所以有理由说，园林外在形式是物化的，而内在本质是文化的。园林也是一种养人心、化人心的文化。所以可以进一步推论说，那些能够打动人心、滋养人心、平和人心、美化人心的园林才是高品位的园林。这在朱教授主编的这部著作里可以找到大量的实证，中国近代园林的典范就是这样一批物质文化遗产和非物质文化遗产相谐相生的宝贝。

时至今天，中国园林的兴建主体由私人转向政府，园林的内涵和功能也在扩大，其性质也由私人空间越来越多地转向公共空间，这些无疑是进步的表现，都值得充分肯定。但需要提醒的是，无论保护遗产还是兴建新的园林，无论注重其生态、旅游、休闲功能，还是为赚钱、为公益，都不应该忘记或损害园林的文化本质，都应该努力提升园林的文化品位，真正以人为本地重视发挥园林的传播知识、愉悦心灵、培育审美、陶冶情操的作用。旧时代的园林主人们尚且注重的内质，不能在高唱文明的今天被我们践踏了。我认为，这是在研究和实践当代园林发展的过程中特别需要呼吁的，因为重物质不重人、不重人心，重形式不重内容、不重实效的教训实在太多了！

最后还是要感谢朱教授的大作给我们带来的科学之美和艺术之美的精神享受，愿人们在里面充分感受中国园林楼阁疏落、平桥卧波、老树傍岸带来的宁静素雅和淡泊清幽！

（原载于《江南风》2012年第2、3期合刊）

永远的导师

　　一个人的伟大和不朽，不仅在于他生时为人民大众谋幸福、为社会前进作贡献，还在于他心脏停止跳动后，思想仍继续为人民大众和社会进步作贡献。这种人中有革命家和改革家，也有科学家和文艺家。具有双重身份——既做过革命家又做过作家的茅盾，便是这样的人。

　　而且，我以为，茅盾的伟大和不朽还在于他是人民大众的先锋队和广大青年的名副其实的导师。这不仅体现在他的行为实践中，还体现在他的文学作品中。在行动上，他密切地联系青年，真诚地爱护青年，热心地扶助青年，不倦地教诲青年。在文学作品方面，我们阅读他的小说，可以从丰富多彩的艺术形象中、从形形色色的人生经历中吸取经验或教训；就是从他的散文中，我们也能不时感受到他关注青年问题的深邃目光。重读他1930年写的通讯体散文《青年苦闷的分析》，深感其中谈到的问题，不但没有随岁月的流逝而淹没它们存在的价值，而且对今天处在新的历史时期的青年仍然有重要的指导意义。

　　60多年前，白色恐怖的乌云笼罩着中国大地，一切想挺直脊梁生活的人无不感到窒息，而曾受到进步思想熏陶的青年（他们对五四运动和轰轰烈烈的大革命还记忆犹新），更容易感受到这压抑的"苦闷"。同时，这也是个地火在重新酝酿、奔突、准备爆发的时代。处在这样一个

"转变期"，青年是最敏感的，也最容易从"苦闷"中或转向奋争，或转向颓唐。他们在摸索着走路，也极希望有人出来指路，一经认为是可行的，他们就会奋不顾身地照着走。其时的茅盾，虽然刚刚从大革命失败带来的痛苦、悲观和彷徨中"苏醒过来"，但是他一"坚定地勇敢地看定了现实"、认准了方向，便又振作起来，用另一种身份，向他深恶痛绝的旧世界发起进攻。茅盾这个阶段的思想经历，在他的小说《蚀》《虹》和《创造》，以及他仅有的三篇历史小说里，在他的寓言式散文《光明到来的时候》里，得到充分的反映。所以，面对正直青年"不愿被压迫，也不愿为压迫者"的苦闷，他一方面有着深切的体会，另一方面又能高瞻远瞩地给青年指一条光明的路。《青年苦闷的分析》便是他在革命人生观的指导下，把自己对青年使命的理解镀在时代的玻璃上制成的一面供青年照见自己的优点和不足、看清时代和社会寄予自己的期望的镜子。

在当时的历史条件下，完全觉悟而又敢于斗争的青年，毕竟是少数；自甘堕落、津津有味地做当权者鹰犬爪牙的青年，更是极少；大多数青年还处在不愿"被生活拖下社会的地狱去"而又找不到出路的境地，他们正徘徊在人生的"交界线上"，左顾右盼，这时候，不论朝哪个方向迈出第一步，都将对今后的人生道路产生重大甚至决定性的影响。茅盾就是紧紧抓住这个契机，抓住这个大多数，以父亲般的严肃和母亲般的慈爱，掏出自己的肺腑之言——不是"空心汤圆"式的"同情"和"慰安"，也不是"什么职业上谋生上的暗示"，而是"请你吃点辣子，给你一些批评"。因为他认为只有这样才"可以使你出一身大汗，可以破除你的苦闷罢"。

对于青年，茅盾指出，这些青年苦闷的根由在于觉得"合理的社会和人生似乎一时不能实现"，也就是说理想和现实的矛盾一时不能解决。

理想是生命的支柱。车尔尼雪夫斯基曾说："一个人的活动，如果不是被高尚的思想所鼓舞，那它是无益的、渺小的。"有些青年本来怀有美好的理想却因为觉得不能看着它在自己的手里变成现实，便怀疑这理想不过是幻想，从而心灰意懒，引起心理上的自我溃败，这是茅盾最感痛心的"糊涂"观念。他毫不客气地批评这些"怀疑者"犹如寓言中的驴子，"不能够一步就到了人家对它说的那个花园吃理想中的玫瑰，就归根怀疑到该花园之是否真真存在"，而"他们的毛病就是不明白一个社会组织的改变绝不是像你在床上翻一个身那样容易的"。为了让青年知其所以然，他又耐心地解释道："一个社会组织的改变不但需要很长的时间，而且中间一定要经过不少的各种形态的阶段。社会进化的方式，既不如一班人所说的那样机械的，也绝不是又一班人所说什么混杂变幻不可思议究诘。"这些深刻的见解，是经得起实践的检验的，是对盲目乐观主义者的批评，更是对悲观主义渺茫论者的针砭。理想境界的到达，需要靠人民大众特别是青年的努力一步步地接近，根本不能期待像魔术一样，不通过艰苦奋斗，便在一个早上获得一切，从鲜花直到赞美诗。茅盾对此有清醒的认识，所以他也能如此地去澄清糊涂观念以教育青年、启迪青年。特别要指出的是，茅盾先生在这里强调的是"社会组织的改变"，号召青年坚定创造"合理的社会"的信念，这在统治者极尽杀人头、钳人口之能事的社会条件下，是需要极大的勇气的，没有洞察事物、把握历史发展趋势的能力，没有对青年极端负责的精神，是无论如何也做不到的。

其次，茅盾认为，青年在选准了目标"有所不为有所必为"以后，不付诸行动，也是不行的；而要行动，就必须培养适应斗争需要的优秀品质。茅盾要求有理想、准备行动的青年具备哪些品质呢？

第一是"毅力——只照着正确的路线走去，把一切顿挫波折都放在预算中，绝不迟疑徘徊的那样的毅力"。青年往往思维敏捷，热情高，但也容易把事情看得过分简单，一遇挫折也容易灰心丧气，或者大发牢骚，甚至一下子冷下来，干脆撒手不干。茅盾对症下药，把毅力当作确定目标后的第一要事提出来，认为"转变期"的青年"顶需要的"就是毅力。事实上，大凡人，一般说来，天资的差别是不大的，而同做一件事有成功与否和成功大小之分，起关键作用的，往往是毅力。茅盾对青年提出培养毅力的要求，正是对青年寄予无限希望的表现。

毅力的同胞兄弟是勇敢。茅盾对青年有无勇敢的品质也是极看重的。他认为，青年有"牺牲一己为大众谋幸福"的愿望是好的，但不能一味强调不"轻举妄动"、不受骗上当，而"简直不敢动"。在当时的社会条件下，"挂羊头卖狗肉"的欺骗青年者确实很多，许多青年也确实受过骗，但于是像"小姑娘"一样，抱着"受了欺骗便无以自反的心理"瞻前顾后、畏畏葸葸，也是有害的。其病因在于不深入实际斗争，不考虑现实生活，而让道听途说唬骗自己。因此，他号召青年跑出"香闺"，"走到十字街头"，"不要尽信赖你的耳朵，应该睁开你的眼睛来"，"看见大众所苦痛者究竟是什么，并且究竟是什么东西能够解放他们"，再加上"什么都不怕一试，试得不对，什么都不怕丢开另来"的勇敢，只有这样，青年"最宝贵的生命力"才能得到充分的表现。茅盾的这些意见，对于处在"转变期"的要改革、要创造的青年来说，无疑是富有营养的精神食粮。

欲做青年的导师而不了解青年，这是当时许多在青年问题上指手画脚的人的毛病。茅盾之所以能提出如此精辟的见解，是因为他像普罗米修斯一样，不仅能窃来火种照亮人间，还有着对人的深切的爱和理解。青年常常向往崇高，而容易鄙视卑微的工作；急于追求大目标的实现，而容易忽视小流跬步的积累；喜欢多思，但容易陷入空想，在原地"兜圈子"。从青年的这些特点出发，茅盾先生明白地要求青年"落眼处虽然是为大多数民众求幸福，但你的着手处却应该从极小处开始；不耻下层的工作，不要放弃琐细的斗争""自然得小心，但不可不放开脚步走上前去，不容趑趄"，千万不能"对于'立身处世'的大计明明放着一条路在面前而始终拿不定主意以至蹉跎不决"。茅盾这些切中时弊的话，无疑是及时洒在进步青年心头的甘霖，激励青年脚踏实地工作，坚决果敢地向光明的未来靠近。

最后，茅盾还诚恳地劝诫青年不能因为受了批评便"感到自己的脆弱，因而悲观消沉"。他体谅地说，"人类并不是'全知全能的上帝'，人类是或多或少有些缺陷的"；他又富有深意地说，"我们的老祖宗——原始人，比起我们来，要不完全得多了，然而他们从工作中、从生活斗争中，炼到了一身本事"；在文章结尾，他热情洋溢、满怀希望地向青年呼唤：

> 朋友，你是青年……你生在这转变时代，你有很好的机会在这正在展开的历史的悲壮剧中做一个角色，你是很幸运的……正因为你是一无所有的青年，你的出路是明明白白的一条：为了大多数人也为了你自己的解放而斗争！

半个世纪过去了，在中国的土地上发生了天翻地覆的变化，"社会组织的改变"这个当时青年的理想和茅盾的预言早已实现。但是我们还要向社会主义现代化乃至更高的社会目标前进，我们也正处在一个新的历史转变时期，值此时刻，我们重读《青年苦闷的分析》，不但因它的见解经得起历史考验而被折服，而且惊叹于它在今天仍然熠熠发光，具有不可忽视的现实意义。从茅盾当年对理想"怀疑者"的针砭到我们今天对"渺茫论"的批评，从茅盾先生当年"大处落眼，小处着手"的主张到我们今天"从我做起，从现在做起，从小事做起"的口号的提出，从茅盾先生当年对于青年品质的要求，到我们今天在开创新局面时培养"有理想、有觉悟、有道德、有文化、守纪律的劳动者"的实践，我们足可以从这历史发展的轨迹中认识到茅盾的伟大。让我们把茅盾先生当作永远的导师并铭记他的话吧：

> 朋友，你不必为你的有缺陷而自馁，你应当在找寻工作和生活斗争中锻炼你自己，填平你的缺陷，只有不断地和环境奋斗，然后才可以使你长成。

（原载于1984年《湖州师专学报·茅盾研究增刊》）

顾炎武治学

我国明清之际杰出的爱国学者顾炎武已经逝世300周年了。

顾炎武是一位杰出的爱国者。他早年参加反对明末当权奸宦的进步学术团体复社；清兵入关后，又参加昆山、嘉定一带的抗清起义；失败后，他匿名江湖，游历南北，仍念念不忘复明，曾写下不少记录异族征掠罪行、同情人民疾苦、歌颂正义斗争、表达自己抗清决心的爱国诗篇。顾炎武还是一位有多方面才能和成就的杰出的学者。他在经学、哲学、社会学、历史学、地理学以及经济学等诸多领域，都有很深的造诣，毕生著作达几十种之多，给中国思想史、学术史、文学史都留下了宝贵的财富，受到后人的敬仰和高度评价。顾炎武这些成就的取得，并不是偶然的。除社会历史条件之外，良好的家庭教育和独特的治学精神也是重要的原因，即使在今天，仍然有很多值得我们借鉴的地方。

家教有方，基础扎实。顾炎武在青少年时期所受的教育，同他以后所走的治学道路密切相关。明万历四十一年（1613）顾炎武出生于江苏昆山一个世宦之家，祖父顾绍芾和嗣母王氏（原是顾炎武的婶婶，未婚守节，顾炎武从小便过继给她做养子）非常重视对他的教育，家中藏书很多。顾炎武六岁跟嗣母读《大学》，七岁到九岁跟老师读整部《四书》和《周易》，接着在祖父指导下读孙武兵法和《左传》《国语》《国策》

《史记》《资治通鉴》等史书，14岁进县学，开始读《尚书》《诗经》《春秋》等书。顾炎武从小养成了读书习惯，打下了扎实的文字、历史知识和文学修养的基础。顾炎武的祖父还把关心时事政治的优点传给了他。当时有一种叫作《邸报》的政府官报（始于汉，先皆为抄本，明末才有活版印刷），专收集皇帝谕旨、臣僚奏议、社会新闻等内容。顾炎武跟着祖父通览了明泰昌元年（1620）以来的《邸报》，从中积累了丰富的社会知识。家庭教育不仅在知识领域为顾炎武的进一步学习和研究打下坚实基础，而且在思想上使他牢固地树立了不与清统治者合作的观念，这无论对他以后参加抗清活动，或是进行学术研究，都有重要影响。顾炎武的祖父很有识见，他清醒地看到当时（明末）政治腐败、外患严重、民不聊生的形势，希望孙子将来能担负起救亡重任，所以有意识地教顾炎武读了许多军事著作和历史典籍。顾炎武的嗣母也是位很有骨气的妇女，常对年少的顾炎武讲当朝刘基、方孝孺、于谦等人的事迹，激励他立志成为有才干、明大义的人。清顺治二年（1645），清兵攻破昆山时，她绝食而死，临终前还告诫儿子不要做异国臣子。顾炎武一生所为，证明他确实没有辜负祖父和母亲的教诲。

刻苦读书，博览众采。顾炎武不但在少年时代就读了很多书，而且直到生命的终点，他都和书结下了不解之缘。27岁时，他参加乡试未中，于是更加发奋攻书。他"历览二十一史、十三朝实录、天下图经、前辈文编、说部，以至公移、邸抄之类"，抄录了大量材料，并注意随时增改，终于写成了《天下郡国利病书》《肇域志》这两部书。他后半生东奔西走，一年中在一地定居的时间没有超过三个月的，但他还是"无一刻离书"（《清史稿》）。如在旅途中，便用二马二骡驮书相随，准备随时开卷查阅。有时还坐在鞍上，"默诵诸经注疏"，偶有遗忘，就马上找一个歇脚的地方，翻开书来温习一下。有几次在马上看书时，由于精力过于集中，竟"遇故友若不相识，或颠坠崖谷，亦无悔也"。如在家中，更是无一天不读书、不抄书。他抄书字字不漏，均匀工整，始终如一。有时朋友来，如果不谈学问，饮酒作乐，他就会皱起眉头，朋友们走了，他便叹气说，可惜呀，一天又白白过去了。顾炎武在学习上力主"好古敏求"，他自己就是一个身体力行者。

顾炎武的苦读，并不在少数的几门几类，而是在广泛学习的基础上，做到学有专长、术有专攻。他最欣赏的名言是"博学于文"，这与他本身的实践是一致的。从经、史、子、集到州志、县志、当代名人文集、章奏文册、社会新闻等，他无一不读。他不但从书本中广泛学习历史、地理、文学、哲学、音韵、文字等知识，还实地考察和记录了各地疆域、形胜、兵防、水利、物产、赋税等情况。对此，后人曾作了充分肯定。《清史稿》说他"凡国家典制、郡邑掌故、天文仪象、河漕兵农之属，莫不究原究委，考证得失……"，全祖望在《亭林先生神道表》中则说他"于书无所不窥，尤留心经世之学……有关于民生之利害者随录之"。他还喜欢到处搜集古人的金石文字，常常为得到一篇前人没有发现过的碑文高兴得睡不着觉。为了弄清元代利用宗教巩固统治的情况，他曾亲自到岳庙中抄录碑文上刻的元代诏书。元统治者实行教徒免税、免役、寺庙香火可不入官的措施，就是他在岳庙抄录碑文后了解到的。顾炎武能比古人和当时喜欢清谈的学者有更多更大的发现，这与他对众多材料的搜集、分析、综合工作是分不开的。

注重实际，好古不信。顾炎武一向对程朱理学既不研究历史，也不注重现状的清谈学风深恶痛绝，斥责宋、明道学家的著作是拼凑古书的词句，"无非盗窃而已"。即使对于儒家的经典著作，他也注重结合历史的实际进行考察。比如，他在《日知录》中就曾通过分析"礼"的变迁，说明了春秋到战国这一转变时期中很多重要的社会风俗。对于现实社会，他更是注意把书本知识和实际调查结合起来；他后半生走遍半个中国，每到一处便交结贤士长者，了解当地情况。直到晚年，他还用骡马驮书，逢着关隘要塞，便邀请老兵退卒，到小酒店里"对坐痛饮"，详细询问情况，发现与平时所闻不符的，马上找书检对，力求记载与实际相符。在当时的历史条件下，能做到这一点，是极不容易的。值得一提的是，顾炎武搞调查研究，有两个明显的特点。一是他的调查虽然范围广，但目的很明确，即为了解决"当世之务"，主要在两方面：调查社会风俗、民生利弊、明亡教训，意在改革社会；调查边防、地理、经济，为的是做抗清打算。二是非常重视调查第一手资料。除前面讲到的例子外，他对地方志的研究，也说明了这一点。地方志历来被一些文人所轻视，而他却懂得这类志书是研究社会状况的最佳资料。他曾经搜集了一千多部州志、县志，悉心研读；还亲自参加某些志书的编写工作，得益甚多。由于有高度的求实精神，所以他对许多问题的研究能做到言之有物、根据充分、结论明确，就是在今天也仍然具有很高的价值。

顾炎武"好古"，但不迷信古人，这与孔子的"述而不作，信而好古"是截然相反的。他主张创新，提倡研究"古人之所未及就，后世之所不可无"的问题。在音韵研究上，他"能据遗经以正六朝唐人之失，据唐人以正宋人之失，欲追复三代以来之音，分部正帙而究其所以不同，以知古今音学之变"。也就是一方面吸收前人研究成果的合理之处，另一方面大胆否定他们的谬误，经过"推寻经传，探讨本原"的工作，得出正确的结论。他的《音论》《诗本音》《唐韵正》《韵补正》等书，就是这样写成的。在古书注解上，他发现杜预《左传集解》有很多"阙失"之处，经过严密考证，写下了《杜解补正》一书。虽然，他研究问题不可能完全做到"后世之所不可无"，有时也不免有疏漏舛误之处，但在许多地方，他确实做到了"综贯百家，上下千载，详考其得失之故，而断之于心，笔之于书"，给后人留下了不少有价值的东西。

严于律己，不自满假。顾炎武曾在《与人书》中说："尝谓今人纂辑之书，正如今人之铸钱。古人采铜于山，今人则买旧钱，名之曰废铜，以充铸而已。所铸之钱，既以粗恶，而又将古人传世之宝春锉碎散，不存于后，岂不两失之乎？承问《日知录》又成几卷，盖期之以废铜。而某自别来一载，早夜诵读，反复寻究，仅得十余条，然庶几采山之铜也。"在这里，他对时人著书立作不肯下苦功，尽贩卖现成旧材料的恶习作了辛辣的讽刺，同时也反映了自己严谨的治学态度。

《日知录》是代表顾炎武思想的主要著作，前后写了三十余年。书中有1000多个小专题，编成三十二卷。最初在清康熙九年（1670）时曾刻了八卷，后经过几年学习，他再查翻旧作，感到自己的识见还不够广博精深，便逐步增改，又写下二十几卷。他写《音学五书》，随身带着稿子，光大改就有五次，亲自抄写了三次，前后达三十多年，到刻版的时候，他又作了许多修改。

在写作上，他明确要求自己"凡文之不关于六经之旨、当世之务者，一切不为"，也就是说与学术无关的不写，与当代社会实际无关的不写。而对自己文章中已发现的错误，从不放过。潘耒是他的学生，他曾在给潘耒的信上毫不掩饰地承认，他跋《广韵》那篇文章是害人之作，并声明把它作废，表示要重写一篇，以记住自己的过失。他写文章很重证据，坚持证明一个问题，起码"列本证、旁证二条"。潘耒为《日知录》写序时也说："（顾炎武）有一疑义，反复参考，必归于至当；有一独见，援古证今，必畅其说而后止。"

对于顾炎武的谦虚态度，《清史稿》断了八个字："虚怀商榷，不自满假。"事实也正如此。他正确认识到，知识是无穷尽的，一个人绝不能因为有了成绩而骄傲，限制自己的前进；做学问必须得到别人帮助，才能取得成就。他在《广师篇》里曾一连串举出十位名士，分别概括了他们的长处，深感自己在这些方面不如他们。他写《日知录》时，常与朋友们商讨问题，认真听取他们的意见，发现自己错了，立即改正。在他的眼里，前辈、名人、朋友、学生，以至布衣百姓、老兵退卒都是他虚心学习的对象。实际上，顾炎武也确实从他们身上吸取了不少营养。

顾炎武一生的主张和行事，对后人有很大的影响。他的治学精神和方法，为后来的学术界开辟了一条新路。本文写在他逝世300周年之际，权作对这位值得崇敬的先贤的一点纪念吧。

（原载于《嘉兴师专学报》社会科学版1982年第1期）

"女儿茶"与"轧蚕花"

清明节那天，我到住杭州灵隐寺附近的妹妹家做客。

妹夫坐在堂前正用一口电炒锅炒制"西湖龙井"。锅沿上有两个开关，是用来控制电锅温度的。妹夫一双厚实的大手节奏分明地在锅中转来抹去，嫩嫩的青叶在"沙沙"声中渐渐变成片片扁茶。

妹妹泡来一杯热茶。我接过来，端到齐眉处透过玻璃细察，只见清澄淡绿的水中，一颗颗三瓣尖芽浮动着，像一朵朵绽开的黄绿色的小花；又把杯子放在嘴边，呷一口，芳香幽幽，直透肺腑。妹妹说，这是用最早采摘的嫩芽制成的，一亩多茶地才采制出那么一二两呢。

妹夫插嘴说："当年乾隆也喝不上这等好茶哩！"

龙井茶发轫于宋，成名于明，到清代已经几乎无人不晓。当然乾隆皇帝下江南屡夸龙井也有很大的功劳，传承至今的长有十八棵御茶树的御茶园便是证明。但我认为，这说法只不过是吴越之地的茶农很早就懂得商品的名人效应的一个例子。可是这说法并未过时，妹夫说，前些日子他去山西推销茶叶，山西人问他：听说你们那里的龙井茶树只有十八棵，怎么会有那么多龙井茶呢？

我们中国人以善良著称，喜听传说、易信传说也是表现之一，时至当代，仍不加分析地对老传说深信不疑，着实让人迷惑。

不仅如此，妹夫又颇得意地说，山西人还问他，龙井茶真是未嫁的姑娘用嘴采摘的吗？扁扁的形状、宜人的清香，真是因为在姑娘的胸口焐过的缘故吗？

我说："还有此说？"妹夫一笑。那笑似乎并非单笑山西人，好像也包括我。

妹夫说，用嘴采茶，并不全是空穴来风。采茶是心灵手巧的活儿，未嫁的年轻姑娘确实是采茶的主力。她们采起茶来，两只手一齐飞动。由于"（清）明前茶""（谷）雨前茶"的品相要求很高，最好只有尖尖的一芽一叶或一芽两叶，而采摘时难免会带点蒂下来，她们就及时把它咬掉。这就是杭州姑娘用嘴采茶说法的来历了。妹夫说，所以龙井茶又有"女儿茶""舌尖茶"的俗名。

至于上等的龙井茶，一定需处女来采摘、经处女的胸焐过等，却纯属"谬传"和"异想"，是将"性文化"掺进"茶文化"，属于"流变"的一种了。中国封建社会漫长，"性禁忌"的压迫漫长，时间久了，自然会产生"抗药性"。"孔雀东南飞""梁山伯与祝英台"等爱情故事属正面的一类，"板起面孔维持风化，而同时正在偷偷地欣赏着肉感的大腿文化"则属负面的一类。像采制龙井茶这种在外地人看来似

乎有点神秘的事情自然也会染上多样的文化色彩。

浙北的蚕桑产区也有类似的神秘文化。离杭州不远的湖州有个地方，很小却很出名，叫含山。山上有马鸣王殿，供的是女神蚕花娘娘。每逢清明，湖、嘉（兴）、苏（州）三地方圆几十里的蚕农便蜂拥而至来赶蚕花节，求的是蚕茧丰收。在蚕花节，旧俗除供香磕头之外，还有"插蚕花""轧（gá）蚕花"等民俗活动。插蚕花的主角是蚕姑、蚕妇们，她们将"蚕花"即鲜花、绢花、纸花之类插在头上，享用着蚕花娘娘带来的好运气。之所以称作蚕花，是因为传说中专司养蚕的女神曾把她带给蚕娘的福气化作了满山的鲜花，蚕娘们得了这些鲜花，蚕养得十二分好，女神便也有了美丽动听的名字——蚕花娘娘。有年轻女子的地方，自然会有年轻的男子跟在后面，轧蚕花的主角便是农家小伙子。旧时的陋俗是小伙子专挤在年轻蚕娘中，还会明目张胆地对她们摸捏揩油。这种无礼举动若在平时，一定会遭到反抗和打骂，而在这日，蚕娘们只好红着脸忍受，因为她们相信这是吉兆，"摸发摸发，越摸越发"，被摸得多说明今年家里肯定能养出好蚕、结出好茧。龙井茶须靠女性胸口烘焙，还只是说说而已，满足的是男人们嘴巴的爽快；蚕娘们却要作进一步牺牲了。

旧时蚕乡的蚕农们虽有如蚕花节开放的一面，但禁忌更多。如养蚕时节忌生人闯入、忌说"契话"（不吉利的话）等，还有便是忌讳男女打情骂俏。茅盾先生在短篇小说名篇《春蚕》中就有生动的描写：老思想的"老通宝"在养蚕时严禁家人理睬不正经女人荷花，连只有几岁的小孙子也不例外，认为不照此办理，就会带来晦气，影响蚕茧的收成，所以活泼的多多头与泼辣的六宝姑娘之间的调情也只能悄然地进行。这些在今天看来，似乎有点难理解，难道蚕还能看懂人在打情骂俏？实际上，在那时农民的眼里，茶或者蚕都是他们维持生计的命根子，寄托着全家人的希望，怎敢等闲视之，于是希冀神佑，要求全身心地投入，都是自然而然的事情，我们何必苛求前人？

从前那些旧俗、陋俗，现在已革除得差不多了。但是，前人工作时的那份虔诚，那种全身心的投入，无论何时，都是不该被抛到一边的吧？

（原载于1995年5月12日《甘肃日报·华夏风情录》）

补记：此文在《甘肃日报》发表后，《人民日报·文学副刊》又以"话说'女儿茶'"为题截取前面部分于1995年8月10日发表。

心理的"密码"

　　我不擅书画，却好欣赏，当地办什么展览，必去一饱眼福。偶逢哪位"家"惠赠一两幅，便欣欣然爱不释手，看个半天后才小心翼翼藏起来，过段时间再翻出看。我想，这大约是一种"补偿心理"在作怪吧？自己不会写和画，总觉得是缺憾，于是便对别人之长趋之奉之，从而得到心理上的补偿。

　　不过，"补偿心理"一说系我杜撰，至今还没翻到中外哪本美学著作中有此概念，但生活中类似的例子的确不少。

　　我认识一位先生，为人极善，却瘦骨伶仃，是一位典型的"手无缚鸡之力"的文弱书生，可他业余最大的嗜好却是看武打影视。比如电影，对什么爱情片、生活片、社会片等，他常示以"白眼"，表示轻蔑，但如果你告诉他某某影院放什么武打片，他便眼睛发亮，千方百计抽时间前往过瘾。看过后如果碰上你，必定向你致谢，而且绘声绘色地向你描述一番。可是如果我们看过了却忘记告诉他，结果使他错过了机会，他那哀怨、遗憾、无奈之状实在叫人心酸。我想，这大约是因他羡慕武打所具有的强烈的力量感和抗御性或攻击性而又偏偏自认缺憾的缘故吧？

　　于是我想到，在生活现象和人的内心深处，往往有一道或数道"密码"藏在那里，有的可以破译，有许多则来自潜意识，就连自己都说不清道不明。

　　我家居室狭小，喜爱的书画作品不能一一挂出来，常挂在外面的是中国书法家协会会员、新加坡中华书学会特邀评议员谭其蔚先生的两幅作品。一幅是早期做过京剧名旦、后来成了佛门大师的李叔同写的对联"律己宜带秋气，处世须带春风"，我抄来请其蔚先生书写。他用的是蕴清代何绍基之风却又出神入化的行书，写时大约疑心我抄错了下联的一个"带"字（与上联重复），就将它改成了"像"字。另一幅是其蔚先生自己写了送我的，他将自己的行书风格糅进了隶书，内容是元人张可久的一首散曲，曲曰"美人自刎乌江岸，战火曾烧赤壁山，将军空老玉门关"云云。

　　一次，一位熟识的朋友来访，他问我为何挂这两幅字，我答曰"写得好"。他反诘："你另外藏的那些不好吗？"我瞠目结舌。他得意，说："让我学弗洛伊德，给你来点心理分析，如何？"见我不表抗议，他便作出一副相面测字般的神态，说李叔同的对联表达了我为人处世的态度。我点头，但又赶紧补充："我并没做好。"他微笑，话锋一转，问："你说，你为什么喜欢这首散曲？它似乎与你对社会的积极态度不吻合嘛。"我默然。他又意味深长地微笑，说实际上它曲折地传递了我的内心，即关心社会，欲有作为如何如何。我极力否认，说我只不过平日喜读历史，而这幅作品恰恰具有历史感，加上爱它具有独创风格的隶书罢了。但不管怎样，对于他的"解码"能力，我开始佩服起来。

　　审美心理"密码"可以破译，其他方面的心理"密码"自然也可以破译。然而，我突然想到，除了算命先生要混饭吃、心理学家要研究科学、教师要教导学生、刑侦审判人员要破案定罪外，在日常生活中，何不让人们多保留一些心理"密码"呢？我们又何必老去窥探别人心中留给自己的那一块天地呢？

（原载于1993年1月22日《浙江日报·社会生活》）

也算一种病

　　我从不钻研医学，可近来却对一种病产生了浓厚的探根究底的兴趣。患此病者，看人察事，总蒙上一层灰暗色彩，并且牵连口舌，说话也不干净了。此病与通常所谓"红眼病"有类似之处，却不全然相同，我且称它为"灰眼病"。

　　举个例子，我的一位同学，丈夫是某单位负责供应和采购的主任，年终因成绩突出，单位按规定拟发奖金500元。而他迂腐得不合潮流，认为此乃职责本分，坚决拒收奖金。没料想事情传出后却招来一些龃龉之语：假正经，明给的不要，私底下不知已经捞了多少好处哩！夫妻俩听闻此言，连生了几天闷气，我那同学还把丈夫数落了一顿。她私下对我说："倒不是心疼500元钱，而是做了好事反遭谗言，拿了不就没事了吗？"

　　这类事情，时下并不算新鲜。探其病因，一类是因为"小人"看得多了，便以为处处皆"小人"；另一类是自己本就是"小人"，于是疑心人人皆"小人"，这种病非但现实土壤可以滋生，而且也有历史遗传的基因，并非完全是"现代病"。

　　据《资治通鉴》载，东汉班超40岁出使西域，在国外30余年，历尽艰险，对保卫汉朝边疆，促进汉民族与其他民族的文化交流，立有大功。可当时竟有人诽谤他"拥爱妻，抱爱子，安乐外国，无内顾心"。班超听说后，长叹一声道："身非曾参，而有三至之谗，恐见疑于当时矣。"其实，此等事例何尝举得尽？屈原自投汨罗江、岳飞冤死风波亭、林则徐被贬边陲……这种种悲剧的发生，无不与成了精怪的"灰眼病"患者的伤害有直接关系。

当然，并不能说患"灰眼病"的人一律是应当"千刀万剐"的"奸臣贼子"，但其所言所行，确实危害不浅。轻者混淆是非，伤人自尊；重者"毒化"空气，害人性命，正如唐代白居易《读史》诗说的一般："含沙射人影，虽病人不知。巧言构人罪，至死人不疑。"

如何防治这种病？笔者不谙医道，在此"乱弹"几句：对社会言，需净化空气，扶正祛邪，让更多的人自律、自励、自强，不信谣，不听邪，堂堂正正做人；对患者言，需健康心理，多看光明和别人的好处，自己最好也多行善事。

斯方当否，求教于方家。

（原载于《湖州杂文选》，当代中国出版社2022年版）

农民知识分子尹金荣

认识尹金荣是先闻其名，再读其文，后谋其面。

2001年，对于湖州文艺园地来说是个"大年"，硕果颇多，如高峰的31集电视连续剧《天下粮仓》在中央电视台播出，刘平的政治长篇小说《走私档案》《内部档案》在全国畅销，闻波的长篇小说《蜡对于女人就像铜对于男人一样》由解放军文艺出版社出版，《海空卫士——王伟》等四部作品获浙江省"五个一工程奖"，长兴民间艺术奇葩百叶龙和尹金荣写的越剧小戏《瓜园会》皆荣获全国第十一届"群星奖"金奖……

本在文坛名气并不大的尹金荣为湖州人争了光，我得到消息后非常高兴。尹金荣是南浔区练市镇广播电视站的一名员工，当过农民，教过书，曾在乡镇文化站工作。一位长期在基层工作的同志写出高水平的作品，真是不易，心中便隐约生出一种敬意，于是通过一位朋友找来一本尹金荣正准备出版的集子来读。

集子里的作品主要分两类——小小说、戏剧，戏剧多是小戏小剧。读着读着，一个鲜明特点凸显出来，那就是力图从最普通，甚至常常带着几丝苦涩的农村生活矛盾中找出光明的一面以鼓励读者。在《兰兰卖橘》中，小兰兰利用寒假到没有同学的邻村卖橘子，为的是赚钱给妈妈买药、给自己攒点书费，结果偏偏碰上一个凶巴巴的丑汉同在卖橘。出人意料的是，丑汉知道兰兰的苦处后，不但甘心生意被抢，而且一路吆喝为兰兰招揽乡亲，自己不断让开去。有人说，生活中哪有这样的傻子？可尹金荣坚信，此等"人心"在农村是屡见不鲜的。在《田来阿娘》中，田来阿娘是村里人人尊敬和羡慕的长者，因为她热心调和乡邻的婆媳关系，因为她有一个娶了城里娇妻便不再回乡但还是很孝顺的儿子。田来阿娘每年都要到城里住上一个月，回来时还把儿子媳妇的"糕点蜜饯挨家挨户分给女人们"。后来村妇女主任莲莲偶然在城里发现，田来阿娘令人羡慕的"城里一月"，原来是在给人帮工，为的是维护儿子的脸面。看到这样的故事，我和"真想失声痛哭"的莲莲的感受是一样的。我们是嘲笑怜悯她，还是理解尊敬她呢？她不正是我们或者我们前辈的善良的农村母亲吗？《瓜园会》则更具现代喜剧色彩，种瓜致富的农民阿金为帮助曾是恋人的寡妇差点儿被原本大度而热心的妻子误会。小戏的人物和场景极简洁，但故事和台词充满了生活的睿智和情趣，没有身心的深入体会是写不出来的。难怪这小戏从湖州一直演到杭州、北京，从普通观众一直到专家和高层都交口称赞……

读完这些作品，我对尹金荣的敬意更浓。倒不是因为作品的艺术水平——毋庸讳言，尹金荣在艺术山路上的攀登还需要付出更多的汗水，而是敬他有一双善于发现美的眼睛，敬他对农村和农民生活的热爱，敬他对用文艺表现农村和农民的执着。于是趁2002年正月的一个晴朗日子约了两位朋友去乡下看他。见面后，觉得生于1947年的尹金荣长得比我想象中更年轻，朴实中略带几分羞涩。我们的手紧握在一起，久久不分开，是同一份农村情缘还是同一颗难以割舍的文心牵连着我们？我说不清，但我知道这是一种缘分。

我们从镇上谈到他乡下的家，又从乡下的家谈到镇上，工作、生活、创作……他说，农村是倒他"澡浴水"的地方（当地的说法，指出生地），农村和农民值得他写一辈子。听说他原来上班不骑自行车，喜欢走路，倒不是为了锻炼身体，而是可以遇见乡亲，并肩而行，一路谈心，既轻松身心，又无异于采风，虽然要起早些，他却乐此不疲。谈到在全国得奖的《瓜园会》时，他依然一脸的平静，于是对他的敬佩更深了。农村和农民养育了他，他也勤勤恳恳地工作，用自己的笔一点一滴地去报答。他是农民，又是知识分子，是农民式的知识分子，又是知识分子式的农民。这样的好处是懂农民的心声，又有能力道出农民的心声；这样的难处是生计的负担很重，进修提高的机会却很少。但我想，一个人的价值在于贡献社会，一个人的幸福在于心境充实，至于贡献与充实的程度，因人因条件而异，有追求而不苛求，那也是很好的境界。我相信尹金荣的话，真诚地祝愿他生活更好、工作更好、创作更好。

（原载于《练市镇志》，方志出版社2012年版）

挥笔洗尘去　泼墨一江新

　　收到《湖州日报》老同事张洗江先生新出版的书画作品集,欣喜且感动,一是为他虽已86岁高龄但笔锋犹健,二是为他与我分别多年还将这份情谊放在心间,此二者汇集一处尤显可喜和可贵!急忙细细翻看他用心血铺染的这些书画作品,一幅幅功底深厚、心笔融合、情趣盎然,就同他的为人一样:规矩敦厚而不死板,德才兼备却不张扬,重内涵表达亦重笔墨章法。特别是那几幅得过重要奖项的力作,有的是我在报社工作期间或之前得奖的,那时我们几乎天天见面,但他从没有向我夸耀过,这更让我敬佩不已。做同事时的记忆便在脑海里如放电影一般连贯起来。

　　洗江先生是我在《湖州日报》工作时的同事,也可以说是我的老师。因为我进报社时对真正的新闻工作还处在懵懂状态,而他是最早进入报社的老报人之一。当时报社的工作条件很艰苦,整个报社就他一位专职美编,从报头到报尾,大部分都要靠他来美化,算得上"镇社之宝",但他从没有以此为资本,在职务、职称、住房等待遇上吭过一声。我清楚地记得他的办公室就是楼梯过道转弯处隔起来的一间小屋,走进去就得老实坐在座位上,难有腾挪转身的空间。他就在这样的条件下勤勉、任劳任怨地工作着,一幅幅精美的报花、插图,一串串变化多端的美术字,就源源不断从他那里制作出来,美化着大家心爱的版面。那时，他常常在报纸出版的头天晚上去印刷厂检查图片、报花之类的安排是否妥帖，一旦发现不当，马上请排版工人调整，有时还会争论得面红耳赤，让人奇怪一个日常平和的人在这个时候为什么会如此较真。当时大家都能认识到他的重要性，都十分敬重他，因为那时没有电脑、没有网络，靠的就是美编手上的功夫。而他从来没有因此摆谱或故作高深，全报社上下，年纪不论大小，一律叫他老张，他也一律平和而笑眯眯地应着。他其实是受过正规教育、专业训练的美术工作者和书画家，1950年考入苏州美专，1952年进华东艺专（南京艺术学院前身），先后得到颜文樑、刘海粟两位大师的指导，1954年进《抚顺日报》担任美编，1960年套色木刻《辽河边》就入选全国版画展，"文化大革命"后又多次在一些全国性书画大赛中获奖，但他从不以此炫耀于人，谦逊低调而了无痕迹，似乎这一切都是最自然不过的事情。我想，那些明明半桶水却偏要晃得很响的人走在他面前一定是不敢抬眼、不敢嚣张的，报社的人都同他相处随便却不敢轻慢待他便是明证。

洗江先生深爱自己的工作，为《湖州日报》做出了贡献，但随着报纸告别了"铅与火"迎来了"光与电"，他也告别了一直坚守的岗位而退休。他静悄悄地离开了，又静悄悄地回到了他一直喜爱、一直笔耕不辍的书画艺术的天地，一边创作研习，一边培养了不少青年艺术才俊。今天权威美术出版机构对他作品的高度认可，就是对他多年勤勉精进的最好褒奖吧。

自视平凡的洗江先生达到了他自勉也勉励学生的高度：做人"堂堂正正"，创作"漂漂亮亮"。我欣赏他的艺术，更欣赏他的为人。我衷心祝他健康快乐、艺术青春长在，也期待着他下一本更精彩的集子早日问世。

（原载于2016年12月31日《湖州日报·苕溪人文》）

大运河与宋韵茶香

　　丝、瓷、茶是最具中国特色的世界性文明成果，长城和大运河是最具中国气派的世界文化遗产。当茶遇上大运河，又会呈现出怎样一幅宏丽的文化景象呢？

　　茶离不开水。关于茶与水的关系，传统的说法是，水为茶之母。仔细想想，却不那么简单。茶真正的母亲应该是生育它的茶树，这时候的水是汁水，是养育它的母乳。茶在生命最美好的时候离开母亲，经受晒、揉、焙、炒、蒸、压等历练甚至磨难之后终于成才，然后遇见泡茶的水，才释放出它生命的全部精华，先苦后甘，然后慢慢淡去。这样的水对于茶来说，是相知相爱相伴之水，内涵相当丰富，像情投意合的爱侣，厮守一生；像志同道合的同志或朋友，携手一路；像拥你入怀的人民，知你爱你护你激发你。水不仅是茶的母乳，而且还是茶的航路。和陆路一样，水路是最古老的运茶之路，让茶从中国南方的故乡走向中国的北方，走向世界。这时运茶之水，如同让养分行遍人体的血脉，茶依赖它行遍整个世界。在这一条条血脉之中，有一条大动脉叫作"中国大运河"。

一、大运河与茶

大运河由京杭大运河、隋唐大运河和浙东运河组成，皆与茶有着深厚的渊源。

大运河具有国家治理、经济贸易、文化交流三大主要功能，茶具有健康、经济、文化、社会、生态等功用，二者各具的功能叠加，便演绎出波澜壮阔、丰富多彩的大运河茶文化。

大运河的开凿和建设，及至后面的裁弯取直，在最初的意愿上大多是为了朝堂的政治、军事需求，但后来于经济、文化交流更得益，其中包括茶。大运河的开通航行，既为南茶北运提供了便捷，同时也促进了南方茶文化在全国范围内的发展和流传，形成了独具特色的南方茶文化向北传播的格局和历史，更由此衍生了大运河两岸的茶饮文化。中唐前后北方地区茶饮的普及，既得益于僧侣、文人的推广和茶业自身的发展，也要归功于大运河为茶叶北行、茶风北渐提供了交通的便利，大运河两岸的城乡蕴藏着茶文化的精深内涵。

（一）大运河为中国茶风北渐提供了交通之便

唐代封演笔记《封氏闻见记·卷六》有如下记载："自邹、齐、沧、棣，渐至京邑，城市多开店铺，煎茶卖之，不问道俗，投钱取饮。其茶自江淮而来，舟车相继，所在山积，色额甚多。"四地在地理位置上连成一片，分列于黄河下游南北两岸，从中我们可以追寻到当年茶商沿着隋唐大运河穿越江淮直达黄河南北两岸的履痕。

《旧唐书·韦坚传》也有载："（韦）坚预于东京、汴、宋取小斛底船三二百只置于（广运）潭侧，其船皆署牌表之。若广陵郡船，即于栿背上堆积广陵所出锦、镜、铜器、海味……豫章郡船，即名瓷、酒器、茶釜、茶铛、茶碗……"各地土特产都通过大运河运抵长安，其中茶器是由豫章郡的船只专门运输至京都的。

唐中后期，江淮和大运河两岸地区由于有着良好的交通条件和特殊的地理位置，商贸发展优势明显；加上政府越来越倚重漕运，大运河疏浚整修后，良好的水运条件使这些地区的商贸渗透到四面八方。唐人张途在《祁门县新修阊门溪记》中记载："赍银缗缯素求市，将货他郡者，摩肩接迹而至……或乘负，或肩荷……必先以轻舟寡载，就其巨艎……"可见当时客商云集，他们要将茶叶贩运至北方，主要靠的是舟楫之利。也正因为如此，大运河上才可能出现"且如天下诸津，舟航所聚，旁通巴、汉，前指闽、越，七泽十薮，三江五湖，控引河洛，兼包淮海。弘舸巨舰，千轴万艘，交贸往还，昧旦永日"的盛况；隋唐大运河南线成为唐朝的东南—西北向漕运主干道，晚唐的汴州城内才会出现"水门向晚茶商闹，桥市通宵酒客行"的热闹场面。

（二）大运河是茶文化交流交融的重要通道

大运河是唐代饮茶之风北渐之路，也是南北文化交流交融的通道。由于茶区广布于南方，茶商要将茶叶销往他地、官员欲进贡佳茗，可供选择的途径很多，但无论从运费、运量还是便利程度上考虑，沿大运河北上无疑是最佳的路线选择。大运河的存在加快了茶叶和茶文化由南向北的传播，明显的现象就是大运河两岸饮茶人口多、茶馆密度高、茶叶市场繁荣、制茶贩茶人才集中，有两个例子提供了生动的证明。一是兴建于1914年的沧州正泰茶庄，乃天津茶商穆雪芹正兴德茶庄在沧州的分号，店铺前后有两座两层共32间，前街临街门脸上方，有砖刻烧制并镏金的十个大字："松萝""珠兰""红梅""正泰茶庄"。其中，"松萝""珠兰""红梅"分别代表不同产地的三种名茶，即安徽松萝茶、福建珠兰花茶、浙江九曲红梅茶。茶庄依河而建，运河因茶飘香。大运河见证了这座茶庄的百年兴衰，而茶庄则目睹了大运河的沧桑巨变。二是在几乎不产茶的嘉兴却有一个章氏茶园，它的第一代主人大半辈子都在浙江绍兴教书。晚年时他准备回嘉兴老家，他的学生们想要合力送一份厚礼报答师恩。当学生们知道章老先生独爱的是喝了半辈子的绍兴地方好茶，便决定送一批茶树给老师带回老家种植。然而，嘉兴土质不适合茶树生长怎么办？学生们就开展了一场通过浙东运河和京杭大运河（从绍兴经浙东运河和钱塘江到杭州，再经京杭大运河进入嘉兴）长途运输的"土壤改造运动"。学生们合力出钱出力，利用大运河把绍兴茶区的土壤运到嘉兴塘汇颜马浜。为了降低运输成本，他们找到专门运送丧葬所需纸扎物的农船，此种船船身很轻，下面填上土可以起到"压舱"的作用，一举两得。就是用这样的农船，持续运送了几年绍兴地区的土壤和茶树苗，才建成了"簸箕形"的两亩七分茶园，这就是嘉兴三百年古茶园的温馨开始。令人称奇的是，这些茶树只有种在从绍兴运来的土里才能成活产茶，章氏后人曾尝试移栽，均告失败，原因还是土质问题。2008年，茶园所在的茶园村全面拆迁，章氏茶园面临消亡的危险。不少有识之士奔走呼吁保护，相关部门终将章氏茶园列为市级文保单位，成为大运河茶文化的一个生动的见证。

（三）大运河催生了诸多的中国名茶

宋代是中国"上品茶"观念形成的时代。"上品茶"靠的是品种择优、茶园打理和制作精良，但不能"藏在深闺无人识"，"上品茶"要成为嘉誉远播的名茶，还要靠广阔的市场覆盖。大运河的开凿、开通与漕运的进行，对名茶的传播、对沿线地区人们的茶生活产生了巨大的影响。渐渐地，与众不同的茶生活方式也应运而生。从四面八方聚集在大运河两岸的人流、财富流、信息流，又催生了不同品类、口味的名茶。下面是一些因大运河而兴的名茶：

西湖龙井。历史上,乾隆经京杭大运河六次巡游江南,其中四次都去了杭州西湖的龙井茶区,还留下了众多吟咏龙井的诗篇。由此,龙井也成了清代贡茶的首选名品,誉满天下。

碧螺春。乾隆的爷爷康熙,同样在南巡中,对一种名茶一见倾心,这种茶就是碧螺春。从前,碧螺春还有一个更生动的名字——"吓煞人香"。康熙经大运河到达苏州东山,巡抚从当地制茶高手那里购得"吓煞人香"进贡,康熙非常满意,赐名"碧螺春"。

大方茶。随着明清时期大运河的繁荣,古徽州的徽商走出山区,拥抱大运河,而许多安徽的名茶也随之享誉全国。大方茶抗寒性强,外形挺秀,扁平光滑,色泽墨绿,有熟板栗香,香郁持久,甘醇爽口。在山东济宁的茶馆里就流传着这么一句俗语:"夏喝龙井,冬喝大方。"

毛尖。同样是从安徽走出来的名茶,毛尖的影响力亦不容小觑。在从前北京的清茶馆门前,最显眼的地方一定有一块写着"毛尖"或者"雨前"的招牌。

瓜片。原产地六安麻埠为水路要冲,能直达大运河,藏在大别深山里的六安瓜片也成了全国茶客的心头好。这种茶叶奇就奇在它无芽无梗,由单片生叶制成。去芽不仅保持单片形体,且无青草味。古代茶楼常拿黑白瓜子、花生仁、蚕豆、核桃仁来配它,浓而不苦,香而不涩。

武彝茶。借由大运河之便,北方的百姓也能尝到来自福建的茶叶,崇安的武彝茶是其中的代表。武彝茶色黑味酸,消食下气,醒脾解酒,所以很适合配上一点小吃。民国时期的《京华春梦录》就记载,喝这种茶,不妨来点"鸡肉饺、糖油包、炸春卷、水晶糕、一品山药、汤馄饨、三鲜面……"

香片。香片集茶味与花香于一体,茶引花香,花增茶味,相得益彰。花气袭人,这时候眯上眼睛,听一段曲艺,郁积了一天的疲劳与重压顿时烟消云散。

二、大运河与宋茶

（一）宋代大运河是南茶北上的主要路线

唐以后的各个时期，大运河依然向北方输送着茶叶与茶文化。至宋，饮茶之风越来越盛，大运河是南茶北上的主要路线。《宋史·河渠志》提到"漕引江湖，利尽南海，半天下之财赋，并山泽之百货，悉由此路而进"。大运河既是宋代运送粮食、百货的大动脉，也是茶叶流通的主干道。北宋京邑一带城市茶铺里的茶叶大多来自江淮，因市场量大面广，一般运至汴州或宋州集散。宋代东南产地的茶叶向京城东京运输，也是通过大运河的。当时有东西两条路线，其中东路便是从真州、扬州进入大运河，北经高邮、楚州、陈留到东京。东京城内茶肆、茶坊林立，和从大运河漂来的茶叶是分不开的。我们从北宋张择端的《清明上河图》中可以看到河道两旁熙熙攘攘，其中有不少描绘茶坊、茶饮、茶叶买卖的画面。可见，当时茶香已飘入大运河沿岸的城市。

（二）大运河漕运催生了宋代层次更分明、市场容量更大的茶叶产销体系

两宋是中国漕运制度逐渐完善的时期，先后创建了转般、均输、直达等方法，中央设有管理漕运与河道的发运司、转运司、排岸司、催纲司等机构，监督全国漕粮的运输与大运河河道的维护，从而达到集中全国财力，维持京城稳定的目的。

通过大运河漕运，宋代茶叶贸易形成了市场层次更分明、市场容量更大的茶叶产销体系——"草市、市镇、城市"三级市场网络体系。再通过这个体系，形成更大跨度的地区间和周边国家间的茶叶传播。繁荣

的茶叶市场不但出现在城市，而且出现在农村，北宋都城东京突破了隋唐以来的坊、市界限，街道两旁和居民区都允许开展商业活动，还出现了早市和夜市，"坊巷桥头及隐僻去处，俱是铺席买卖"，很有"地摊经济"的样子。在农村，小贩、货郎走村串户，活跃了农村经济，丰富了农民生活。产区初级市场上交易的茶，通过强大的中转集散市场，实现了更大范围的集散。如东南市场上的茶主要通过大运河输往北方，在汴京销售大部分外，还大量销往京东、河北、河东。而且市场已经从宋王朝统治的中原地区扩展到西夏、辽、吐蕃、西域等更远的地方。

唐人李肇《唐国史补》记载了一件趣事："常鲁公使西蕃，烹茶帐中，赞普问曰：'此为何物？'鲁公曰：'涤烦疗渴，所谓茶也。'赞普曰：'我此亦有。'遂命出之，以指曰：'此寿州者，此舒州者，此顾渚者，此蕲门者，此昌明者，此滒湖者。'"寿州者，安徽的团黄；舒州者，安徽六安茶；顾渚者，浙江湖州紫笋茶；蕲门者，湖北黄芽茶也；昌明者，蜀中绿昌明茶；滒湖（今湖南省岳阳市南湖）者，岳阳的银毫茶。

（三）大运河输茶促进了中华民族的交流交融

两宋先后与北方的辽、夏、金、蒙古少数民族政权处于对峙状态，军事上有交锋，物产上有交易，文化上交流交融。茶在其中扮演了"和天下"的重要角色。

宋辽澶渊之盟以后，宋朝逐渐在河北沿边设置榷场。景德二年（1005），"令雄、霸州安肃军置三榷场"，不久又在广信军置场；天禧二年（1018），"又令河北沿边榷场增钱入中大方茶货，依旧例给钞"，河北四榷场成为宋辽两国茶叶贸易的主要场所。《宋史》卷一八六《食货志下八·互市舶法》记载"终仁宗、英宗之世，契丹固守盟好，互市不绝"。

宋在西夏元昊称帝后仍"置榷场于保安军，岁赐绢十万匹、茶三万斤，生日与十月一日赐赉之"。庆历四年（1044），宋夏重订和约，元昊取消帝号，由北宋册封为夏国主，"凡岁赐银、绮、绢、茶二十五万五千，乞如常数"，每年给西夏银七万二千两、绢十五万三千匹、茶三万斤，重开保安军和高平寨榷场。

从靖康年间开始，宋与金往来致信时所附礼物单中即可见各种茶叶之名，《大金吊伐录》卷一记载，靖康年间宋帝致金人的礼单中有如下茶品："兴国茶场拣芽小龙团一大角，建州壑源夸茶三十夸……茶五十斤：上等拣芽小龙团一十斤，小团一十斤，大团三十斤。"卷二记宋人致金人的礼单中有如下茶品："小龙团茶一十斤，大龙团茶一十斤，夸子正焙茶一十斤。"

辽、金、西夏，无论进入榷场易茶也好，官方交往赠茶也罢，由南而北的运输线主要还是大运河。顺便说一句，宋代茶文化和宋代中华茶文化的概念并非完全相同，宋代中华茶文化应该包括宋和与宋并立的辽、金、西夏等少数民族政权治域下的茶文化，因为这些少数民族也属于中华民族。即使在南宋时期，大运河在中华茶文化的交流交融中仍然发挥着重要作用。

（四）大运河联系着海上丝绸（茶、瓷）之路

两宋时期虽然经济较为发达，但都未完成全国的统一，同时经常受到辽、金、西夏、蒙古等少数民族政权的骚扰，因此无法全流域疏浚大运河。宋代大运河虽然在空间上被压缩，但仍然发挥着重要作用。

北宋的大运河航道主要集中在都城东京附近，有汴河、惠民河、广济河、金水河等，其中汴河的地位最为重要，江南所产粮米、西山薪炭等物资均需通过大运河输往京城，岁运江淮菽米达四百万石之多。

南宋政治版图被大大压缩，但文化版图通过水上运输而大为扩展；

陆路经贸文化交流受阻，海外贸易和交流却突出重围而远播。南宋偏安江南，大运河治理多集中于江苏、浙江、安徽等省，仓储也主要分布于长江一线，漕运距离都较短，但大运河水源丰富，茶叶漕运效率较高，既为内陆输血，更通过大运河沿岸的重要商贸城市如扬州、嘉兴、杭州、绍兴、宁波等，联通了海上丝绸之路。特别是宁波，既是中国大运河南部的尽头，又是海上丝绸之路的起点；加上在南宋时期，朝廷对浙东运河进行了大规模的疏浚，通航能力大为提高，因此宁波在连接海上丝绸之路上发挥了特别重要的作用。南宋时，海上丝绸之路也是瓷、茶之路。在中外茶文化交流中，官方推动下的商业贸易、宗教活动成为主要路径。众多茶叶及南宋官窑、龙泉窑、婺州窑、建州窑、吉州窑茶器，或是直接或是间接地通过大运河流向国内外市场。在近几年大运河出土的文物中，如从杭州卖鱼桥段发掘出的宋代福建建窑生产的黑釉茶盏，正是当时用来点茶、分茶、斗茶的主要茶具（这批珍贵的茶盏如今陈列在京杭大运河博物馆内）。

宋廷认为："市舶之利最厚，若措置合宜，所得动以百万计，岂不胜取于民。"加上宋代的造船技术非常先进，可以建造适合远洋航运的大型船只，南宋吴自牧的《梦粱录》记载"海商之舰，大小不等。大者五千料，可载五六百人……风雨晦暝时，唯凭针盘而行"。北宋元丰元年（1078），宁波已造出两艘当时在世界范围内吨位最大的600吨级的"神舟"，主要用于官方海外贸易；指南针也已经很成熟地运用于远洋航运。南宋与东亚（日本、韩国）、东南亚、南亚、西亚、北非地区的海上交通历史悠久，船员经验丰富，航线熟悉，货物交易品种也比较固定，茶叶和茶具一直是海上丝绸之路上的重要商品。

在东南亚、西北非的许多国家和地区，出土了数量可观的宋元陶瓷器物，其中也有少量的茶具。随着海路贸易的发展，茶和茶具也被贩运到东南亚以及北非等地。《宋会要辑稿》载："（嘉定）十五年十月十一日，臣僚言，国家置舶官于泉、广，招徕岛夷，阜通货贿。彼之所阙者如瓷器、茗、醴之属，皆所愿得……彼既习用中国之物，一岁不通，必致乏用，势不容不求（求）市于我。"主张以茶等货物与外商交易，不要用铜钱。

宋朝对外贸易的商品种类很多，茶占有相当大的比重。"建炎四年三月，宣抚使张浚奏，大食国（阿拉伯帝国）遣人进珠玉宝贝。上曰：'大观、宣和间，川茶不以博马，惟市珠玉，故武备不修，遂致危弱如此。今复捐数十万缗易无用之物，曷若惜财以养战士乎？'"（《宋史·食货志》）可见，对于与大食国贸易，宋高宗不同意以茶换"无用之物"。但是也可以反证当时和外商交易的物品，茶是占有很大比重的，否则高宗也不会大加感慨了！

朝廷非常重视海外贸易，专设市舶司负责管理，在官员任用上，也往往让提举市舶司的官员和提举茶盐司的官员一官二任。绍兴元年（1131），"九月二十五日，诏旧市舶司职事令福建提举茶事兼领"，"十月四日，诏：'福建提举茶事司权移往泉州，就旧提举市舶司置司。'"以上《宋会要辑稿》中的记载，可见市舶司和茶事司的关系。海外贸易使国家获得了丰厚利润，成为政府的主要财政来源，几乎占国家财政收入的一半。海上贸易支柱是丝绸、茶和瓷器，从"南海沉船""新安沉船"看，茶具在瓷器中也占了一定比例。

三、浙江运河与宋代浙茶

大运河浙江段主要包括江南运河嘉兴—杭州段、江南运河南浔段、浙东运河杭州萧山—绍兴段、浙东运河上虞—余姚段、浙东运河宁波段。宋代的浙江大运河水系同样为浙茶的发展作出了重大贡献。

（一）大运河与"江景房沉籍"事件

宋太祖赵匡胤建宋后先后消灭荆南、后蜀、南汉、南唐等割据小王国，最后南方只留下两浙地区的吴越王国。吴越王国的税收高于他国数倍，其中最重要的一块就是茶叶。如太平兴国元年（976）一年，吴越国就连续四次向宋廷进贡"茶叶八万五千斤"，足见吴越国的富有离不开茶叶。

太平兴国三年（978年），浙江开化人江景房随吴越国国王钱俶从杭州到京城开封向宋廷呈送《纳土表》，表示归顺之意，拥护宋的统一。同时，江景房又奉钱俶旨意，将吴越国的地图和户籍赋册全部送往宋廷。

宋廷在全国统一之前，各小国所收缴的赋税标准高低不一，吴越国所属的江、浙两地的赋税最重，每亩高达三斗，其他各小国每亩只收缴一斗。江景房对此赋税政策感到不安，他认为如果朝廷再根据这份户籍全数收缴赋税，那么吴越农民的负担就太重了。他便趁通过水路运送图籍进京之际，毅然将图籍沉入大运河。

江景房两手空空入京请罪，宋廷得不到图籍，失去赋税依据，宋太宗大怒，要治江景房的死罪。幸好朝中众多大臣为其保奏，江景房才得幸免，被贬为沁水县尉。不久，他还乡卜居桂岩（今属浙江开化县），躬耕到老死。欧阳修曾写文章充分肯定江景房的义举。

（二）浙江运河与宋代浙江茶业

北宋初，茶业因政治稳定、社会安定和经济发展逐步走向了鼎盛。浙江在北宋时期是富庶的大后方，在南宋时期是政治、经济、文化中心，又具有大运河和海上运输之便，加上经济文化发达、环境气候优越、生产技术领先和国家的高度重视，都为浙江茶业发展创造了良好的条件。浙东、浙西两路（相当于现在的省级行政区）州州都产茶。按国家控制的茶叶专卖（榷茶）口径统计，太平兴国二年（977）全国榷茶1795万斤，其中两浙路的杭、苏、明、越、婺、处、温、台、湖、常、衢、睦12州为127.9万斤[①]，12州中，8州处浙江运河水系。苏州、常州虽然当时归属两浙，但由于北宋时期正逢气候寒冷期，腊月时节整个太湖都结成厚冰可行车马，所以苏、常二州茶叶产量所占份额并不高。到南宋时期，浙江茶叶产量在全国所占份额大增。据《宋会要辑稿·食货》载，南宋高宗绍兴三十二年（1162），全国所产茶叶为1903.9277万斤，两浙东路为106.3962万斤，其中绍兴府38.506万斤、明州府51.0435万斤、台州府2.02万斤、温州府5.6511万斤、衢州府9500斤、婺州府6.3174万斤、处州府1.9082万斤；两浙西路为493.4273万斤，其中临安府219.0632万斤、湖州府16.1501万斤、严州府256.964万斤、常州宜兴6300斤、平江吴县6200斤[②]。从这个统计可以看出，至南宋，浙江无一州府不产茶，而且浙江茶叶产量在全国占有很大的比例，除去今属江苏的常州宜兴和平江吴县的1.25万斤，浙江仍余598.5735万斤，在全国茶叶生产总量所占的份额从北宋初期的7.1%上升为南宋初期的近三分之一。其运输主要也依赖于大运河浙江水系。

（三）宋代浙江运河对茶业贸易的贡献

浙江茶业兴旺也表现在对外贸易上。北宋继第一个海外贸易管理机构——广州市舶司之后，又陆续在杭州、明州（今宁波）、泉州、密州设置市舶司，在秀州（今嘉兴）、温州、江阴设置市舶务，为朝廷"掌蕃货、海舶、征榷、贸易"之事。可见浙江的杭州、明州、秀州、温州在宋代已成为重要的通商口岸。南宋时，朝廷设八个市舶司，浙江占四

---

① 陈椽：《茶业通史》，中国农业出版社1984年版，第59页。
② 陈椽：《茶业通史》，中国农业出版社1984年版，第62—63页。

个，分别是秀州澉浦（今嘉兴市海盐县）、杭州、明州和温州，其中三处都是浙江运河的重要节点。朝廷还在明州设高丽使馆，专事与高丽（今朝鲜半岛）官方往来及海上丝绸、茶等贸易事务，今遗址尚存。

茶具和茶一样也是海上丝绸之路的主要商品，浙江和全国各地窑口一起，尽力扩大外销订单，宋代茶具随瓷器一起在海外全面开花，产生了久远的影响。能够弥补文献记载的最有力的证据是出土、出水文物。1975年，在韩国全罗南道新安郡海域发现的新安沉船出水遗物有2.2万多

件，中国陶瓷占2.0691万件，其中龙泉窑产品的生产年代为南宋后期到元代中叶。出水瓷器中的茶具大致有以下几类：碗（2000多件，约14%）、罐（170多件，约1.2%）、执壶（150多件，约1%）、盏托（20多件，约0.1%），还有少量杯、盒、石磨、研磨碗、杵等，其中还发现有建盏、茶叶等物品。这也可佐证在当时的海上贸易中，茶和瓷都是重要商品。新安沉船出水的石磨与南宋画家刘松年《撵茶图》所绘石磨形制完全一致，这弥补了国内出土文物中未见此物的缺憾。

（原载于《茶博览》2023年1—3期）

径山茶的"三胜"之美

茶之美，核心在助人健康，无论其物质属性还是精神属性，莫不如此。茶有健康功能、生态功能、经济功能、文化功能、社会功能，而健康功能处于第一位的核心位置，茶若失去健康功能，后面的功能皆为无源之水、无本之木，都归于零。世界卫生组织已将人的健康内涵扩展为身体健康、心理健康、道德健康和社会适应包括人际交往健康，而好的茶，无论传统茶类，还是新式茶饮，也应该首先满足人的这些健康需求。茶让生活更美好，此为基础。

杭州之美，美在湖山，美在人文。西湖是湖的骄傲，径山是山的灵魂。西湖和径山固然有自然之美，但并非独美，如西湖和径山般秀美之湖山中外也不可胜数。西湖和径山之美，更是在自然之美基础上的人文之美，多少历史流芳、文明创造俱融入西湖和径山，滋润着古往今来男女老少的心田。连接西湖和径山的不仅有陆路、水路和心路，还有天地山水人文养育的精华——茶叶。

西湖之畔、径山之上，山水相望，茶香萦绕，莫过于西湖龙井和径山禅茶，可谓杭茶之双璧。西湖龙井，知者甚众。而径山禅茶相比之下，历史虽更为久远，却在过去一因交通不便，二因量少金贵，所以名重但未能传天下。如今，随着人们对美好生活的追求成为时代的主旋律，爱茶人对茶更注重其内在品质和精神禀赋，于是径山茶正逢其时，她所具有的三胜之美到了与西湖龙井山水互映、日月同辉的时候了！

径山茶一胜在生态净美。从生态净美言，今人用茶，传统的色香味第一的标准已经让位于产地生态优良、产品安全可靠，因为美好生活以身心健康、生命可贵为第一需要。径山茶产地远离闹市，远离污染源，亦山亦坡，有草木、水系等环境洁净的天然优势，加上在栽种、施肥、用药诸方面要求严格、实施严密，堪当生态茶、干净茶的美名。

径山茶二胜在禅意和美。径山茶与禅和合有三：一是产区与禅地重合，二是茶用与禅定契合，三是茶德与禅法符合。历史上，径山禅寺、径山禅茶名重中外，尤其在两宋时期成为全国和中外禅宗文化交流的中心，对日本茶道的形成产生了巨大影响。茶和茶宴也因其精神文化特质而成为联系禅宗文化和中外茶文化交流的中介。从古到今，国人饮茶，不止于看重茶的物质的功能性成分助人身体健康作用，还非常看重茶的精神文化助人心理健康、情绪健康、智力健康作用。茶助人精神快乐、内心和美。茶文化的核心在一个"和"字，以和为乐，以和为美，人们通过饮茶、享茶、敬茶、事茶等达到与自然、与社会（人际）、与自心和谐相处的状态，在国家层面还可以通过茶文化的推广促进社会和谐、世界和平的建设。这与禅宗直指心性、超越物我、回归净心的思想息息相通。品茶禅一味的径山茶，常常可以从其真色、真香、真味中体悟浓浓的禅意，滋养平和心理，启迪平和智慧。

径山茶三胜在品质优美。好茶之所以让人迷恋不已，千年愈盛，让人品尝高品质的色香味，为生活增添饮用之美，也是重要的原因。其品质之优，来自"三老"：一是，"老天爷"（自然禀赋）。径山系东天目山余脉，相对高度均在500米以上。这样的自然地理条件，形成天多云雾、日多漫射和长年湿润多雨、土壤疏松深厚、矿物质和微量元素丰富的环境，极利于径山茶自然品质的优化：叶绿素、氨基酸含量高，富含抗氧化衰老的茶多酚，却少苦涩多鲜爽，色泽鲜活翠绿可人，香气清雅悠长怡人。二是，"老祖宗"（前人智慧）。径山在唐代即为著名茶区，至宋愈盛，元明清继续发展，"径山茶宴"入选世界茶文化遗产名录即是国际社会对径山世代茶人贡献的充分肯定。三是，"老百姓"（群众创造）。径山茶人珍视自己的文化遗产，经过世代辛勤耕耘，传承创新，特别是改革开放和进入新时代之后的近几年，更是释放了巨大的创造力，让径山茶进入了一个超常规发展的阶段，是径山人民用汗水和智慧铸就了"中国文化名茶""浙江省十大地理标志区域品牌""国家原产地域保护证明商标""上海世博会礼品茶""中国驰名商标"这些金字招牌。

前人茶宴曾东渡，当代径山更扬鞭。衷心祝愿"三胜之美"的径山茶走向全国，香飘世界。

（原载于《茶博览》2024年第11期）

在印度"看"电影

平日所谓看电影，自然还包括"听"，既观其色也察其言，否则怎得要领？然而，想不到，在电影王国的印度看的一场听不懂对白的电影，却给我留下了再也磨不去的美好印象。

1995年6月，我随中国记协新闻代表团出访印度时，曾有幸到电影城孟买的一家电影公司参观拍摄现场。因为是私营公司，讲究节约，所以场地租借了私人的客厅。制片人马克·丁先生，原来做香烟生意，从小迷恋电影，积累了一定资金后便当起电影公司老板。他才40岁，从影却已13年。他说："在印度，政府设立了电影审查委员会，不允许电影渲染暴力和色情。中产阶级可以坐在家里看有线电视，大众才进电影院，所以我拍电影第一要考虑大众的口味。"他正在拍的这部影片叫《三人之恋》，大概讲的是"三角恋"之类的故事。女主角长睫、大眼、白肤，极亮艳，却有点像中国姑娘。和她攀谈时，没等翻译开口，她已说起汉语来。她说她很喜欢中国，在台北留过学，前年又到过北京，登上了雄伟的长城。当时正当印度炎热的旱季，气温高达四十几度，拍戏的房间里又无空调，演员们衣冠楚楚，额上却热汗蒸腾。但他们的创作态度很认真，常常一句台词要重拍好几次，工作人员则不断上前为演员擦汗。制片人说，在印度搞电影不容易，除少数艺术片外，国家一律不予资助，成功的电影公司只占20%，约50%的公司仅做到持平，30%的公司则要亏本。他认为，印度的电影竞争不过美国好莱坞，因为不像好莱坞有政府支持，设备也好，但凭着印度电影界团结奋斗的精神，也拍出了不少好电影。他说他看过几部中国电影，名字虽然记不住，印象却很好。这倒让我又想起了在印度首都新德里看的电影——《孟买》。

在新德里时，中国驻印度大使馆的浙江温州人小陈，为人很热情，他建议我们去看看印度目前最火的电影《孟买》。他说他看电影从不看第二遍，但《孟买》让他破了例，再陪我们看就是第三遍了。

《孟买》是从常见的爱情、婚姻、家庭故事自然地延伸并深入社会、政治特别是在印度非常敏感的宗教问题中去的。一对恋人分别来自信仰印度教和伊斯兰教的家庭，他们相爱了，但由于两位父亲持有宗教偏见而不能相容，便先后出走，来到孟买组成家庭。后来两家的老人为农村中的宗教斗争所迫，也来到孟买，住进儿女家中。两位固执而善良的老人在子女儿孙们的挚爱中从纷争走向和解。但事情远未结束，男主人公被卷入了1992年在孟买发生的宗教大骚乱。印度教徒和伊斯兰教徒冲突骤起，互相打杀，红眼相向，到处是鲜血和火焰、尸体和废墟，皓首妇孺也难以幸免。作为新闻记者的男主人公一直为民族和宗教和解而奔走呼号，他以高度的自觉和牺牲精神，向持刀弄棒的人们呼唤良知。最令人感动的镜头是，面对手持火把的人群，他把汽油从自己的头上浇下，清醒却又似疯狂地高声呐喊，好像是在疾呼："你们是人不是野兽啊，你们要烧，就先烧死我吧！"在他的感召下，人们纷纷弃棍棒、火把于地，逐渐恢复了理性。

听说这部影片在新德里已经放映一个月了，几家电影院还是场场爆满。我们看电影时，不时可听到观众的抽泣声。对白用印度语，我们一句也听不懂，但故事我们完全看懂了。看着电影，我的眼泪不断涌上眼眶，邻座同伴还泣而有声。难怪马克·丁先生说起《孟买》来也赞不绝口，好像是他拍的一样。他说《孟买》表现的情节很真实，我们大家对那时因骚乱而戒严的情景至今还记忆犹新，这部电影有利于人们吸取教训。这部片子拍完后，政府担心公映会引发宗教骚乱，内部讨论了好久才允许公映，结果社会效果出乎意料的好，观众们都很感动，公认这是部好影片，放映场内外也从没发生什么骚扰。

杂，是印度颇为显著的特色。印度有"人种博物馆"之称，民族、宗教、艺术等无不显示了这一特点。同时，印度人又是最注重宗教的民族之一，如果执于一端，便很容易点燃争斗的导火线，电影《孟买》正是这一文化、社会背景的产物。它的主题思想倒并非产生于今天，印度近代宗教运动领袖维韦卡南达（又名辨喜，1863—1902）1893年8月27日在美国芝加哥召开的国际宗教大会上发表演讲说："神圣、清净、慈悲的世界不应成为任何教会的独占物。我坚信在不久的将来，我们将在所有宗教的旗帜上，读到如下誓言：互相帮助，决不互相抗争；和睦共处，决不毁谤他人；维护和平与和谐，不作无益之争。"可以说，现代电影《孟买》正是这一著名演讲的艺术再现。然而，艺术毕竟更具有感染力，连我这种远离宗教的人也心生感慨：信仰宗教是为了追求幸福，无谓的争斗只会在破坏别人幸福的同时也破坏自己的幸福；同在一片蓝天下，不同民族和宗教信仰的人们理应友爱互助、和睦共处。

美好的事物总是那么令人难忘，在我记忆力已经开始衰退，许多人和事、喜和悲转眼便忘时，印度电影《孟买》中的一幕幕至今还清晰地烙在我的脑海里。

真善美，还真的是没有国界的。

（原载于1996年2月2日《湖州日报》）

181

文／学／之／旅

一个涉及伏尔泰的文学思辨

中国明朝通俗文学大家冯梦龙和18世纪法国启蒙文学大师伏尔泰，生活在不同的时代和国度，艺术造诣及思想波澜也是通过不同的文化背景得以体现的。但是，他们的某些作品却有惊人的相似之处。比如在冯梦龙编著的《警世通言》中有一篇《庄子休鼓盆成大道》（以下简称《庄子休》），讲的是一个丈夫以身验妻的故事。120多年后，伏尔泰在他的中篇哲理小说《查第格》的第二部分《鼻子》中，也写了一个类似的故事。

这种现象，在浩繁的文学史中并不罕见。作家的某种思考，往往是带有共性的。人类生活环境的相似，促成了作家所生产的艺术形象的雷同。对于冯梦龙和伏尔泰来说，他们的意外"撞车"，充其量只能是一则作家逸闻而已。然而，我却在发现这则"逸闻"的同时又惊奇地发现：人们对这两个故事的评价是截然不同的。例如，有人说《庄子休》是"从封建的片面的贞操观念出发，丑化丈夫死后要求再嫁的妇女"。还有一部《中国小说史》竟给《庄子休》扣上了"用荒诞无稽的情节，掩盖现实的阶级矛盾"的帽子。而说到《查第格》，人们几乎一致认为它讽刺了当时法国上流社会的淫乱。这就提出了一个问题：难道极其相似的两个故事，其思想意义果真完全不同吗？反映在这两篇作品中的两个作家的思想境界果真有天壤之别吗？我们不妨先作一番对比分析看看。

《庄子休》的故事梗概如下：

庄子在野外看到一个少妇，"手运齐纨素扇"，对着一座新坟"连扇不已"，便"怪而问之"。妇人回答说，与他情深意笃的丈夫临终留下遗言，如想改嫁，也要等坟土干了。庄子回家后，把这事说给妻子田氏听。"田氏听罢，忽发忿然之色"，把那寡妇痛骂一顿。当她看到庄子不以为然时，便赌咒发誓："若不幸轮到我身上，这样没廉耻的事，莫说三年五载，就是一世也成不得，梦儿里也还有三分的志气。"过了几天，庄子一病不起，临死前，田氏哭哭啼啼地表示心迹："从一而终，誓无二志。"庄子死后的第七天，一位"俊俏无双，风流第一"的楚国王孙前来吊孝。田氏马上"动了怜爱之心"，留他久住，以后便"日渐情熟"，主动央求楚王孙的随从老苍头"为媒说合"，并依照楚王孙的要求，移出堂前灵柩，自备聘礼酒席，还把亡夫数落了一顿。新婚之夜，楚王孙心疼病突然发作，"奄奄欲绝"，这下急坏了田氏。当听到老苍头说，服用"生人"或"死未满四十九日者"的脑髓可以治愈此病时，她便毫不犹豫，亲自执斧劈棺，欲取亡夫脑髓。正在这时，庄子却复活了。原来，楚王孙、老苍头都是庄子用"分身隐形之法"变化而成的。结果田氏"自觉无颜"，"悬梁自缢"，庄子则"鼓盆而歌"，然后放一把火烧光房屋，"遨游四方，终身不娶"。

《查第格》的故事呢，无须赘述，因为除了几个细节和结尾与《庄子休》不同外，其他相像得出奇，主要表现在以下四点：

第一，故事都是由一个新寡的少妇在亡夫坟前的可笑行为引起的。

第二，两位女主人公都在丈夫面前过火地斥骂想改嫁的寡妇，并竭力表白自己的忠贞。

第三，两位男主人公对妻子"满嘴的仁义道德"都抱不信任的态度，为了试探她们是否言行一致，采用了自己假死和让有钱、漂亮的青年来引诱妻子的办法。

第四，两位女主人公都很快上当，并不惜以伤害亡夫未寒的尸骨为代价来讨好新欢。

当然，我们也不应忽视这两个故事的不同之处。

一是庄子试妻借助于法术、神道，最后的出路是看破红尘，求得超脱；而查第格试妻是请朋友帮助，与妻子分手后也没有灰心丧气，而是继续寻找幸福。

二是《庄子休》对不贞妇女的惩罚是逼她上吊；而《查第格》则宽容得多，发现妻子不贞，查第格并没马上离婚，只是"过了一些时候，阿曹拉（查第格的妻子）的脾气变得太不容易相处了"，二人才分手了事。

但是，这些不同之处毕竟不是两个故事的主要内容，所以并不影响两个故事基本思想和艺术构思的一致性。不同的方面只在于《庄子休》中掺杂着较为浓厚的道家意识，而《查第格》则较多地反映了法国新兴资产阶级的现实和进取精神。然而，应该肯定的是，这两个故事并不是反对寡妇再嫁，而是讽刺言行不一的人，从而反映了传统贞操观念的动摇乃至破灭。

《庄子》和《史记》都只说庄子在妻子死后"鼓盆而歌"，还有他发的那一套议论，无非是表现其达观、虚无的思想，并不涉及妻子的贞洁与否。冯梦龙将它敷演成篇，是借题发挥，借古讽今，以反映他所处的社会和他对社会的一些看法。伏尔泰也是这样。虽然他把故事的时间和地点放到"摩勃达王临朝时期的巴比伦"，其表现方法同《庄子休》一样，也属于寓言式，但实际上所描绘的还是一幅18世纪法国的风俗画。我们不妨进一步把冯梦龙和伏尔泰所处的社会环境以及他们那个时代文学创作的实际情况，作几点比较。

冯梦龙所处的16世纪末至17世纪初的中国社会，资本主义性质的生产关系虽然处在封建经济的严重压迫之下，但已经开始萌芽，并缓慢地生长着。在伏尔泰所处的18世纪的法国社会，封建经济虽仍占统治地位，但资本主义工商业发展很快。经济基础的变化，促进了两国经济的发展和城市的繁荣，新兴的社会力量也不断增长（在中国是市民阶层，在法国主要是资产阶级）。随之而来的是传统的社会关系和道德观念也受到不同程度的冲击（法国比中国更甚）。这也反映在文学创作中，法国的启蒙主义文学家们创作了大量反封建、反宗教和充满个性解放精神的文学作品，如伏尔泰的哲理小说，卢梭的《忏悔录》《新爱洛绮斯》，狄德罗的《修女》等；当时中国则有抨击封建暴君、批判封建伦理的长篇小说《封神演义》，揭露封建礼教、歌颂男女恋爱自由的戏剧《牡丹亭》等。冯梦龙、伏尔泰笔下的寡妇要求再嫁，男女之间交往随便，对丈夫遗体大不敬等也都是对正统的封建道德的一种文学冲击。除《庄子休》外，冯梦龙还写了不少反映封建贞操观念面临崩溃的故事：商人蒋兴哥最后原谅了一度失身于他人而终于悔恨的妻子；已成官宦的单飞英仍娶不幸为娼的未婚妻做夫人；卖油郎秦重真诚地爱恋着妓女莘瑶琴，后来两人终成伴侣……冯梦龙热情地赞扬他们的行为，正是对传统的贞操观念的否定。对妻子、对妓女尚能如此，又怎么能简单地说冯梦龙"从封建的片面的贞操观念出发"，继而丑化一个想再嫁的寡妇呢？

两国的封建统治都处在腐朽、没落的时期，中国明王朝"崇聚财贿，而使小民无朝夕之安"，明神宗朱翊钧，连臣下都说他酒色财气四病俱全，非药石所能治。上层社会的靡靡之风对一般的中小地主以及市民阶层也有所熏染。在法国，国王路易十四在巴黎建造了豪华的凡尔赛宫，路易十五让情妇蓬帕杜夫人、杜巴丽夫人等治理国家，奢侈享乐。荒淫糜烂的社会风气可以从两国当时产生的大量色情文学中得到反映，在中国如《金瓶梅》《玉娇李》，在法国如萨德的《于丝汀或美德的不幸》《于丽埃特或恶行的走运》，等等。这些以暴露黑暗社会为借由的作品，虽然有其腐化的一面，但确实也是对封建道德准则的摇动，为作家提供了一个较深的思考层次和探索的领域。冯梦龙的《庄子休》、伏尔泰的《查第格》正是抓住这样的机遇，以相似的艺术手段暴露了封建贞操观念的虚伪，展示了一种极不平衡的、处在变异之中的风情世态。

新兴的社会力量先天不足。中国明代市民阶层的思想相当复杂，他们有进步的一面——不满封建专制，要求经济发展等；但也有落后的一面——眼光短浅、自私自利、追求享乐……18世纪法国的资产阶级也有类似的情况。《庄子休》和《查第格》讽刺和愚弄要求改嫁的妇女，恰恰是社会问题的文学反映。

于是，我们又有理由说，这两个故事都反映了各自的社会处在封建统治日趋腐朽、资本主义生产关系萌芽或发展的情况下，正统的道德观念所面临的危机。

既然如此，那为什么人们对这两篇作品的评价会有如前所述的那样大的反差呢？我以为，这是人们在《庄子休》里只看到了冯梦龙世界观中落后的一面，而在《查第格》里却忽视了伏尔泰世界观的局限性的缘故，从而导致了沉此举彼的偏差。

冯梦龙生活在明代盛极而衰的时期，他的家乡苏州府是手工业、商业相当发达的地区。冯梦龙从小就受过系统的教育，青壮年时又攻经应考，曾在"崇祯时，以贡选寿宁知县"，福建的《寿宁府志》还说他在任期间"政简刑清，首尚文学；遇民以恩，待士以礼"。正统的道德观念在他脑子里打下了深深的烙印。另一方面，他在读书应举的同时，又出入青楼歌场、茶坊酒肆，过着"逍遥艳冶场，游戏烟花里"的生活，有机会熟悉市民的生活形态和思想情感；又多次应考不中，不得志的苦闷萦绕心头，与市民阶层不免产生共鸣。后来，他参加了"复社"，对社会现实持批判态度……复杂的时代、复杂的生活，使他的深层意识也显得相当复杂，既有高亢激越的呐喊，也有消极颓废的沉吟。在"三言"的一些作品中，精华与糟粕的并存，便是他双重灵魂的一次游荡。

至于伏尔泰，他是"在法国为行将到来的革命启发过人们头脑的那些伟大人物"的领袖，感知的领域比先于他一百多年的冯梦龙当然要广阔得多；而且处在大革命前夕的法国资产阶级也比中国明代社会的市民阶层的力量强大得多，中国封建主义的桎梏又恰恰比法国牢固得多。这就决定了伏尔泰的创作对封建专制、封建道德的暴露和批判，比冯梦龙的作品来得更深刻有力。然而，由于伏尔泰所处的时代和他的生活、他的社会地位的影响，他思想的局限性还是显而易见的。对此，柳鸣九先生有过精当而概括性的评述。他说："伏尔泰是一个明显具有两重性的作家，他既是封建专制政体的反对派，又是欧洲君主的座上客；既是贵族阶级凌辱的对象，又是他们尊奉的文化智识界的头面人物；既是一个勤奋的智力劳动者，又是一个从投机商业中牟取了巨额钱财的资产者。这种社会地位决定了他的思想的复杂，表现在他的哲理小说里，就是强烈的反封建性往往与明显的保守性是那么尖锐地同时并存。"

既如此，就可以明白地说，对《庄子休》的评价不能简单化，我们应该既肯定它对明末社会的揭露，看到小说所具有的认识价值，即反映了封建贞操观念在市民阶层中日趋薄弱的社会现象，同时也不能否认作品对封建道德的某些眷恋和维护。而在《查第格》里，这两个方面也同样共存，只不过与《庄子休》相比，程度有所差异罢了。

结论是什么呢？冯梦龙的《庄子休》并非一无可取，而伏尔泰的《查第格》虽然比《庄子休》具备某些历史超前性，但也并不是完美无缺的，它们的认识价值基本上是一致的。把《庄子休》的思想性贬得太低，而把《查第格》的思想意义抬得过高，都失之偏颇。鲁迅先生认为，"倘要论文，最好是顾及全篇，并且顾及作者的全人，以及他所处的社会状态，这才较为确凿。要不然，是很容易近乎说梦的"。这真知灼见应该成为我们的座右铭。

（原载于《嘉兴师专学报》1983年第2期，后载入中国人民大学书报资料社《中国古代·近代文学研究》1984年第2期，后收入戴剑平主编《中外文化新视野》，黄山书社1991年版）

一颗璀璨夺目的明珠

关汉卿以杂剧独擅胜场，其散曲亦多奇丽之作，他的《［南吕］一枝花·赠朱帘秀》便是一颗璀璨夺目的明珠。全篇只有209个字，但感情深挚，构思精巧，描绘绚丽，研读它，对于我们全面认识关汉卿的思想和艺术会有裨益。原作如下：

［南吕］一枝花

赠朱帘秀

［一枝花］轻裁虾万须，巧织珠千串。金钩光错落，绣带舞蹁跹。似雾非烟，妆点就深闺院。不许那等闲人取次展。摇四壁翡翠浓阴，射万瓦琉璃色浅。

［梁州第七］富贵似侯家紫帐，风流如谢府红莲，锁春愁不放双飞燕。绮窗相近，翠户相连，雕桅相映，绣幕相牵。拂苔痕满砌榆钱，惹杨花飞点如绵。愁的是抹回廊暮雨潇潇，恨的是筛曲槛西风剪剪，爱的是透长门夜月娟娟。凌波殿前，碧玲珑掩映湘妃面，没福怎能够见。十里扬州风物妍，出落着神仙。

［尾］恰便似一池秋水通宵展，一片朝云尽日悬。你个守户的先生肯相恋，煞是可怜，则要你手掌儿里奇擎着耐心儿卷。

很明显，这是首咏物散曲。然而，景语即情语。那么我们先来看看，作者在这首散曲里是如何抒情的，抒写的又是一种什么样的感情。

朱帘秀是元初大都（今北京市）的一位歌妓，也是著名的杂剧女演员，时人称她"杂剧为当今独步"。她主演过关汉卿的《望江亭》《救风尘》等剧作，与关汉卿过从甚密，后来却被逼委身于一个"守户的先生"（元代称道士为先生）。当时关汉卿在艺苑剧坛已享有"梨园领袖""杂剧班头"的盛誉，又熟悉封建社会下层妇女的生活，了解她们的痛苦和不幸，加上自己的生活道路也充满坎坷曲折，因此很自然地就把朱帘秀视为艺术上的知音，对她的才华倾慕赞赏，同时又十分同情她的凄苦遭际。当然，关汉卿在作品中不可能明白地表示对她的上述感情，于是便倾全力咏唱一件精制华美的物品——珠帘，让读者从中聆听他的心声。

头四句"轻裁虾万须，巧织珠千串。金钩光错落，绣带舞蹁跹"，即写出了珠帘的整体形象——细密、轻巧、贵重、美丽，一下子就吸引了读者，并且使读者产生各种各样的联想。透过"轻""巧"二字，人们仿佛已能感到这珠帘薄若绢绫，正所谓"似雾非烟"，能够随风飘荡，透洒月光；而且，这珠帘的配件也相当漂亮不凡，说得上是玉珠金钩交相辉映，珠帘绣带翩翩欲飞。作者一开头着力写珠帘是有其用心的。元人赠曲常喜欢嵌入对方姓名，这首曲子也有类似的情况。"珠""绣"分别和"朱""秀"同音，而"串"意谓"连"，"连""帘"同音，这样，头四句就藏有朱帘秀的名字了。这当然不是关键的问题。透过全篇，我们可以看到他表面上字字唱"珠帘"，实际上句句写"帘秀"。那么，关汉卿对于"珠帘"的具体描写与朱帘秀其人究竟有何关系呢？

朱帘秀是一位能歌善舞的戏剧演员，第一支曲［一枝花］就紧紧抓住了这个最突出的特点。头两句写珠帘的细密轻巧、珠串垂挂，用以赞美朱帘秀的歌声清柔圆润。接下来两句则写朱帘秀的舞姿轻盈优美。

"金钩""绣带"既是珠帘的配件，也是一个女演员的装饰物，它们能"光错落""舞蹁跹"，当然功归于女主人公了。再接着，是写朱帘秀演出时的情景。"似雾非烟"极言珠帘的轻柔细薄，其实是说演出前朱帘秀不轻易抛头露面，观众对她还好像处在云里雾中。她在哪里呢？"妆点就深闺院"，原来是在"深闺院"。这是珠帘所在之地，也是朱帘秀化妆的后台。这一句与下句"不许那等闲人取次展"（不许寻常人轻易展帘）相呼应，正说明朱帘秀很尊重自己的艺术，绝不随便登台。最后两句从朱帘秀的演出效果上，一下将她的演员形象推向高峰：就像珠帘乍展四壁生辉，朱帘秀一出场、一亮相，就光彩照人，观众皆被震慑。

第二支曲〔梁州〕，笔锋一转，开始借珠帘来写她的歌妓生活。"侯家紫帐""谢府红莲（幕）"，是富贵人家的陈设，读者由此不难想象朱帘秀的生活环境。紧接着作者又以"珠帘锁双燕"的形象来比喻朱的风流生涯，这与朱帘秀在《〔正宫〕醉西施》中用"双双燕子，两两莺俦，对对时相守"的词句来写自己的生活是合拍的。而珠帘与窗、户、枕、幕两两"相近""相连""相映""相牵"的亲昵关系的描写，则对这种生活作了进一步的暗示和补充。

然而，关汉卿和朱帘秀毕竟同处社会的底层，他对世态的炎凉、艺妓的悲欢有着深刻的体验和了解，所以在吟赞朱帘秀的演技和风流时，他不可能不看到一个女演员生活的另一面。对此，他也不愿明说，于是又巧妙地设喻了。你看，"拂苔痕满砌榆钱，惹杨花飞点如绵"，那小而似钱的榆荚不是沾满铜臭小人的化身？飞来飞去的杨花不也像那些轻飘浮浪的子弟？他们连续不断的侵扰，不正好比社会上狂徒薄幸、流言蜚语对一个女艺妓的伤害吗？面对这一切，女主人公不能不产生极复杂的思想感情。她有愁，有恨，也有爱；她愁凄冷黯淡的"暮雨"，她恨摧残百花的"西风"，她更向往像"娟娟"明月般纯洁明朗的生活……写到这里，关汉卿有意将自己与朱帘秀联系在一起。他借唐玄宗凌波殿梦见杨太真、湘妃泪洒斑竹的故事，表达了自己对朱帘秀的怜爱和两人交往会聚时的欣喜。"没福怎能够见"是一句反问，实际上是说自己还算是有福气的。这样，下一句"十里扬州风物妍，出落着神仙"便水到渠成，趁势带出。唐朝诗人杜牧《赠别》诗云："春风十里扬州路，卷上珠帘总不如。"关汉卿正好套用这一典故，再一次突出了朱帘秀的才能出众，倾慕之心跃然纸上。

如果从结构上说，第一支曲是"赞朱"的话，那么第二支曲便是由"赞朱"到"怜朱"的过渡，而第三支曲〔尾〕声，就完全是"怜朱"了。那一"展"一"悬"，说明作者写的依然是珠帘。"一池秋水""一片朝云"两个比喻，再次渲染了珠帘的美。但这种渲染已不是单纯的赞美，而是为了突出随即出现的感情跌落。紧接着，作者万般无奈地迸发出感叹：这么好的一件珠帘竟至于落入"守户的先生"之手，其处境真"煞是可怜"！朱帘秀委身于道士这件事的详情现在已难考证，但她并非自愿却是无疑的。据说，朱帘秀似曾相好于翰林学士卢挚，因地位悬殊不得不割舍。关汉卿深知朱的痛苦并由衷同情她，可还是不便明说，所以采用这样的结尾来抒发自己的愤愤不平。就这样，关汉卿凭着他的生花妙笔，完成了一首精彩散曲的创作，把自己对同时代下层妇女命运的怜惜和同情，对造成这种命运的恶势力的不满和憎恨，成功地传达给了读者，以至于我们今天读来依然为之感动不已。

关于这首散曲的艺术特点，前人曾有过一些评价，如说绚丽的形象画面的描绘、华美辞藻的贴切运用等。我认为，使这首散曲放射出奇丽光彩的原因还在于它很好地运用了以下两种艺术表现手法：设喻奇巧，欲显故隐；跌宕曲折，前后反衬。这是我要谈的第二个问题。

先说前者。从表面看，作者句句咏物，实则笔笔写人。而这种借物喻人是通过新奇的博喻和巧妙的回喻（先用多种事物连续比喻珠帘，再用珠帘比喻朱帘秀）来实现的。作者深知写好珠帘对塑造朱帘秀这个人物的作用，所以煞费苦心地运用了诸如"虾万须""似雾非烟""紫帐""红莲""碧玲珑""一池秋水""一片朝云"等形象鲜明的具体事物来比喻珠帘，又运用"舞""锁""愁""恨""爱"等一连串富有情感的动词把珠帘人格化，这样就使得珠帘与朱帘秀的形象有机地统一起来。从另一个角度讲，作者的立意是要充分地表现朱帘秀的艺术才华和对她的同情。因而，在作品里，朱帘秀是主角，好比一轮皎月；而对珠帘的多方面描摹，好比是刻画了许多星星。既然摆出了"众星拱月"的姿态，读者在欣赏了接踵而来的群星之后，就很想目睹一下掩隐于珠帘后的那位独步剧坛的女演员了。随着曲子的发展，那"湘妃面"的"神仙"眼看就要呼之欲出了，可还是"曲终人不见"。直到最后，这轮皎月还是藏在薄薄的云雾后面，没有显出她的真容。这种欲显故隐的描写手法相当高明。我们知道，在关汉卿之先，正面吟咏女子的作品已举不胜举，如果不是别出心裁，就易蹈俗套。而关汉卿这样写，不仅使作品在委婉蕴藉中促使读者更加关注人物的命运，起到不明写人反而更突出人物形象的作用，而且还能给读者留下充分想象的余地。因为作者让你看到的，只是一位轻纱遮面的美人，隐隐约约，似见非见，其具体容颜如何，却要请你用想象的线条去勾勒了。这或许就是一种"朦胧美"吧。不仅如此，在这里欲显故隐的还有作者的思想感情。他用曲笔告诉读者，珠帘固然美丽、贵重、光华超群，但毕竟是他人"手掌儿里"的玩物，"富贵""风流"的生活仅仅是昙花一现，其结局不会好过"暮雨""西风"下的败叶。这样运笔，一合时宜，二合自己的身份，又不会伤害别人，表情达意之深沉含蓄，令人叹为观止；同时也更能使人感受到他愤愤不平之心的搏跳，正如悲莫大于心灵的哭泣。

再说后者。曲中写珠帘（亦即写帘秀）不是平铺直叙，而是错落起伏。第一支曲开门见山，先极写其美，甚至到了令人眼花神迷、应接不暇的程度。但正当读者备受感染，赞叹之情油然而生之际，作者却笔锋一转，开始透露出一点愁苦消息。"拂苔痕满砌榆钱，惹杨花飞点如绵"，使人为之担心；"愁的是抹回廊暮雨潇潇，恨的是筛曲槛西风剪剪"，就将这担心引向同情了。而当读者欲对此看个明白的时候，作者反又没有直线走笔，马上点穿它的不幸。但作者并没有使读者失望，他继续在拨动读者的心弦。"十里扬州"两句，把对它（她）的赞美推到最高潮，同时也把读者感情的激流带到了思想的悬崖边。倘若说在第二支曲中出现的感情低落，还只是一个旋涡的话，那么［尾］曲便像脱崖而泻的瀑布，牵着读者的感情一下子跌进了痛惜的深渊。这两起两落的描写，乃是作者反衬手法的具体运用。通过前后两种截然不同的情景的强烈对照，使读者与作者产生了共鸣：这样一位卓荦超伦的女子，竟遭到如此不幸，这世道实在太不公平！而第一个起伏的设置，既反映了作者情感的复杂，又避免了作品的直流而下，使之更富于艺术表现力。这种闪烁飘荡的笔势，与本曲的描写对象，与作者的思想脉搏，是那样和谐统一，非独具匠心，何能为之？关汉卿真不愧为耸然于世界文化伟人之林的一株大树！

（原载于《嘉兴师专学报·社会科学版》1984年第1期）

《西洲曲》之谜

忆梅下西洲，折梅寄江北。

单衫杏子红，双鬓鸦雏色。

西洲在何处？两桨桥头渡。

日暮伯劳飞，风吹乌臼树。

树下即门前，门中露翠钿。

开门郎不至，出门采红莲。

采莲南塘秋，莲花过人头。

低头弄莲子，莲子清如水。

置莲怀袖中，莲心彻底红。

忆郎郎不至，仰首望飞鸿。

鸿飞满西洲，望郎上青楼。

楼高望不见，尽日栏杆头。

栏杆十二曲，垂手明如玉。

卷帘天自高，海水摇空绿。

"海水梦悠悠，君愁我亦愁；

南风知我意，吹梦到西洲。"

—— 《西洲曲》

有人说南朝文学中有两个"哥德巴赫猜想"，一个是构成"永明体"声律特点的"八病"说，另一个便是乐府民歌《西洲曲》。

《西洲曲》之谜，不仅在于它的创作年代和作者的不易考定，而且在于它自身有许多难开的锁。主人公和人称、地点和时序、结构和情绪脉络，都很朦胧飘忽，难以捉摸。正因为如此，多年来人们在欣赏它时，不免理解各异，众说纷纭。早在1948年，上海《申报·文史副刊》就登载过游国恩先生和叶玉华先生讨论《西洲曲》的文章。游国恩先生认为，诗的开头至"海水摇空绿"一句，都作男子语气，写他由"忆梅"（他认为"梅"可能是女子的名或姓）而忆情人；末四句才改作女子口吻，是女主人公怀念住在江北西洲的情郎，"梅"是指梅花。后来，余冠英先生也参加了讨论，他在《谈西洲曲》中说，"篇末四句当然是女子的口气，这四句以上却不妨都作为第三者的叙述"，而末四句是"从第三者叙述忽然变为诗中人物说话"。他还认为西洲"是一个名副其实的江中的洲"，"梅是冬春的花"。至于时序，他同意游国恩先生的看法，说"《西洲曲》本是写四季相思"，等等。时隔33年，王季思先生重新把问题提出来，而且又立一种说法。他在《怎样理解和欣赏〈西洲曲〉》中写道，诗的前八句是写男子的活动，包括对女方形貌、居处（西洲）的印象；中间二十句"转入女方的梅对男方的莲的怀念、追求，以至失望"；最后四句"又改为莲的口气"（认为上面女称情人为"郎"，此处男称情人为"君"）。而"忆梅""折梅"是用典，"单衫"两句是衬托和设色，都不是实写。而且全诗只写了一个季节，即"江南一带农村妇女采莲的大好季节"。

比较了诸位先生的意见，深受教益，同时又生出一些新的想法，试列举如下：

第一，很明显，种种分歧的种子在头两句就埋下了，所以对头两句诗的合乎实际的理解是开锁的关键。"忆梅下西洲，折梅寄江北"，写的是男子还是女子的行动？用的是第一人称还是第三人称？记的是冬天之事还是春天之事？单以这两句为据，对上述问题作肯定的回答，我认为都太轻率、太随意了些。开头两句并不能回答以上的问题，它们的好处是开门见山，把关系全篇主题的人物行动凸显出来了。它们造成的悬念得由下面四句倒插之笔来作回答："单衫杏子红，双鬓鸦雏色。西洲在何处？两桨桥头渡。"原来，人物是位俊俏的少女，时间已是穿单衫的春夏之交。（解诗固然不应坐落过实，但"杏子红"与着"单衫"的季节偶合，就不能不使人联想到作者的别具匠心了。）地点是折梅处的西洲，需要荡起双桨，从桥头出发才能到达；既用一个"寄"字，便证明男子家不在西洲而在江北；既用了"下"字和"渡"，便证明女子家不在西洲而在江南。关于"梅"，我倒要多说几句。如果"忆梅"之"梅"是指人，那么紧接着的"折梅"就不好理解了。如果认为这一连四句都是虚写，或者一、二句和三、四句在时间上是相距甚远，在意义关系上是彼此独立的两联，那么上述的悬念将永远游移难定。其实这两个"梅"字，即同指一物：春夏之交之梅、西洲之梅、情赠之梅；又都语义双关："梅"的本字写作"某"。"某"与"媒"谐音，无怪那女子要以"梅"为媒了。那么，此处的"梅"果真是指梅花吗？我认为不是，而是无花之梅枝。《吴声歌曲·子夜四时歌·春歌》中的"梅花落满道""梅花落已尽""梅花已落枝"等，都是证明。我们倒不必感到遗憾，因为此处唯有写梅枝才切合诗的底蕴，它不但与"单衫杏子红"的季节一致，而且还具有象征的意义。你看，男女主人公两情欢洽的梅花盛开的时节已经过去，现在是"君愁我亦愁"，留给她和他的只有爱情受阻时的苦恋。然而，梅花已落，梅枝犹在，她的爱仍是坚贞不移的。

第二，通过上面的分析已经可以看出，诗的前六句是以旁观者的眼光去写女主人公的恋爱行动的，那么下面二十二句是否还是第三人称呢？回答是肯定的。"开门郎不至""忆郎郎不至""望郎上青楼"，确乎可以理解为第一人称，但同时也可以是第三人称的说法；而"门中露翠钿""垂手明如玉"，则是"非第三者不能道"的。所以从整体看，只有都理解为第三人称才和谐统一，情理皆通。例如，"日暮伯劳飞"四句是说她的居处；"开门郎不至"以下十四句都是在人物的行动中表现她对情人的热烈深沉之爱；"栏杆十二曲"四句则呈现综合状态，用象征之法将女子内心的九曲回肠、外表的纯洁美丽与大自然的高远虚空融合为一体。这一切全是第三者的客观描述，虽表现女子恋情，却是第三者目所能见、心所能知的情态，是辗转表达，而非直接倾吐。只有"海水梦悠悠"等末四句，才借女子之口说出了一腔愁绪、满腹情思，而这四句并不是人称运用的突然变化，而是第三者在描述女主人公的肖像、行动和生活环境之后直接引录了她那无处倾诉的话语——内心独白。在这里，只要我们给末四句加上引号（有如叙事作品中的人物对话），人称不统一的问题便立即迎刃而解了。至此，这首诗高度的艺术性才得到完整的表现，既有环境的烘托，也有人事的直现；既有外在行动的录像，也有内在心理的留声；有执着的希望，也有严酷的现实。这样的描写和抒情，才是多层次、多角度、全方位的；这样的艺术效果，很大程度上取决于作者对人称的巧妙运用，即有意使第三人称接近第一人称——笔触无所不至，口气却亲切自然，起到了表达女主人公心境的作用。

第三，说到女主人公的身份，离开诗的本身去妄测是毫无价值的，只抓住其中的一鳞半爪也是找不到正确答案的。有人因为诗中用了喜欢单栖的伯劳暗喻女子处境的孤苦，又叙述了女子采莲之事，便认定主人公是位劳动妇女。其实不然，此处的孤苦并不是劳动与否的判断标准，也并非真的独居一人，而是一种烘托之法，写出了女主人公不能与情人朝夕相伴的苦闷寂寞的境遇；采莲在这里也不是真正的以求生为目的的劳作，而只是一种排遣相思的方式。想忘却而思之愈甚，作者将生活经验和艺术表达结合得如此绝妙，不能不令人叹为观止。如果仅以上面两点来设定女主人公的身份，未免太简单化了。加之女主人公的形貌俏丽、情趣高雅，更证明她不是一般的农（渔）家姑娘。但由此便硬说她是什么贵族小姐，也是站不住脚的。"青楼"在六朝前是女人住处的通称，说"楼高"是突出下面的"望不见"三字；"栏杆十二曲"也无非隐喻女子的踟蹰徘徊、曲折心肠；至于明洁如玉的肌肤，是极言其美。这些皆为夸饰之法，切不可坐落过实。从女主人公的行动自由而不乱、追求热烈而不俗、居处高曲而不奢，我们可以说作者是在塑造一个介于上述二者身份之间的、有着丰富情感、对爱情执着不变的民间少女形象。

第四，根据诗意，西洲的确是女主人公与恋人曾经以梅相赠过的地方，但是它究竟在哪里呢？

唐代温庭筠同题诗有句云："西洲风色好，遥见武昌楼。"很多人猜测本诗可能作于武昌附近一个风景优美的地方，或者干脆认为南塘就是武昌的东湖。又有人根据"采莲南塘秋"一句和唐朝耿沣《春日洪州即事》中的句子"钟陵春日好，春水满南塘"，推定南塘在钟陵附近（即今江西南昌）。南塘在彼，西洲当然也不远了。可是，武昌、南昌相隔迢迢，同一诗中总不会分两处西洲吧？

西洲、南塘在诗中都是极小的地方，取名也很平常，重名不足为奇，故不能因几百年后的诗中有同样的地名就轻下断语。诗中用设问方式点明："西洲在何处？两桨桥头渡。"金启华先生主编的《中国古代文学作品选》据此说西洲可能是一渡口名，这是把动词"渡"误解为名词了，反使"两桨""桥头"的意思不好理解。其实，"桥头"就是今天吴语中的"桥埠头"（渡口）。如果再细细体味诗中的风光景物，便可明显感受到浓厚的长江下游江南地区的特色。南朝人沈约所著《宋书·乐志》云："吴哥杂曲，并出江东，晋宋以来，稍有增广。"我以为这里的"并"很有文章，表明沈约说的不单是吴歌，还包括一些杂曲，很可能就有《西洲曲》在其中（宋代郭茂倩编的《乐府诗集》就将《西洲曲》划进《杂曲歌辞》）。说"江东"，是因为长江在芜湖、南京间作西南—东北流向，南朝时是南来北往主要渡口所在，自此以下的长江南岸地区古时就被称为江东，当时的政治、经济、文化中心则在建康（今南京市）。所以，《西洲曲》极可能就是写江南建康一带的作品，而这一点可以在诗中找到证明。

女子家住在江南，男子家住在江北，西洲不在江南也不在江北。故余冠英先生发问："它何妨是一个名副其实的江中的洲呢？"这种看法独具慧眼。"西洲"取名虽平常，但总有些道理，"洲"的本义便是水中陆地（《说文解字·川部》："水中可居曰州。""州"是"洲"的本字）。诗以女主人公为中心，"洲"在"西"，便证明女子家住在江东，反之，女子家住江东，江中小岛叫作"西洲"也便顺理成章了。这里的"江"，真是长江吗？我以为是。一则，这里的方位亦西亦北、亦东亦南，可证实这江的确是建康以上一段。二则，长江下游宽阔浩渺，古时又以扬州至镇江一段为入海口，故称"江"为"海"便成了古代诗词中的习惯用法，如张九龄诗《望月怀远》"海上生明月"，王湾诗《次北固山下》"海日生残夜"，此中之"海"皆指长江下游。《西洲曲》也用"海水"来形容江水，不正说明这里的江就是建康附近的长江吗？女住江南，男住江北，西洲则是江中的鹊桥，在那个时代倒是二人恋爱的理想去处，他们曾在那里度过难忘的日子，现在那块地方还紧紧地牵扯着女主人公的心呢！所以说，"西洲"是江中之洲并非想当然，而且它极可能是当时建康附近的一块江中陆地。

第五，《西洲曲》中的时序问题也是一道难解的题，许多文学史和作品选都采用游国恩先生和余冠英先生的说法，认为这篇诗是写"四季相思"，除一"秋"字外，各季变化是暗寓其中的。至于究竟哪些诗句是写冬天的，却无人能说明白。余冠英先生说"梅是冬春的花，在长江附近最迟阴历二月就开完了"，语意也颇游移。阴历二月已经入春是无疑的了，那么"折梅"之举究竟是在冬春之际还是在别的季节呢？而我的认识正好如前所述，"梅"指的是春夏之交的"梅花落已尽"的梅枝，并非开在冬春之际的梅花，所以诗是以女主人公春夏之交的活动为发端的。

要想继续理清诗的时序转换线索，还需要结合本诗内在的逻辑层次和情绪发展线索进行考虑。胡国端先生的《魏晋南北朝文学史》和王季思先生的文章，都说它是传统的四句一节的章法；北大孙静编著的《中国文学》把它作四四四六六八分层；更多的本子则万无一失地说它两两联句。我却认为，除末八句外，前面全部以六句为一层：前六句写女子为寄梅而下西洲，是春季相思；次六句是女子居家候郎，是夏季相思（伯劳，仲夏始鸣，诗中用"飞"不用"鸣"乃声韵之故），"出门采红莲"既为盛夏的特征，又作巧妙的过渡；再六句写女子南塘采摘莲子的活动，是初秋相思；又六句写女子望鸿登楼，是深秋相思；最后八句，季节还在秋天，但重心已经从白昼相思逐渐移至夜晚相思了。所以《西洲曲》不仅写春、夏、秋相思，还写昼夜相思；不仅写一地相思，还写处处相思；相思之多、之久、之深确能动人心弦。以上诸层，虽层层勾连，但各有侧重，时序地点都发生着变化，是与诗的内在情绪的层递性和丰富性合拍的，表现了歌者婉曲邃密的匠心。为什么只写春、夏、秋三季，而且特别着重秋季呢？根据诗的主旨和象征、隐喻的艺术表现特点，是否可以这样理解：在春天，女主人公的爱情的希望又一次萌发；在夏天，女主人公的爱情火热炽烈；在秋天，女主人公的爱情进入更深更复杂的层次，有爱的成熟，也有爱的痛苦，作者着力表现的就是女子爱情的彻底和"爱而不见，搔首踟蹰"的尖锐冲突，所以秋季相思是不能不多写几笔的。为什么不接下去写冬天呢？从诗的末四句看，女主人公对爱的进一步实现还没有绝望，所以作者也不忍去写使一切冰封僵死的冬天吧？然而，自然规律不可抗拒，人事、社会又何能拒之？中国诗歌史名作《西洲曲》不仅诗本身写得情怀真挚、摇曳生姿，就连留给读者的余韵也是那样悠长深远啊！

（原载于《湖州师专学报·人文科学版》1988年第1期）

"三言"和"二拍"

　　苏州和湖州是太湖岸边两座相邻的城市，从历史到今天，有很多相似之处。在明代，苏、湖两位杰出的短篇小说家冯梦龙和凌濛初共同为两座城市添写了中国乃至世界文学史上的一段佳话。

　　在中国古代白话小说史上，短篇创作比长篇创作更早进入成熟期，扛鼎之作是冯梦龙的《喻世明言》（原称《古今小说》）、《警世通言》、《醒世恒言》（合称"三言"）和凌濛初的《初刻拍案惊奇》《二刻拍案惊奇》（合称"二拍"）。它们大体都产生在由《金瓶梅》向《醒世姻缘传》和《红楼梦》过渡发展的时期，属于人情小说的范畴。

　　在明代，出现了一种模拟宋元话本，但并非专供艺人说唱而是供人们阅读的白话短篇小说，文学史上称之为"拟话本"。"三言"的一部分和"二拍"的全部都是这样的作品。冯梦龙"三言"中的120篇小说多为"家藏古今通俗小说"的选编改订，而凌濛初"二拍"中的78篇小说，皆是作者"取古今来杂碎事，可新听睹、佐谈谐者，演而畅之"的独力创作。从我国古代白话短篇小说的发展上来看，冯梦龙是把它们由书场引上案头的第一功臣，凌濛初则是把它们从集体创作转变为个人创作的开路先锋。

　　冯梦龙（1574—1646），字犹龙、子犹，别号龙子犹、墨憨斋主人，笔名尤多，如詹詹外史、可一居士等。凌濛初（1580—1644），又名凌波，字玄房、彼岸，号初成，别号即空观主人。二人生平、作为相似之处甚多。他们都生活在经济发达的东南沿海地区，冯梦龙在《寿宁县志》中自称"直隶苏州府吴县籍长洲人"；凌濛初出生于湖州府乌程县，一直在江浙两省游学、为官。他们都出身于封建上层家庭，虽有才华却又科场失意。冯梦龙五十七岁才有机会入国学为贡生，从六十一岁开始在偏远贫困的福建寿宁做了四年知县；凌濛初五十五岁时才以副贡授上海县丞，最后的官职是徐州通判分署房村。他们在晚明"重人欲，反道统"的进步思潮中同属一个阵营。冯梦龙十分推崇李贽那些不守旧格、离经叛道的学说，好戏剧、小说、散曲、俗曲、民歌等通俗样式；凌濛初与汤显祖、袁中道有交往，对冯梦龙也很推崇，工诗文外，尤精于小说、戏曲。他们对于小说也有一致的看法。冯梦龙说小说足可以"嘉惠里耳"，收到使"怯者勇，淫者贞，薄者敦，顽钝者汗下。虽小诵《孝经》《论语》，其感人未必如是之捷且深也"的效果；凌濛初则赞扬冯氏"三言""颇存雅道，时著良规，一破今时陋习"。同时，他们又都是封建时代的清官和忠臣。冯梦龙在职期间，"政简刑清，首尚文学，遇民以恩，待士以礼"，甲申之变后，忧愤而亡；凌濛初离任上海县丞时，"卧辙攀辕、涕泣阻道者，踵相接也"，后来在抵抗农民起义军的进攻时呕血身亡。

他们在短篇小说创作领域也有着相同的建树。"三言"和"二拍"在思想内容上的突出特点——市民性，艺术形式上的突出特点——通俗性，从以下几个方面得到生动、形象的反映：

第一，市井细民形象大量涌现并占据了重要的位置。考察小说人物形象的历史变化可以发现，传统的人物形象如帝王将相、清官循吏、公子小姐、义士侠客，仍然在"三言""二拍"中出现。但是从整体上说，他们不再充当主要的角色，而由一大批商人、手工业者、小业主、妓女等市民形象有声有色地占据了人物活动的舞台，从过去的被支配地位上升为生活的主人。而且，从作者的主观态度看，对于市民形象虽然有褒有贬，但褒扬和肯定远远多于贬斥和否定。在《施润泽滩阙遇友》中，施复靠着"好善"和"省吃俭用"从小生产者上升为财主，作者对这样的发家致富给予了充分的肯定。《初刻拍案惊奇》开卷就以赞赏的态度写了"生来心思慧巧"的商人文若虚到海外经商，成为巨富的故事。作者对文若虚赞不绝口，称他"忠厚甚""平心甚"。这些不仅反映了资本主义萌芽时期的社会面貌，还说明作者受市民思想影响之深。

尤其值得注意的是，"三言""二拍"开始摆脱封建正统思想对妓女的偏见，一群被侮辱、被迫害的女性不仅成为小说中的正面主人公，而且以崇高的人格震撼着读者的心灵。"三言"中的玉堂春、杜十娘、莘瑶琴，"二拍"中的严蕊都是这样的女性。对她们的同情和肯定，是一种新的社会意识在文学上的反映，折射出市民要求平等、博爱的愿望。其中《警世通言》里的杜十娘的形象是最具代表性的。杜十娘想要摆脱屈辱的妓女生活，追求幸福和纯真的爱情，于是将全部柔情献给了公子哥儿李甲，然而却被李甲中途抛弃，最后抱恨投江，以死抗争。杜十娘由柔而刚的变化过程，正是她对社会和人世，以及那个出身于封建世族大家、先迷恋色、后怯于封建伦理、继而为金钱出卖良心的纨绔子弟的认识过程。作者对她的同情和赞扬，既是对处在社会底层的市民妇女的同情以及对她们的美好品质的赞扬，又是对封建制度及其伦理观念的严正批判。

第二，市民阶层的生活愿望、经济利益、政治要求得到明显的反映。晚明时期，市民阶层的势力日益强大，可是他们的社会地位却仍然低下。这种落差，造成了市民思想对封建传统的离心力。在"三言""二拍"中，传统的轻商轻利思想受到严重的挑战。《二刻拍案惊奇》卷三十七说到善于从商的徽州人已经形成一种观念，"得利多的，尽皆爱敬趋奉。得利少的，尽皆轻薄鄙笑。犹如读书求名的中与不中归来的光景一般"。把经商取利提高到与一向被视若神圣的科举的同等位置，这不能不说是一个大胆的突破。《二刻拍案惊奇》卷二十九说得更明确："经商亦是善业，不是贱流！"与此相类，对男女之欲由道貌岸然的一概否定转变为取分析、宽容的态度。作者在描写正当的爱情时，也常常把"情"和"欲"结合起来加以肯定，即使是写他们所认为"不正当"的淫欲时，也表现出一种不同于传统的态度。在《蒋兴哥重会珍珠衫》中，蒋兴哥外出经商，妻子王三巧受骗失足，继而被休改嫁吴杰。最后，蒋兴哥终于原谅了失节的妻子，二人在吴杰的帮助下重聚团圆，恩爱如初。《二刻拍案惊奇》卷三十八指责了莫大姐的"贪淫""不学好"，让她吃了一通苦头，但后来还是让她"称心像意，得嫁了旧时相识"。这些故事说明封建贞节观念正在市民阶层中逐渐淡化，而新的爱情观和道德观正在兴起。另外，一些作品还表达了市民阶层要求取得政治地位的愿望，如《喻世明言》中的《穷马周遭迹卖锤媪》《临安里钱婆留发迹》《赵伯升茶肆遇仁宗》等一系列作品，都着意描述了一些平民出身的人物跻身统治阶层的发迹过程，与大量的抨击贪官污吏、赞美清官能吏的篇章相联系，在一定程度上反映了市民阶层幻想登上政治舞台或者依靠统治者改变自身地位的愿望。

第三，肯定了市民阶层对于束缚个性、压制自由的封建道德的某种程度的冲击。"三言""二拍"中有许多篇章歌颂了恋爱自由和婚姻自主，对市民阶层的青年男女尤抱同情的态度，对"卫道"的父母尊长进行讽刺和指责；对破坏自由婚姻的虔婆、恶棍和始乱终弃、富贵忘情的负心男子，更予以唾弃。封建道德的存在也决定了与它相冲突的其他道德力量的存在。其实上述内容在"三言""二拍"之前的小说、戏曲中已有所表现，只不过"三言""二拍"将它发展了，最具特色的是《醒世恒言》中的《卖油郎独占花魁》和《初刻拍案惊奇》中的《张溜儿熟

布迷魂局　陆蕙娘立决到头缘》。前者一波三折地描绘了市民秦重自始至终地爱着妓女莘瑶琴，最后二人结成眷属，歌颂了跨越金钱、贞节界限的真诚的爱情；后者通过陆蕙娘毅然抛掉骗子丈夫张溜儿，而跟受骗者沈灿若结合的故事，得出一个大胆的结论：有夫之妇也应该有抛弃不好的丈夫而重新恋爱、结婚的自由。其他在社会交往、家庭生活等方面，也都表现出与封建传统道德相触忤的叛逆精神。

"三言""二拍"的市民文学特点还有着多方面的表现。例如，由于大多数市民政治地位低下、经济地位不稳定，他们渴望依靠互相帮助来改善处境；他们不甘受封建思想特别是程朱理学的束缚，对程朱理学进行大胆的批判，这些都成了小说的重要内容。在《二刻拍案惊奇》卷十二中，批判的矛头更直接指向理学大师朱熹。

当然，"三言""二拍"中也存在着不少糟粕。这不仅因为晚明时期，封建制度已相当腐朽；还因为冯梦龙、凌濛初毕竟都是封建阶级的文人，他们的世界观存在着严重的矛盾，于是"三言"和"二拍"也不时地流露出各种封建意识，如有不少篇章宣扬顺天安命、愚忠愚孝，赞美奴才思想，丑化农民起义，渲染发横财、得艳遇、沉湎色情的低级趣味等，这些也都是市民文学两重性的表现。

就"三言"和"二拍"本身而言，也存在着一些差别。冯梦龙编撰"三言"时大部分作品受"宋元旧篇"所囿，凌濛初写"二拍"却多是独立创作，因此无论在晚明的时代色彩上，还是在市民文学的特征上，"二拍"都比"三言"更鲜明，对封建禁欲主义、伪道学与封建吏治的黑暗面的批判较"三言"更为大胆和集中；其共有的缺陷，"二拍"也同样比"三言"更甚。

"三言"和"二拍"在艺术形式上同宋元话本一脉相承，又有新的发展。宋元话本是靠故事吸引、娱乐、熏陶听众，一般比较粗糙。"三言""二拍"继承了宋元话本情节生动、故事完整的长处，由于是案头之作，所以描写更加细腻。笑花主人在《古今奇观序》中说："《喻世》《警世》《醒世》三言，极摹人情世态之歧，备写悲欢离合之致。""二拍"也是如此，它们都能通过充分的细节描写和心理刻画，把现实生活中各种具有典型意义的事件描写得透彻入微、淋漓尽致，起到刷新耳目、动人心弦的艺术效果。例如杜十娘在李甲变心前后的一系列动作、语言和声态，卖油郎秦重去见莘瑶琴之前的一连串行动和内心独白等，都说明中国白话短篇小说的描写艺术发展到"三言"和"二拍"时已经达到精确娴熟的程度了。

宋元话本的语言是白话，生动活泼，通俗易懂，被鲁迅先生誉为"小说史上的一大变迁"。这长处也为"三言""二拍"所继承。由于宋元话本直接在民间口头说唱，故包含了相当多的当时的口语、俗语和一些特殊词语、句式、方言，今天读起来不免有隔膜。"三言""二拍"则主要采用南方官话，以书面语言为主，其中夹杂不少文言成分，然而简洁、流畅，比较规范，易于阅读、推广和流传，弱点是缺乏宋元话本的语言所具有的浓烈的生活气息，"二拍"更甚于"三言"。

"三言""二拍"比起宋元话本，还有其他多方面新的突破，题材更加广泛、人物形象更加丰富，篇幅也较宋元话本为长。就二者本身相比，"三言"在艺术水平上远远超过"二拍"。例如，"三言"写人，不仅能写出他们的思想、性格，还大多能写出他们思想、性格的复杂和发展，在这一点上，"二拍"相形见绌。像前面举到的"三言"中的杜十娘、莘瑶琴、玉堂春、王三巧这样有深度、有生命力的女性形象，在"二拍"中是极少见的。其他方面，如叙述故事、安排结构、运用语言等，也是"三言"活脱多变、富有生气，"二拍"则相对逊色多了。过去，由于各种原因，人们对"三言""二拍"的评价偏低，对"二拍"更持苛刻的批判态度，缺乏实事求是的历史的分析。应该看到，正是"三言""二拍"和同时代的《西游记》《牡丹亭》《金瓶梅》等作品，汇成了一股与西方文艺复兴时期人文主义文学有着某些类似特点的文学潮流和思想潮流，对于腐朽的封建社会来说无疑是一股冲击波，在历史上留下了自己的痕迹。可惜由于复杂的客观原因，这股潮流中断了。继"三言""二拍"之后，还出现过《石点头》《西湖二集》《醉醒石》等集子，但都等而下之，拟话本小说渐渐走上了末路。

（原载于《中国古代文学史纲》，甘肃人民出版社1988年版）

杜十娘之死

明代的冯梦龙是我非常喜欢的文学家。在冯梦龙撰写的具有强烈社会意义的拟话本小说中，《杜十娘怒沉百宝箱》当属佼佼者。前人的评赞已经很多，这里，我只想从新的角度来讨论两个问题。

与许多读者一样，我也在反复探寻，究竟是什么力量将美慧、善良的杜十娘推进了波涛滚滚的江心？

其实，前人已经找到了虽然纷繁却还是可以厘清的初步的答案，即说这力量来自两个方面：存在于杜十娘身外的他动力和滋长于杜十娘本身的自动力。鸨儿、孙富、李甲，以及没有露面的李甲父亲——李布政使，这些从社会躯体上伸出来的罪恶之手合成一股外力，使杜十娘欲生不能；而内力则主要是杜十娘的性格和思想，使杜十娘痛不欲生。前者是杜十娘悲剧发展的必不可少的条件，后者则决定了杜十娘悲剧发展的方向和结果。但是，如果到此止步，我们是否真的窥见问题的全部真相了呢？

在封建社会的妓女群体中，一心"从良"结果受骗上当的，绝不止杜十娘一人。但是，并不见得她们都能有杜十娘那样完全觉醒的认知和不惜以死对抗的行动。即使外部条件同杜十娘完全一样，而选择屈从苟活的例子也比比皆是。

杜十娘为什么投江？有人认为是她绝望于爱情的破灭，有人归结到她自恨审人不慎，更有人简单地用"反抗性"来概括一切。那么，事情的本质究竟是什么呢？

杜十娘在"风尘困瘁"之后"又遭弃捐"，于是，她痛恨爱情横遭践踏、怨恨李甲的负心和孙富的奸诳，也悔恨自己看错了人，同时决心反抗，这些都是事实。然而，痛心只管痛心，恨只管恨，反抗只管反抗，为什么非死不可呢？为什么不另谋出路，重觅知音呢？既然她能摆脱鸨母，她就不能试图伺机摆脱孙富吗？但是，采取这样的行动得有一个前提，即她还不死心，还相信世间除李甲、孙富外，仍然能够找到可以托付终身的人。不幸的是，恰恰在这个关键的问题上，杜十娘丧失了信心。为什么？就因为这时候她心中仅存的一点对世人的道德信任感彻底崩溃了。

作为一个生活于封建时代挣扎在社会底层的女性，不可能对道德这种社会意识形态有什么明确的认识。杜十娘对社会道德的认知来自她对具体人的品德的感受。杜十娘最看重的是什么？钱吗？百宝箱虽然价值连城，但她只把它看作自己跳出火坑、谋求幸福的工具，一旦无望，就把它投入江中；而且，"不知历过了多少公子王孙"，却偏偏看中李甲，"见他手头愈短，心头愈热"，姓孙的虽富，却同他誓不两立。这些都说明在杜十娘心目中最有价值的并不是钱财。此种价值观跟小说特意交代的普遍的金钱神通广大的社会意识是格格不入的。摆在第一位的是不是所谓的才呢？也不是的。据小说交代，李甲虽"自幼读书在庠"，却从来"未得登科"，到后来也不过弄个"援例""纳粟入监"罢了，以后再无提到李甲才学之处，可见李甲之"才"并不怎么了得。而杜十娘既于此也不计较，也从不把自己的前途寄托在李甲的攻书登科上，这种态度又同封建时代传统的"郎才女貌"的择偶标准相触忤。是不是贪李甲之貌呢？李甲固然有一副"俊俏的面庞儿"，但在杜十娘"历过"的公子王孙中，是否居前茅，小说根本就没提，而且也没说孙富是个丑八怪。可见杜十娘择偶也不是唯"貌"取人的（冯梦龙写人确能脱前人窠臼）。统观全篇，可以明白地看到，杜十娘最看重的是"德"。对一切人，她都用"德"的标准去衡量。这种心理和行为贯穿于她性格发展的全过程。杜十娘"久有从良之志"，是因为她"见鸨儿贪财无义"；在不知多少公子王孙中偏偏选中李甲，是因为被李甲"忠厚志诚"的表象所迷惑。当李甲忘恩负义的行为晴天霹雳般向她轰来时，她怒斥李甲"相信不深，惑于浮议，中道见弃，负妾一片真心"，谴责孙富"以奸淫之意，巧为诳说"，"破人姻缘，断人恩爱"，着眼之处，还是痛恨二贼子道德的败坏。所以，虽然李甲"且悔且泣"，想要"谢罪"，也丝毫改变不了杜十娘离开这处处是李甲、处处皆孙富的浊世的决心。至此，她对世人的道德信任感彻底破灭了，梦寐以求的生活理想也随之变成流沙上的楼阁而彻底倒塌了。从这个角度上说，杜十娘悲剧的发展史，不正是她通过各种人物对社会道德认知的过程吗？

这里要说明的是，《杜十娘怒沉百宝箱》虽然据明人《九籥集·负情侬传》改写，但前者情节的丰富性和思想内容的深刻性都是后者所不及的。重要的一点就是前者道德主题的色彩更浓厚，这在杜十娘"从良"和"赴死"两个情节上得到突出的表现。同时，我们也可以从中受到一点启发，杜十娘所倚重的"德"，既有一定的客观性，即符合生活中杜十娘一类人的身份和思想；又具有一定的主观性，即在某种程度上反映了小说作者冯梦龙本人的道德观。作为开明地主阶级知识分子和熟悉市民阶层生活和思想的冯梦龙，其道德观跟世界观的其他方面一样，是复杂的，充满了矛盾的。但是，这篇小说对轻财好义、忠厚诚实品质的肯定和对追求纯洁的爱情、敢于反抗恶势力的行为的赞扬，则更多地表现出冯梦龙以及市民阶层道德感中健康的部分。这种道德的冲突，也正是小说情节冲突的根据。我们今天应该肯定冯梦龙对这种事实的揭示，而不能苛求他（正如不能苛求杜十娘一样）为什么不在这种事实面前持更积极的态度。

说到这里，不知是否有人会问，妓女也会有如此强烈的道德感吗？一位学者著文说："杜十娘……不是因为封建社会的妇女没有出路，因而羞愤自杀，她本来是青楼妓女，无须顾及此点。"（见《杜十娘为何投江?》，1962年4月22日《文汇报》）说白了就是认为妓女皆无道德感可言。

事实上，很多妓女出卖肉体是被迫的，在身心上是受害者。冯梦龙虽然不可能对妓女这一社会肌体的痈疽有什么本质的认识，但由于他对被侮辱、被损害的妓女的生活和思想有一定的了解，对她们抱一定的同情，因而便通过自己的笔向人们呼告：妓女多是被推进火坑的善良弱者，她们中也不乏好品格的女子。在《卖油郎独占花魁》中，下层市民秦重对妓女莘瑶琴"真情实意的爱慕"，从而唤醒了她早已麻木的道德感，使她终于摆脱封建名位、金钱思想的严重腐蚀，毅然同秦重结合；在《玉堂春落难逢夫》中，妓女玉堂春对爱情忠贞不渝，跟鸨母斗争坚决，尝尽苦辛，争得了胜利；杜十娘更是一种身出淤泥而灵魂高洁的典型……如此等等，冯梦龙赞美妓女品德的标准，有时染上了明代市民阶层的色彩，有时则完全是封建士大夫的尺度。但不管怎样，冯梦龙认为妓女并非全无道德，有些公子王孙虽然自命人上人，其实在道德上连妓女也不如，这对封建主义的正统思想和世俗观念，无疑是一个大胆的挑战。

但是，如果剖析到此为止，仍属浅尝辄止。尽管冯梦龙十分重视道德的因素，杜十娘也的确因对李甲品德有了彻底的认识以至对社会道德绝望而抱恨终天，但是任何道德现象皆在一定的社会关系中滋生；同样，它的毁灭也必须受制于一定的社会关系。因此，只有找到当时社会关系的症结所在，才能看清杜十娘悲剧的本质。

促成杜十娘悲剧的社会原因是多方面的，有人提到封建伦理，有人提到等级制度，也有归罪于资本的萌芽的。这些说法都不无道理。但是我以为，杜十娘之所求，只是做李甲的一个"妾"，这并没有从根本上触犯封建伦理、等级观念的"天条"，况且杜十娘投江是在李甲将她出卖以后，而不是在真的为李甲之父所不容之时。还有，杜十娘亮出百宝箱后，李甲不是"大悔""恸哭"了吗？可见置杜十娘于死地的社会力量并不全在上面讲的几条。那么，起决定作用的是什么？症结点在哪里？我的回答是：封建制度据以建立和维持的人身依附关系的"癌变"吞噬了杜十娘。

经济关系是物质的社会关系，是决定其他一切社会关系的基础；而人们的思想关系包括道德关系在内，归根结底，都源于物质的社会关系，并为物质的社会关系所决定。在明代万历年间，资本主义萌芽已露，这固然不错。但是，我们也不能因此而忘记，即使在这个时期，封建社会的本质也丝毫没有改变，对社会起决定作用的还是封建的生产关系，统治阶级不仅占有生产资料，同时还不完全地占有直接生产者。这种人身依附关系的"癌细胞"蔓延开来，渗透在其他各种社会关系中：封建宗法等级制度是它扩散到政治、家庭领域里的结果，忠孝节义思想是它在道德领域里的表现，"连那些同封建主义的实质相距很远的关系，也具有封建的外貌"，其中包括"单纯货币关系"（马克思《剩余价值理论》）。不认识到这一点，有些问题就无法厘清。1962年，在《文汇报》上，曾发生过一次"杜十娘为何投江"的讨论。有两位争论者，虽然观点对立，但在论证时犯了同一个错误：一方说杜十娘"还有价值连城的百宝箱，够她受用的了"，她之所以投江，是因为"错认了人，羞见鸨母，羞见众姊妹"；另一方则说杜十娘"自己还有价值连城的'百宝箱'，力足以赎身，另找知心人"云云（见《文汇报》1962年4月22日《杜十娘为何投江？》和1962年5月12日《杜十娘是"自恨"投江的吗？》）。他们都忘记了一个简单的事实，即杜十娘根本不是一个自由人。她在"从良"前是整个儿属于鸨母的，而之后就整个儿地先后属于李甲或孙富了。你看，杜十娘在妓院八年为鸨母赚了"不下数千金"，临出门却连"平时穿戴衣饰之类"都不准带走"毫厘"，百宝箱还是她早有心计才辗转到手的。跟了李甲后，她便是李甲之妾，男主女从，连她自己也承认"妾身遂为君之所有"，更何况百宝箱呢？只不过这时李甲还不知道奇货可居罢了。正当杜十娘还在舟中做甜美的梦时，李甲与孙富已经谈妥了一笔买卖杜十娘的生意，李甲回舟后的忸怩作态不过是为了掩饰丑行的一种廉价表演。于是，杜十娘在不能发表丝毫意见的情况下，又即将完全归属孙富了。而百宝箱呢？和她本人的身体一样，要么留给负心人李甲，要么带给仇人孙富，唯独不能属于她自己。这对她来讲，怎么甘心？怎么不痛心疾首呢？就在这时，她完全清醒了：做别人的附庸和玩物是多么可悲、可怕又可恨的事情呵！要想从中解脱，在当时的社会条件下，只有以死抗争。终于，她毅然决然地与百宝箱同归于尽了。有人曾将杜十娘与法国小仲马笔下的"茶花女"玛格丽特相类比，其实，酿成她俩悲剧命运的社会关系是有本质区别的。玛格丽特是"货币关系排挤了人身关系"的牺牲品，而杜十娘则是"人身关系"占主导地位的"封建关系"的残害对象；玛格丽特表面上还可以自由地支配自己的身体和财产，而杜十娘连这点表面上的自由都被彻底剥夺了。

人身依附关系对杜十娘悲剧的影响，从李甲同他父亲李布政使之间的关系上也得到体现。李布政使在小说中是个幕后人物，可是他却像魔影一样，死死盯着李甲，控制着李甲的思想和行为。李甲因为贪恋杜十娘的美貌而一时把父命丢在脑后，可是一经孙富道破，就马上向父亲归顺，一起成为那个社会迫害杜十娘的帮凶，其本质还是封建的人身依附关系在起作用。

在封建社会中，封建家庭是封建国家的缩影。在国尽忠，居家尽孝。忠和孝只有大小之分，无本质之别。在国，臣是君的附庸，君叫臣死臣不得不死，李布政使"拘于礼法""素性方严"，正是忠于封建统治包括思想统治的表现。居家，子是父的附庸，父命子亡子不敢不亡，李甲挥霍金银，入监求学，以至将来入仕，都要依靠父亲，"本心惧怕老子"也就不足为奇了。正是这种人身依附关系，促成了父逼子变、夫逼妇死的悲剧的发生。

至此，我们可以得出这样的结论：在影响杜十娘悲剧的诸多社会关系中，封建的人身依附关系是占主导地位的、起决定作用的社会关系，是其他社会关系起作用的集结点。不管冯梦龙本人是否意识到这一点，小说的现实主义描写都向我们客观而深刻地展示出它的"庐山真面目"了。

（原载于《湖州师专学报·社会科学版》1984年第2期，后收入中国人民大学书报资料社《中国古代·近代文学研究》1985年第10期）

凌濛初的官场小说

　　浙江湖州人杰地灵，人才辈出，古今文学家如群星灿烂。不算最亮，又时时被飘来飘去的云雾所蒙翳，却实实在在地在中国文学的天空中占有一席之地的明末小说家凌濛初便是其中的一位。他的短篇小说集"二拍"从取名上看，似乎是在敷演奇闻逸事，其实本意也如同冯梦龙的"三言"，是"主于劝戒"。将文学作为劝诫世人的工具，是中国古代特别是宋、元以后叙事文学的重要倾向之一。这种倾向虽然容易造成文学创作简单化（如善恶斗争的主题、惩恶扬善的情节、善恶有报的人物等），但是如果细加考察，还是可以在这样的创作里发现丰富的社会内容，并窥见一个个呈"圆形"的作家的灵魂。我在这里要说的是凌濛初创作的重要一支——官场小说。

　　凌濛初可以算是典型的官家子弟。祖父凌约言官至刑部员外郎；父凌迪知进士出身，在中央和地方都做过官，最后的职位是常州府同知；生母蒋氏也系尚书之后。凌濛初十二岁入学，十八岁补廪膳生，到五十五岁才授官上海县丞，六十三岁升到徐州通判分署房村。尽管仕途艰难，官也不大，但他对朝廷是忠心耿耿的，以至于在六十五岁时为"御寇"（抵抗农民起义军的一支小分队）"呕血而死"，为行将入土的崇祯王朝殉葬。

为官的家庭环境、几十年科举道路上的官场见闻，不能不对凌氏的创作产生很大的影响力。"二拍"80卷（短篇小说只有78卷，因为"初刻"和"二刻"的第23卷完全重复，"二刻"末卷是杂剧），其中写官场的作品占一半以上。他是如何来写这些"官"的呢？

凌濛初对自己笔下的各种官吏，歌颂和批评二者兼有。歌颂是树榜样，意在勉励；批评是一种对照，意在警诫。然而无论正反，目的都一致，希望维护固有的社会秩序；主张都一致，强调清正爱民；而其着眼之处，几乎都离不开"德""才""情"三个字。目的、主张、出发点，这些在凌濛初看来是和谐统一的三个方面。由于处在封建时代的衰落期，实质上无论在它们之间，还是在它们内部，都存在着尖锐的矛盾，"二拍"生动地向我们展现了这一个个矛盾的旋涡。

先说"德"字。中国古代，没有纯风俗画小说和心理分析小说，小说几乎全是以写情节为主。而通过故事情节有意识地、顽强地表现作家自己的道德观（有时与政治观结合，有时与生活观结合），是中国古代小说的重要特征之一。凌濛初的官场小说，也同样具备这一特点。他对封建官吏"德"的歌颂，大致可以分为如下两个方面：一是维护封建社会秩序得力得法（与其政治观相联系），二是在家庭或个人生活上有德有行（与其生活观相联系）。

第一类官吏主要又分两种：能主持正义，为民申冤，严惩犯有奸、盗、骗等罪行的恶徒的；能平定叛乱，镇压农民起义的。前者在"二拍"中是多数，如"初刻"卷一中打死拐骗妇女的罪犯汪锡的李知县，"初刻"卷二十六中智审奸骗杀人的和尚的林断事，等等。在这些篇章中，做坏事的并非走投无路的穷人，审案的也不是贪官污吏，所以虽然有粉饰封建吏治之嫌，但与人民的好恶和愿望不乏一致之处。后者如"初刻"卷三十一中丑化明代永乐年间农民起义军领袖唐赛儿，歌颂剿灭起义军的刽子手周经历、戴指挥，虽是少数，却暴露了作者维护封建统治、不容人民武装反抗的政治立场。这样说并不冤枉凌濛初，他后来就恰恰实践了周经历他们的事业，只不过他不是胜利者，而是失败者罢了。

凌濛初对官吏个人生活上的德行的颂扬，糟粕更多。"二刻"卷十五写顾提控救人不图报，谢绝女色，终得善报，而作者的结论是"行善原是积来自家受用的"，把一件好事引入歧途。"二刻"卷二十六写尊师报恩的李御史，究其原因是李御史在读书做官的路上多亏了老师高愚溪的推荐和资助，而为了谢师，他仅用半年时间就替高愚溪搜刮了2000两银子。凌氏在歌颂李御史的时候，却无意暴露了官场的污浊，这是他始料未及的。还有"二刻"卷三写窥见好女子便"险些儿眼里放出火来"的翰林编修权次卿，冒识姑母，骗娶"表妹"，最后一俊遮百丑，因权次卿高升"朝廷贵臣"而皆大欢喜。对于与自己同属一个阵营的权次卿的这种恶劣行为，凌濛初非但无一点微词，反而津津乐道，抱赞许欣赏的态度。更有甚者，在"初刻"卷一中，明明是退休官员刘元普强奸了养娘朝云，凌濛初却颠倒黑白地为之辩护，说朝云"当初一时失言，倒得这一个好地位"。将这些丑事演变为"善行"，可见凌濛初对当权者私生活的道德水准是抱着多么宽容的态度，这种宽容和赞赏，反过来也反映出处于没落时期的封建统治阶级腐朽的道德观对凌濛初的恶劣影响。

明王朝之"天"，在凌濛初的时代，已经被统治阶级拆得满是漏洞了，可凌濛初还是愚忠愚诚地一心想补"天"。所以，他在歌颂"补天"者的同时，也揭露批判那些"拆天"者。他在"初刻"卷四中借女侠十一娘之口说："世间有做守令官，虐使小民，贪其贿又害其命的；世间有做上司官，张大威权，专好谄奉，反害正直的；世间有做将帅，只剥军饷，不勤武事，败坏封疆的；世间有做宰相，树置心腹，专害异己，使贤奸倒置的；世间有做试官，私通关节，贿赂徇私，黑白混淆，使不才侥幸、才士屈抑的；此皆吾术所必诛者也！"大小文武贪虐奸坏，无所不有，只差一点就说到皇帝了。在"初刻"卷十一中，他用一首诗为全卷作结："图圄刑措号仁君，吉网罗钳最枉人。寄语昏污诸酷吏，远在儿孙近在身。"这些都足以表明凌濛初对有害于封建统治整体利益和长远利益的不法官吏是切齿痛恨的，对他们提出的警告也相当严厉。当然，寄希望于隐侠和天理报应，也正有意无意地表明作者对依靠当政者的力量解决问题信心不足。凌濛初对不法官吏的不满和批判，随阅历渐深，在小说创作中也得到越来越具体的表现。到"二刻"时，这种带批判的故事，已占四分之一以上。"二刻"开篇就写滥用职权的柳太守，诬僧为盗，胁取白香山手书的《金刚经》，原来并非真的懂得和爱惜这遗墨，只因听说"值千金"才"动了火"。卷三十六中的提点浑耀为了抢夺宝镜，竟将和尚法轮打死。可惜的是，凌濛初只把它们归结为"天意"，客观上减轻了这些官盗的罪责，社会批判力量也随之削弱许多。

还有些官吏在职时可以贪赃枉法，离职后仍有很大的权势。"二刻"卷四把已被撤职却依然"又贪又酷"的杨金事刻画得入木三分。他"终身在家设谋运局，为非作歹"，并且"一向私下养着剧盗三十余人，在外庄听用。但是掳掠得来的，与他平分"。连官府公人也害怕他的势力，"没个敢正眼觑他"。为了吞没五百两银子的贿赂，他竟谋害了张廪生主仆五人性命。这骇人听闻的事件把封建社会"官即盗，盗通官"的黑暗现实暴露无遗。可是，在小说结尾，凌濛初又表现出他思想局限性的一面，即解决矛盾最后靠的还是"清正有风力"的官府。

凌濛初对封建社会官吏的黑暗面暴露得比较广，有强取豪夺的，有卖爵鬻官的，有贪污搜刮的，在"二刻"卷十二中还把批判的矛头直指假公济私的宋代道学家朱熹。这些暴露、批判和讽刺，虽然目的是希望最高统治者能够"选贤授能"，希望某些官吏洗心革面，共补苍天，但是同歌颂的内容相比，还是相当具体和深刻的，那些歌颂的内容反倒总是显得简单和肤浅。这种矛盾是由凌濛初的主观愿望和社会实际存在的矛盾，以及凌濛初创作时自觉的文过饰非和不自觉的现实主义描写的矛盾决定的。在对于官吏生活的揭露上也同样存在这种矛盾，或遮遮掩掩，或以揭丑事为名，津津有味地描摹色情。他在《初刻拍案惊奇·序》里指责"轻薄恶少"写的都是"非荒诞不足信，则亵秽不忍闻"的东西，认为"以功令厉禁，宜其然也"。可他自己却口惠而实不至，作品中秽笔不时出现。这些"暴露"和前文所述的"歌颂"，同样反映了凌濛初的生活观比政治观更芜杂混乱，腐朽性更显而易见。其社会根源在于明末统治阶级、豪商巨贾生活的普遍腐化堕落。凌濛初在序中所写"近世承平日久，民佚志淫"，正一语道破了这个天机！

"德"如此，再说"才"字。在中国封建时代，对"才"的重视是普遍的，小说写士子"才学""才气""才情"的屡见不鲜；即使写女子，也常常冲破"女子无才便是德"的浓重氛围，对"才女"一类表示出明显的倾慕。凌濛初对官吏"才"的评价，往往依附于"德"，主要通过公案小说体现。他赞扬细致入微的调查研究、明察秋毫的判断能力，以及穷根究底的办案态度，而对主观断案、草菅人命的官吏抱极大的反感，常予以严厉的谴责。在"二刻"卷四中，凌濛初写"极有才能"的谢廉使为抓住杨金事残害人命的把柄，要求部下守"机密"，求"实迹"，"必要体访的实"，最后终将凶犯捉拿归案。"初刻"卷十七则写了一位"极廉明聪察"的府尹。他虽然"生平最怪的是忤逆人"，但当吴氏告子不孝，子又含屈认罪的时候，这府尹并没有轻信，而是通过察言观色、心理分析等方法，断定其中有假，以后又智赚吴氏及其奸夫，终于弄清了此案的真相。还有一位《明史》中的人物许襄毅公，他在审阅方士玄玄子的案卷时产生了一个疑问：既然玄玄子"用药毒人"，"为何不走"呢？他就抓住这个疑点，求根溯源，认真追查，层层剥茧，结果探明了甄监生致死的真正原因，纠正了一桩错案。在这些回目的故事中，凌濛初对有德有才的大小官吏极力赞扬，钦慕之情溢于言表。

与上对照，凌濛初又写了一些"无能不才"的官吏。封建社会，官府审理案件最常见的弊病除了贪赃枉法外，就是主观臆断和严刑逼供。凌濛初深知这些做法的严重危害，反对的态度是很鲜明的。他在"二刻"卷二十一中劈头便说："话说天地间事，只有狱情最难测度。问刑官凭着自己的意思，认是这等了，坐在上面，只是敲打。自古道：'棰楚之下，何求不得？'任是什么事情，只是招了。见得说道：'重大之狱，三推六问。'大略多守着现成的案，能有几个伸冤理枉的？"愤愤之情，俱在其中了。所以他在具体描写时就连赫赫有名的宋代"大儒"朱熹也不放过。在"二刻"卷十二中，凌濛初不单在正话中严厉批评朱熹假公济私，无端迫害严蕊，还在入话中写了一段朱熹主观断案的故事，对他的"才"有盛名而无其实进行了辛辣的嘲讽。入话、正话皆书一人错事，这在"二拍"中是唯一的一篇，可见凌氏对朱熹乃至道学家们的臧否态度。

凌濛初为了强调官吏才能的重要，还抱善意写了一些"德"尚有而"才"不足的官吏，希望为官者引以为鉴。在"二刻"卷二十五的入话中，他写了一个轻信"贼人"供词的县官，尽管供词漏洞明显，那县官却不加斟酌就要拿人，多亏旁边老吏提醒并设下妙计，才揭穿贼人的诓骗。紧接着凌濛初在正话中又写了一位好心的知县，由于缺少察是非、辨事理的能力，急时只知"用刑"，所以有线索也理不清，最后亏得事出偶然，才真相大白。连那知县自己也觉得好笑，说："若非那边弄出，解这两个人来，这件未完何时了结也！"

凌濛初的人才观固然和其所属阶级的要求相一致，但同他在"德"字上所提倡的相比，值得肯定的地方更多。特别是其中有利于惩恶扬善、有利于社会安定的内容，不仅仅符合统治阶级的需要，也是人民群众认为清官总比昏官好的原因之一。而于今天，这些对于我们的法治工作以及其他工作，也有着借鉴意义，昆曲《十五贯》得到重视并且深入人心就是一个明证。

凌濛初的官场小说还有一个显著的特点，就是重视情感的作用。人的七情六欲，在任何时代都是存在的。但由于封建思想的钳制，古代小说中人物正常的、真实的情感和欲望往往时隐时现，不敢或不能得到酣畅的表现，有时甚至被"伪情""抑情"扼杀。在这一点上，同对"德""才"的态度相比，凌濛初的小说对传统进行了大胆的冲击。他笔下的官吏，无论善恶，大都不是冷冰冰的"铁面人"，而是七情六欲俱备的血肉之躯。"二刻"卷二十九入话写一官人同女鬼两相情好，虽然被迫诀别后，因"阴气相侵已深"，腹泻不止，但医好后仍恋恋"不忘"，每对人说起此事还凄然泪下，全然没有传统观念中为官者那种道貌岸然、掩饰真情的假面具。更令人瞩目的是，"情"字不仅在官吏的个人生活中得到充分体现，而且在官吏执法时发挥重要作用。合情合法的，固然受到赞扬；不那么合法却合情的，也予以肯定；处理男女纠葛，只要情真，即使有点过分，也能谅解；只有纵情无度的，才被谴责。"初刻"卷二十九写一对"同年同日又同窗"一心结为夫妻的青年男女，由于受到家长阻挠，便付诸私情，后被女方家长发现，捉男方送官。在封建社会，未婚男女私通被捉通常要受到官府严厉的惩罚。然而在这篇小说里，他们却碰上了一个通情达理、爱惜人才的县官，在他的有心周全下，这对男女缔结了美满的婚姻。同这个故事相近的还有"二刻"卷三十五中的一篇。那县官也非常重感情，富有同情心。他非但不追究小官与闺娘钻穴私通之罪，反而成人之美，撮成两人的姻缘。这两个故事写的都是执法者的情感因素战胜了维护封建正统观念的法律。在这里，"情"字不再被排斥在森严恐怖的公堂之外，而是勇敢地参与到具有喜剧色彩的公案审理中来。凌氏的这种描写在封建正统派看来是胆大妄为的，实际却并不是孤立存在的，它们实在是晚明文学和晚明社会的产物。凌濛初跟晚明戏剧大师汤显祖有交往，所作杂剧颇受汤氏赞赏，跟公安派诗人袁中道也熟识，对冯梦龙又如老师般推崇，而汤显祖、袁中道、冯梦龙等在晚明文学中同属一个阵营，都是站在"重人欲，反道统"的旗帜下的。他们不免会对凌濛初产生某种影响，而凌氏的创作又证明他确实与这个阵营有许多共通之处。这种思想指导下的创作，在当时的社会条件下，只要不陷入"滥情"的泥淖，是有着生命的活力和进步的意义的。

"德""才""情"，就像一面三棱镜，把凌濛初心目中为官的标准折射出来了：尽心尽力地维护现存秩序，清正公平地保护子民百姓，而对自身则要求德才兼备、通情达理。这些标准是否与凌濛初的为官表现一一契合呢？我们现在知道的还不多。从"输粟入都"、管理盐场、防治水患、招抚义军等事看，凌濛初是很会做官的。他既能顺利完成上司交给他的别人完成不好的任务，从而受到"嘉奖"，又能博得民心，以至于去任时"卧辙攀辕、涕泣阻道者，踵相接也"，连义军首领也不计较他的敌对行为而十分敬重他。墓志铭上的记载虽不免多溢美之词，但从中不难看出，他在官场小说中加以肯定的品行和他在为官时的行为大体上是一致的，即力求"效忠"和"爱民"的统一、"理性"和"情感"的统一。然而，作家在主观上希望达到的均衡和统一，却常常被作家自己的具体描写所打破，变得失去重心，甚至顾此失彼：强调"效忠"，却暴露了屠戮民众的凶残；表现"爱民"，却不由自主地触逆了当时社会的天纲法网；持统治阶级之"理"，结果扼杀了自己的同情心；感情用事时又违背了统治阶级之"理"。这些作品中的矛盾正反映了凌濛初思想深处的矛盾，有时打上了深深的封建主义烙印，有时又有反封建传统的细芽萌发，有时闪射出新思想的光芒，有时又散发着没落阶级的腐气……而这种种矛盾并不是凌濛初自己所能解决的。社会和个人、理想和现实、主观世界和客观世界，有时一致，有时不一致，矛盾再生矛盾，统一也能分化出矛盾，各种纷繁复杂、内外交错的力汇合在一起，影响着作家的思想和行动，让他想自主却又不能自主地创作，所以论人论文，我们并不想也不应苛求凌濛初，而只是想通过这些矛盾的揭示，实事求是地认识他的官场小说的历史价值和美学价值，为现实提供一面历史和文学的镜子而已。

（原载于《湖州师专学报·社会科学版》1985年第4期）

人神合一的精彩

人类对神魔的兴趣，其根源在于对自身的兴趣，大名鼎鼎的《西游记》即是一例。

明代文学一般以正德、嘉靖之间划界，分前后两期。就小说而言，前期名著集中在元明之际，以讲史小说为主，乃宋话本余脉振起；后期以神魔小说和人情小说为两大主潮，代表作分别是《西游记》和《金瓶梅》。著名的"三言"和"二拍"，是属于后一类的短篇白话小说的合集。"神魔小说"的概念，是鲁迅先生最早提出来的。对于神魔小说的特质，他曾在《中国小说史略》和《中国小说的历史变迁》里给予了精辟的阐释，主要意思有三方面：

神魔小说不同于神话或演说神话，也不同于"宋以来道士造作之谈"，而是受了宗教思潮的影响，由作家在民间传说的基础上所进行的文学创作；

神魔小说的内容都是"讲神魔之争的"，其实质则是封建社会中儒、道、佛三教纷争又"互相容受"的产物；

神魔小说也写人，不管它采取怎样的幻想形式，所描绘的光怪陆离的神魔世界，实际上是作家所处时代和社会的折射，并且反映了人民群众的愿望。

明中叶前后，宗教势力又一次高涨，这是刺激神魔小说兴盛的直接原因。由于统治阶级内部溃烂、社会政治险象环生、人民痛苦日益加剧，一些关注国计民生的作家对现实产生失望以至幻灭之感，于是希望"天理昭昭"，希望有超人的力量出现，扶正祛邪，惩恶扬善。神魔小说正是这种社会心理的文学反映。

神魔小说入明大盛。用纯熟流利的白话来构成鸿篇巨制，是中国小说史上的又一进步。从先秦神话传说到魏晋南北朝志怪小说，从唐时的变文、俗讲，唐传奇中的言神说异到宋元话本中的灵怪、说经之类，在这漫长的历史过程中，我们可以明显地看到神魔小说由不自觉到自觉、由文言到白话的演进轨迹，随着佛教、道教在民间的长期流传和明代白话长篇小说的走向成熟，出现了被鲁迅先生称为"神魔小说"的主潮。

神魔小说在明代，与历史演义、英雄传奇、人情小说生长于共同的土壤，具有相近的基础，然而又各呈风姿。就优秀的神魔小说而言，它既有历史演义敷演历史故事的某些情节，也有几乎完全笼罩在神幻的光照之下英雄传奇的色彩，与人情小说也有相通之处，人的各种世俗生活中的欲望，在神、魔中同样得到顽强的表现。它最与众不同之处，在于环境的特殊和情节的非凡，人物形象中非人的、超人的特点大大被强化或美化了。

明代最早的神魔小说是罗贯中的《三遂平妖传》。明中叶以后，神魔小说大量涌现，代表作是《西游记》《封神演义》《三宝太监西洋记》，而《西游记》则是其中最优秀的作品。

吴承恩博学多闻、生性诙谐，科场屡屡受挫又出身于商人家庭，使他接受了更多的市民思想。他曾作有《二郎搜山图歌》一诗，明显地表现了他要求改变黑暗现实，实现清明政治的愿望。他在撰述志怪小说集《禹鼎志》时作序说："虽然吾书名为志怪，盖不专明鬼，实记人间变异，亦微有鉴戒寓焉。"这也正是吴承恩创作《西游记》时的指导思想。

《西游记》从题材上说，有三个来源：

一是玄奘取经的故事。唐贞观年间，佛经翻译家玄奘，往天竺（印度）取经。归国后，门徒辩机据玄奘口述辑录成《大唐西域记》。之后门徒慧立、彦琮又撰成《大唐大慈恩寺三藏法师传》，在取经史实中穿插了一些神话传说。南宋《大唐三藏取经诗话》，已经把各种神话和取经故事串联起来，书中出现了猴王。到元代，取经故事已趋定型，现存于广东博物馆的元代磁州窑的唐僧取经枕上就画有唐僧、孙悟空、猪八戒和沙僧四人的形象。明初《永乐大典》中保存了一段"梦斩泾河龙"的故事，情节与吴承恩《西游记》第十四回前半部分相近，语言和体裁则酷似宋代的讲史话本，而且注明引自《西游记》，说明在明代永乐前已存在一种平话式的《西游记》。

二是孙悟空闹天宫的故事。成书于《永乐大典》之前的朝鲜汉语教材《朴通事谚解》也载有取经故事的梗概，其中有一条注说"详见《西游记》"；另一条注文还提到住在花果山水帘洞铁板桥下"号齐天大圣"的老猴精，私摘仙园蟠桃，偷吃老君丹药，打败了李天王率领的"天兵十万及诸神将"，后来让二郎神捉住，被观音押入石缝，"饥食铁丸，渴饮铜汁"，终遇唐僧解救，"以为徒弟，赐法名悟空，改号为孙行者"。可见，"大闹天宫"作为《西游记》的重要情节，平话式的《西游记》已经为后来的创作提供了丰富的素材和雏形。

三是唐僧出世的故事。元末明初人杨景贤写《西游记》杂剧时，把已在民间广泛流传的"江流儿"故事作为开场。

虽然西游故事在吴承恩之前已经有了基础，但是杰出的神魔小说《西游记》却是吴承恩呕心沥血的再创造。他用浪漫主义的艺术手段，熔化了自己具有鲜明个性的思想和感情，浇铸出一座完整的堪称中国古代浪漫主义叙事文学之最的丰碑。吴承恩的再创造之功主要表现为：在"玩世"中"讥世"，在"出世"中"入世"，冲淡了原来故事浓厚的宗教色彩，极大地丰富了作品的现实内容；把称颂唐僧的一心向佛为主，转变为赞扬孙悟空的斗争精神为主，因此中心人物也由原来的唐僧变为智勇双全的孙悟空；对原来的故事与人物进行大幅度的改造、拓展和丰富，从情节结构到语言文采都焕然一新。

在《西游记》中，吴承恩井然有序地对魔、神、佛三界作了生动形象的描绘，曲折地表达了他对于社会现实和理想社会的看法。

《西游记》写魔界，与取经故事相始终，各种恶魔独霸一方，吃人害物，给下界百姓带来深重的灾难。例如，第四十七回写通天河灵感大王，"一年一次祭赛，要一个童男、一个童女，猪羊牲醴供献他……若不祭赛，就来降祸生灾"。第七十八回，比丘国丈白鹿精诱惑国王用1110个小孩的心肝煎汤服药……写到情不自禁处，吴承恩也直接描绘了一些"文也不贤，武也不良，国君也不是有道"的人间国度。在这种地方，统治者和妖魔沆瀣一气，肆意横行。第四十四回写车迟国国王迷信道士，竟拜三个妖精为国师，让他们管理朝政，搞得全国上下乌烟瘴气。这些是对明代中叶后皇帝崇尚道教、方士干政、特务横行、民不聊生的社会现实的揭露和抨击。

《西游记》对神界的描写在全书中不时可见，但比较集中的描写在前七回，特别是孙悟空大闹天宫的那些情节。各种各样的尊神高高在上，住金殿玉阁，吃仙丹琼浆，有的道貌岸然，有的威风凛凛，但实际上大多是外强中干、昏庸无能之辈，在孙悟空的顽强斗争面前，神光异彩黯然失色。一文一武的太白金星和托塔李天王，一个是两面三刀的笑面权奸，一个是徒有虚名的常败将军，其他如阎罗王的色厉内荏、海龙王的老朽昏庸、二郎神的凶残暴戾，连玉皇大帝面临困境时也惊慌失措、毫无主见，而下界妖魔的横行也常常是他们放纵的结果。第三十七回揭露得很深刻，青毛狮子精"神通广大，官吏情熟，都城隍常与他会酒，海龙王尽与他有亲，东岳天齐是他的好朋友，十代阎罗是他的异兄弟"。鲁迅先生说吴承恩能"讽刺揶揄则取当时世态，加以铺张描写"，这在《西游记》中比比皆是。

吴承恩是带着深刻的思想矛盾来描写佛界的。他批评唐僧不分是非、一味好善，对佛祖如来、观音也时有贬词，但更多的是肯定佛法无边，以此来表达他的某种社会理想。他让孙悟空进佛国，修佛身，指引人们追求幸福和安宁，让佛在悟空处于困境时前来排忧解难……

他借佛界寄托理想，但他的理想又是极模糊的和不实际的。从《西游记》对魔界、神界的描写中，我们可以感觉到吴承恩对现实世界强烈的嘲讽和批判态度。他向往充满真、善、美的"佛国"，却又非虔诚的佛教徒，对佛往往也采取揶揄态度。现实社会黑暗浓重的氛围，使他不敢相信将来会有一个没有缺憾的社会，但他又不肯放弃对光明的追求。嬉笑怒骂，寓庄于谐，皆出于此。

《西游记》中最光辉的形象是孙悟空。孙悟空有猴子的外形和习性，又有人的心理、思想和性格，还有神的本领和威风。他"毛脸雷公嘴"、罗圈腿、拐子步、好动、顽皮、爱吃桃子，看着他就会想到"沐猴而冠"这个成语。他乐观诙谐、好胜、疾恶如仇，对师父忠诚，对师弟友爱。他又神通广大，有七十二般变化的本领、能翻十万八千里的筋斗云，一万三千五百斤的如意金箍棒挥舞自如。他蔑视一切权威，不怕任何困难，敢于向玉皇、如来撒野，至于上天、入地、下海，无所不往，擒魔斩妖，无所不能。猴、人、神，三者的本质特征相去甚远，但在吴承恩的笔下竟不可思议地结合得异常巧妙，构成了一个完美的统一体，其黏合剂就是他身上最本质的特点：大智大勇的斗争精神。《西游记》的思想倾向，主要是通过孙悟空的形象来表现的；对孙悟空形象的理解，直接影响到对《西游记》主题思想的理解。孙悟空不是先反抗后投降的"改邪归正"的矛盾主题，孙悟空的性格和思想在全书中是完整统一、始终一贯的，那就是与一切不合理的现象和邪恶的事物作坚决的斗争。这种斗争精神在"大闹天宫"中得到突出的表现，在取经路上得到反复的宣扬，最后封孙悟空为"斗战胜佛"，也正说明了这一点。

读《西游记》，也很容易发现孙悟空的一些弱点，如好名、好"戴高帽"、容易急躁、爱撒野、爱捉弄人。然而这些弱点更使孙悟空的形象具有可信性，充满人情味。当然，孙悟空也沾染了浓厚的封建意识，最突出的就是报恩和愚忠。对此，作者非但不认为是缺点，反而当作优点。其根源仍旧来自作者思想的深处：吴承恩虽不满社会以及自身的现状，但绝不反对皇权，做叛臣逆子；依然希望整治社会，渴望得到提携，施展抱负；如有知遇，他也乐于效忠，为之肝脑涂地。从孙悟空走过的道路看，这种思想轨迹是十分清晰的。在保唐僧取经前，孙悟空是不同于魔的"妖仙"，他的愿望是正式列入仙班；在往西天取经的路上，"妖"字已经去掉，山神、土地和天将也都口口声声叫他"大圣"。由此可见，悟空身上寄托了吴承恩的人生理想。这是我们在分析《西游记》对孙悟空形象的塑造看作品的思想倾向所得出的又一结论。

在《西游记》中，猪八戒、沙和尚和唐僧的形象分别与孙悟空的形象形成了鲜明的对照，其中八戒的形象也塑造得非常成功。猪八戒是猪、人、神三者的有机统一体。他"长嘴大耳"，贪吃贪睡，他性格粗鲁憨厚，肯干活，能作战，不向敌人屈服；他原是天蓬元帅，会腾云驾雾，能三十六般变化。和孙悟空一样，是猪、人、神三者摔碎后重捏的泥人，你中有我，我中有你，结合得非常完美，以至失去任何一个方面，猪八戒也不能成为猪八戒了。但与孙悟空不同的是，猪八戒更接近于人，而孙悟空则更接近于神。孙悟空是有弱点的英雄人物，猪八戒是有严重缺点的正面人物。猪八戒与孙悟空目标一致、命运与共，两人虽不时有点小摩擦，但猪八戒的确是孙悟空斗敌时的得力助手、行路时的患难伙伴。孙悟空的长处令人觉得高不可攀，猪八戒的长处似乎平常人稍加努力就能做到。描写猪八戒的优点是对孙悟空的正面衬托，描写猪八戒的缺点则是对孙悟空的一种反衬。孙悟空对取经事业忠贞不贰、斗争坚决；猪八戒则在困难面前常常表现得意志不坚定，甚至叫嚷着要分家散伙。与妖精斗争，他常在大局已定之时急忙上前筑上几耙，怕的是孙悟空独占功劳；一旦形势险恶，他便谁也不顾，弃阵逃跑。孙悟空清高无私；猪八戒则贪财好色，喜欢占小便宜，爱过世俗生活。离开高老庄时，他就托付丈人照管好女儿，说："只怕我们取不成经时，好来还俗，照旧与你做女婿过活。"孙悟空看重名气，怕失身份；猪八戒则贪图享受，不顾体面，有时还要撒谎、进谗言，干些"小人"之事。在吴承恩心目中，孙悟空是带有文人士大夫气质的理想化的英雄，而猪八戒则是带有小市民习气的现实中的普通人。在吴承恩的眼里，孙悟空代表理想的人生，猪八戒则代表现实的人生，不过是现实中趋善的人生。猪八戒身上那些缺点和平常人一样，是人性中与生俱来不可避免的东西，但并没有超越善的界限、跨入恶的门槛，只要诚心向善，通过磨难便会使人性更善、人生更美。

唐僧也是《西游记》中的正面人物。他一心取经，不怕磨难，面对财利、美色、权势的诱惑毫不动心，并且乐于行善，富有同情心。在这些方面，他和孙悟空倒是很接近。然而，在性格方面，他几乎跟孙悟空截然对立：懦弱无能，优柔寡断，好听谗言，有时竟是非不分、人妖颠倒。对唐僧的肯定和批判，与吴承恩对佛界的崇拜和揶揄是一致的，反映了他对佛教的矛盾的认识，也反映了他对人性的矛盾的看法。

《西游记》具有多方面的审美价值。它善于组织并叙述曲折、生动的故事，敷设富有奇趣、神异瑰丽的幻想，塑造丰富而充满个性、情感的形象，洋溢着积极浪漫主义的精神。幽默和诙谐是《西游记》艺术上的独到之处。

晚于吴承恩一个多世纪的法国喜剧大师莫里哀曾说："一本正经的教训，即使最尖锐，往往不及讽刺有力量；规劝大多数人，没有比描画他们的过失更见效的了。恶习变成人人的笑柄，对恶习就是重大的致命打击。"在民间传说的西游记故事中就充满了人民的机智和风趣，吴承恩继承并发展了这个传统，形成了嬉笑怒骂皆成文章的风格。首先，他让幽默和诙谐融入人物形象之中，成为性格的要素。这一点在孙悟空和猪八戒身上表现得很突出。孙悟空和猪八戒的形象集兽、人、神于一身，就是荒诞可笑的。孙悟空的猴性特征与人性特征，都充满乐观精神，他碰到任何困难危险，不论对敌人、对朋友，还是对同伴，都持轻松愉快幽默风趣的态度。猪八戒则完全是喜剧性的人物。他常常说的是一套，做的又是一套，语言和行动的矛盾一直伴随他走向西天。他蠢笨无能而又自作聪明，丑陋无比却反以为美，号称"八戒"，可是见美色美食便露出一脸馋相。这一切都安排在喜剧式的情节之中，即使在极其紧张的战斗场合，他一登场，也会使读者忍俊不禁。其次，《西游记》对貌似神圣、威严的事物进行调侃，在"金玉其外"与"败絮其中"的对照中产生喜剧效果。阎罗王、龙王、玉皇大帝等都是掌握人间生死祸福的不可冒犯的神圣，但孙悟空偏偏要对他们耍弄调侃，而他们却毫无办法，丑态百出。孙悟空还偷吃太上老君的仙丹、王母娘娘的蟠桃，在如来手指间撒尿，诅咒观音"该他一世无夫"。猪八戒也曾勇敢地将三个道教祖师爷的圣像扔进臭气熏天的"五谷轮回之所"。在这些玉帝也得敬奉几分的最高权威面前，吴承恩非但不屏住呼吸、顶礼膜拜，反而让自己笔下的人物通过不同的方式对他们进行嘲弄。可以说，吴承恩是把千百年来压在人们心底的疑惧和愤懑用好笑的形式释放出来了。再次，《西游记》将社会种种不合理的现象置于幻想形式的放大镜下进行夸张描写，使读者看到某种变形的人世间的溃疡，从而产生滑稽感和愉悦感。例如，写车迟国打击和尚，官吏拿得一个，连升三级，平民拿得一个，赏银五十两，弄得"剪鬃、秃子、毛稀的，都也难逃"。这样写似乎夸大其词，实际上都是当时社会贫富不均、特务横行、民不聊生的真实写照。小说对前倨后恭、好为人师、矫情作伪、口实不一、欺软怕硬等世态人情也常常在行文间作有意无意的讽刺挖苦。从这一点上看，《西游记》也烙下了从讲史小说向世情小说演进的历史印迹。

《西游记》在语言形式上比《三国演义》《水浒传》等小说保留了更多的民间文学特色。说唱相间就是从宋元说话艺术发展而来的。《西游记》的语言一般是口语化的，还大量地采用了民间语汇，生动活泼，富有表现力，个性的人物对话也比比皆是。至于穿插在作品中的韵文，除少数较好的以外，常常显得平庸、乏味。吴承恩是位诗人，他的诗在明代也属上乘，其之所以这样写，大抵是为了体现幽默诙谐的风格，从其俗而已。

《西游记》的出现，把神魔小说的创作推向了高峰。与《西游记》同时或受其影响而产生的同类作品主要有《四游记》《后西游记》。除后者稍好外，其他几部无论思想水平还是艺术水平都无法与《西游记》相比。明代神魔小说较好的还有《封神演义》，全书一百回，主要叙述武王伐纣的故事。尽管《封神演义》的作者企望自己的小说与《水浒传》《西游记》鼎足而三，但实际上正如鲁迅《中国小说史略》所说，它"较《水浒》固失之架空，方《西游》又逊其雄肆，故迄今未有以鼎足视之者也"。《西游记》对后世戏剧也产生了重要的影响，各剧种都常向《西游记》取材。作为高度幻想的叙事艺术杰作，《西游记》不仅在中国文学史上占有独特的地位，而且在世界文学史上也是独一无二的，特别是孙悟空的形象，在中外文学史上卓立傲视，谁都无法替代。

《西游记》留给后世人们的不只是奇趣盎然的人物和一连串惊心动魄的故事，还有战胜邪恶的勇气、追求理想的决心、积极乐观的精神，以及其他许多人类美好的品质。正因为如此，《西游记》才能大踏步地走向世界，成为中华民族值得骄傲和珍视的宝贵的文学遗产。

（原载于《中国古代文学史纲》，甘肃人民出版社 1988 年版）

在黑暗中睁大眼睛

有人习惯在阳光下睁开眼睛，有人却习惯在黑暗中睁大眼睛，写成了名著《金瓶梅》却不敢署真名的"兰陵笑笑生"可算是后一种人。

鲁迅先生在《中国小说史略》中指出："当神魔小说盛行时，记人事者亦突起，其取材犹宋市人小说之'银字儿'，大率为离合悲欢及发迹变态之事，间杂因果报应，而不甚言灵怪，又缘描摹世态，见其炎凉，故或亦谓之'世情书'也。诸'世情书'中，《金瓶梅》最有名。"

《金瓶梅》大约成书于明隆庆二年（1568）至万历三十年（1602）间。关于它的作者，据《金瓶梅词话》中的欣欣子序说是兰陵笑笑生。笑笑生又是谁？学术界一直争论纷纭，先后提出王世贞、李开先、贾三近、屠隆等人的名字，但都证据不足。现存《金瓶梅》的版本可归纳为两个系统：一是卷首有明万历四十五年（1617）东吴弄珠客作序的《金瓶梅词话》，一是明末（或说清初）刊印的《新刻绣像批评金瓶梅》。后者经清人张竹坡改易评点，流传甚广，影响较大。

《金瓶梅》的出现在中国小说史上具有重大意义。首先，它的题材特征是"记人事"和"描摹世态"，直接反映现实，这与讲史小说追索往古、神魔小说描述神异有明显的不同；第二，它塑造人物的特征是写"市井俗人"，不像《三国演义》那样专写历史上的帝王将相，不像《水浒传》那样专写带传奇色彩的英雄豪杰，也不像《西游记》那样专写神仙妖魔；第三，它组织情节的特征是中心发散式，即围绕几个中心人物描写与之相联系的多方面的日常生活事件，和《三国演义》的历史推进式、《水浒传》的百川归流式，以及《西游记》的短篇故事串联式相比，显示出自己的独特个性。

《金瓶梅》借《水浒传》中一段家庭故事敷成长篇，书名从三个女主人公潘金莲、李瓶儿、春梅的名字中各取一个字连缀而成。全书通过西门庆一家丑恶的生活历史，深刻地揭露了明代后期社会的黑暗腐朽。

西门庆本是一个破落户财主、开生药铺的浮浪子弟，他善于投机，结党营私；他攀附显贵，贪婪凶狠，鱼肉百姓，又全无廉耻，穷奢极欲。他曾毫不掩饰地说："咱闻那佛祖西天，也只不过要黄金铺地，阴司十殿，也要些楮镪营求。咱只消尽这家私广为善事，就使强奸了嫦娥，和奸了织女，拐了许飞琼，盗了西王母的女儿，也不减我泼天富贵。"这样的生活准则已经完全撕掉了封建教义的面纱，彻底暴露了一个兼有富商、恶霸、官僚等几重身份的流氓无赖的丑恶嘴脸，西门庆在书中是死了，但那个社会没有死，只要那个社会不死，西门庆也就永远不会死。

除西门庆外，《金瓶梅》还塑造了其他许多栩栩如生的人物形象。这些人物大多代表邪恶和黑暗及其迫害下的牺牲品。

被侮辱而又侮辱人、被损害而又损害人的反面妇女典型——潘金莲。潘金莲原是一个裁缝的女儿，父亲死后，屡被转卖，又被迫嫁给武大。黑暗的社会和悲惨的身世扭曲了她的性格，造成了她极端利己和追求享乐的灵魂。她本是一个受害者，西门庆对她的作践简直达到了令人发指的地步。然而她又是一个"害人精"，毒辣阴刁，在西门庆的唆使下，毒杀了亲夫武大；争宠嫉妒，绞尽脑汁害死了李瓶儿之子，也气死了李瓶儿；欺软怕硬，竭力奉承正室吴月娘，却百般虐待丫鬟秋菊；淫荡无耻，几天看不见男子，就不安于室，甚至与女婿、书童私通，最后死于她一心想勾引的武松之手。罪恶的社会环境铸就了她的性格，又最终毁灭了她，她害人，最终也害死了自己。

兼具帮闲、帮凶双重身份的市井无赖典型——应伯爵。《金瓶梅》共一百回，用他的名字立题的虽只有八回，但从第一回到西门庆去世，几乎回回写到他。他曾直言不讳地说："如今的年，尚个奉承。"还说："养儿不要屙金溺银，只要见景生情。"于是整天陪西门庆饮酒下棋，娶妾嫖妓，兴狱经商，靠凑趣逢迎混饭吃。除了帮闲外，他为了钱也常常帮凶。西门庆的伙计韩道国之妻王六儿与小叔子通奸被邻里好事的子弟捉住，应伯爵由于得了韩道国的好处，就在西门庆面前歪曲事实，结果这对做丑事的男女得以释放，捉奸的一班人反倒被打得半死，押进监里；最后还是这班人的父兄贿赂了应伯爵，才领回了人。西门庆死后，应伯爵又立刻靠上新的主子，把过去给西门庆帮忙、帮闲的一套本领全部献给了张二官。东吴弄珠客序说《金瓶梅》"借西门庆以描画世之大净，应伯爵以描画世之小丑"，一语道破了应伯爵形象的典型意义。应伯爵完全是那个腐朽社会滋生出来的虫豸，是啃着主人剩下的肉骨头而又扬扬得意、狐假虎威的奴才。

从堕落到觉醒、由屈从转向反抗的劳动妇女——宋惠莲。宋惠莲的性格中有堕落的一面，也有善良的一面。开始时，她屈从于西门庆的淫威，甘心做西门庆的玩物。后来，她想帮助丈夫挣出泥坑，就对西门庆说："随你去近到远，使他往那里去……你若嫌不自便，替他寻上个老婆，他也罢了。"当她发现西门庆欺骗自己，痛伤来旺儿的时候，她又挺身而出，怒斥西门庆："你原来就是个弄人的刽子手，把人活埋惯了，害死人还看出殡的!"最后，她没有接受"守着主子，强如守着奴才"的劝告，既为了自己觉得有负于来旺儿，又为了报复西门庆，悬梁自尽了，表现出一个奴隶初步的觉醒与反抗。

《金瓶梅》描写的虽然是宋代的人物，但实际反映的却全是明代的现实。明代中叶出现资本主义萌芽，商人地位大大提高，金钱主宰一切的情况日益严重。官僚阶级为了追求骄奢淫逸的生活，需要得到商人经济上的支持，有时自己也积极参与经商活动以赚取巨额利润；另一方面，商人想在社会上站稳脚跟、扩大势力，也积极争取官僚势力的保护，甚至通过行贿捞取官位和权势。《金瓶梅》里西门庆与杨提督、蔡太师、蔡御史、宋巡按等人的相互勾结、狼狈为奸，正是这种客观现实的生动反映。明代中叶以后，各级官僚在政治上普遍腐败无能，大小统治者在生活上普遍奢靡腐化，神宗皇帝就是历史上有名的酒、色、财、气四病俱全的人物，各级官吏、地主商人也无不相继效尤，纵情声色，这些都严重影响和腐蚀着下层市民。儒家正统思想和伦理道德观念日益丧失了维系人心的力量，整个社会风气极端败坏。城市里，酒楼、妓院林立，官僚士大夫不以纵谈男女淫欲和床笫之事为羞，无耻之徒甚至靠献"房中术"来谋官取利。《金瓶梅》在揭露西门庆罪恶生活时，污笔、秽笔接连出现，这对读者可能会有腐蚀作用，却也是当时社会风气的真实反映。鲁迅的《中国小说史略》在谈到这些问题时说："……风气既变，并及文林，故自方士进用以来，方药盛，妖心兴，而小说亦多神魔之谈，且每叙床笫之事也。"《金瓶梅》历来被认为是一部"秽书"，它描写污秽的、看不到光亮的恶浊世界，却又广泛而真实地反映了晚明的社会生活。

《金瓶梅》在艺术上取得了非常卓越的成就。从结构上来说，全书一百回，作者善于把纷繁庞杂的材料井然有序地组织起来，以主要人物和故事在发展中出现的主要矛盾为中心，推动情节的发展，脉络贯通，细密严整，情节波澜起伏又疏密相间。从人物形象刻画上说，小说生动细致地描绘了一大批市井俗人，其中包括泼皮无赖、帮闲篾片、娼妓优伶、家奴婢仆、僧道尼姑之类，他们大都是有血有肉的、活生生的人。

除"害死人还看出殡"的西门庆，"恃宠生娇，颠寒作热，镇日夜不得个宁静"的潘金莲，寡廉鲜耻、趋炎附势的帮闲应伯爵外，工于心计的吴月娘、害人害己的李瓶儿、乖巧泼辣的春梅、无耻无赖的公子哥儿陈经济，也都个性突出、形象鲜明。就连一些招权受贿的太监、两面三刀的官吏、老练圆熟的媒婆等着墨不多的人物，也能给人留下深刻的印象。从语言运用上说，《金瓶梅》达到了绘声绘色、生动传神的纯熟程度。它擅长用生动活泼的口语描写人物、叙说故事，具有醋畅泼辣的特点。

许多富有表现力的俗语、成语、歇后语也为小说增色不少。书中人物语言在个性化方面也尤为成功。例如，花子虚打官司出来后向李瓶儿"查算西门庆使用银两下落"，被李瓶儿骂了个狗血淋头："呸，魍魉混沌！……奴是个女妇人家，大门边儿也没走，晓得甚么？认得何人？那里寻人情？浑身是铁，打得多少钉儿？替你添羞脸，到处求爹爹、告奶奶。多亏了隔壁西门大官人，看日前相交之情，大冷天，刮得那黄风黑风，使了家下人往东京去，替你把事儿干得停停当当的。你今日了毕官司，两脚站在平川地，得命思财，疮好忘痛，来家倒问老婆找起后账儿来了……"一番话把李瓶儿嫁于西门庆前那种凶悍刁蛮的性格刻画得入木三分。

《金瓶梅》在艺术上还有一个显著的成就，那就是它的描写手法突破了以往长篇小说粗线条描写的传统而趋于细腻化、生活化。《金瓶梅》将现实社会中普通男女的日常生活，包括言谈、装饰、笑谑、怒骂、争斗、饮食甚至性爱都写进了小说，描写是曲折、细致和大胆的。在一连串具体丰富的生活细节中，《金瓶梅》生动而形象地写出了现实社会的种种人情世态，散发出一股浓烈的明代中叶市井生活的气息。鲁迅先生在《中国小说史略》中曾对此给予高度的评价，他说："作者之于世情，盖诚极洞达，凡所形容，或条畅，或曲折，或刻露而尽相，或幽伏而含讯，或一时并写两面，使之相形，变幻之情，随在显见，同时说部，无以上之……"

《金瓶梅》作为一部暴露明代社会黑暗的现实主义社会小说，它那"穷凶极欲""曲致淋漓"的描写，不仅与其内容及艺术成就相联系，而且也与其严重缺陷密切相关。例如，《金瓶梅》煞有其事地宣扬了许多因果轮回、佛法神道的宗教迷信思想，自始至终鼓吹女子祸水论，把被侮辱、被损害的妇女统统写成没有灵魂、不知廉耻的淫贱之人。而遭人非议最多的则是书中描写了大量淫秽片段。造成这缺陷的客观原因是当时"好货好色"的社会风气，主观原因则是作者在暴露腐烂和丑恶时，非但缺乏严肃的批判意识，反而从浓墨重彩的渲染中表现出津津有味的欣赏态度。

《金瓶梅》的出现，在中国乃至世界文学上都是一个奇迹。它与《三国演义》《水浒传》《西游记》一起被列为明代"四大奇书"，成为我国现实主义小说发展道路上的一座里程碑，对后世的社会家庭小说产生了巨大而深远的影响，为不朽的现实主义巨著《红楼梦》的诞生做了必要的探索和准备。美国学者海托华的观点是有代表性的，他在《中国文学在世界文学中的地位》中说："中国的《金瓶梅》与《红楼梦》二书，描写范围之广，情节之复杂，人物刻画之细致入微，均可与西方最伟大的小说相媲美……中国小说在质的方面，凭着上述两部名著，足可以同欧洲小说并驾齐驱，争一日之短长。"《金瓶梅》既是文学作品，又具有历史书的巨大价值，尽管有缺陷，但从中国乃至世界文学史的角度看，它仍是值得我们自豪的。

（原载于《中国古代文学史纲》，甘肃人民出版社1988年版）

茅盾的"水浒"小说

　　茅盾小说创作数量之多、内容之广，在中国现代文学史上首屈一指，而且几乎一致地向现实的社会生活取材。人们普遍认为茅盾的创作具有强烈的现实性和时代感，道理正在于此。然而，是否有例外呢？

　　1930年8月至12月，茅盾连续创作了三个艺术风格相近的短篇：《豹子头林冲》《石碣》《大泽乡》。它们在题材上既异于前也不同于后，是茅盾小说创作中的特殊现象。人们一般称它们为"历史小说"。而我认为这里面应该有些区别，正如古装剧不一定就是历史剧，写古人的小说也不一定就是历史小说。《大泽乡》取材于司马迁的《史记》，写历史上著名的陈胜、吴广农民起义的故事，堪称名副其实的历史小说；前两篇则敷演《水浒传》中的故事，并非依据历史的真实而创作，就不应该划进历史小说了。作者称这三篇小说是"取材于历史或传说"，可见他是将历史和传说相区别的。他还在《关于历史和历史剧》一文中指出，历史题材既有积极意义，也有局限性，历史剧作家的任务"是通过艺术形象对此一历史事件还它个本来面目"。历史剧是这样，历史小说当然也应该是这样。然而取材于《水浒传》故事的《豹子头林冲》和《石碣》两篇是无法同所谓"历史事件"对号入座的，它们只是写古人古事的小说而不是真正的历史小说。至于茅盾的以《圣经》故事和北欧神话为题材的小说，就更不应在此列了。其实，创作"水浒"小说也并非自茅盾始，至茅盾终。凡在《水浒传》之后，为它续书或直接取材于它的小说，都可称为"水浒"小说。远的、近的且不说，现代文坛就不乏此类作品，著名的如施蛰存的《石秀》、沙陆墟的《情女潘巧云》，等等，它们也都不能被称为历史小说。所以，用"水浒"小说冠之，倒更能使人明白它们的描写内容和题材来源。

《豹子头林冲》的主人公是林冲，林冲原就是《水浒传》中最主要的人物之一；《石碣》中出场的则是原在梁山泊排有座次却不很要紧的角色萧让和金大坚。但若论改编艺术，两篇有异曲同工之妙，即只借用原来人物的外壳，而对其精神心态作了较大幅度的改造。我们不妨来做一番比较。

施耐庵写《水浒传》，将林冲的故事集中在第六回到第十一回，然后又在第十八回写他火并王伦，真正成为梁山泊事业的开创者。茅盾的《豹子头林冲》则浓缩了林冲上梁山的故事，仅用四千余字，仅在林冲上山的第三夜，就将一个性格鲜明、思想矛盾的农民反抗者的形象立体地表现出来了。改编和原著的差别，不只在文字简短、故事的省略，而且在质的变化、现代意识的输入——

同是曾做过"八十万禁军教头"的林冲，在《水浒传》中，他出身军官家庭，父亲曾任提辖之职，自己从小就生活在京城，又颇通文墨，曾富有功名之心；到了茅盾笔下，他却出身贫苦的农家，饱受官府压榨，父亲死于皇帝的大兴土木之中。这些不同，是茅盾故意造成并十分看重的，因为它们正是两个林冲在其他方面存在差异的基础。

同是上了梁山的林冲，在《水浒传》中，是从完全的顺民痛苦地转变为叛逆者的，其中有很大的偶然性；而茅盾却使自己笔下的林冲，不只"具有农民的忍耐安分的性格"，"也有农民所有的原始的反抗性"。这样的林冲方能在冤案做成后，立即丢掉前一个林冲尚存的幻想，"再忍着气儿，守着老婆，过太平日子那样的想头，他早已绝对没有了！"而且即使是在任，他也已经"毫无疑惑地断定那些口口声声说是要雪国耻要赶走胡儿的当朝的权贵暗底里却是怎样地献媚胡儿怎样地干那卖国的勾当！"作品主人公的流动意识，实际上反映了作者对于现实的深刻认识，现代色彩是十分鲜明的，而且它可以使读者明显地感觉到，作品是有意通过这些内容强调林冲成为反抗者的必然性的。

同是痛恨梁山泊原首领王伦的"嫉贤妒能"，在《水浒传》中，林冲只是不满王伦的"心胸狭窄""无大量大才"；茅盾的不同则在于林冲对王伦的不满是植根在更深的阶级意识之中的。作者写道："在豹子头林冲的记忆中，'秀才'这一类人始终是农民的对头，他姓林的一家门从'秀才'身上不知吃过多少亏……做了强盗的秀才也还是要不得的狗贼！"最后的结论是："这个泼皮的秀才原也是高俅一类，不过居住在水泊罢了。"这种改造、这种认识，也是现代意识的观照，它不仅使林冲发生质的变化，就连出场的王伦也有了不同于先前的意义。在这里，作者的笔不仅触及农民反抗者本身，而且伸向农民反抗队伍内部的关系。茅盾的第二篇"水浒"小说《石碣》便是着意揭示起义农民内部的微妙关系的，这里仍然显示着一种质的变化和现代意识的作用。

《水浒传》强调的是江湖义气。无论是地主还是渔夫、猎户，无论是命官还是狱卒、闲汉，无论是巨贾还是贫民、小店主，聚集到山寨便情同手足，同生死，共患难，这很符合古代农民淳朴的愿望，却又是十足的幻想。茅盾便通过揭发石碣的秘密，来批判、否定这样的幻想，而依据仍然是《豹子头林冲》中强调过的"出身"。萧让就说："我们一百单八人，不是一样的出身呀。"他做了如此的划分：处于社会下层的或原就跟官家作对的"算是一伙儿"，原是朝廷命官或先前"跟我们作对的"又是一伙了。他的结论也异常深刻："俺水泊里这两伙人，心思也不一样。一伙是事到临头，借此安身；另一伙却是立定主意要在此地替天行道。"坦率的金大坚说得更明白："看来我们水泊里最厉害的家伙还是各人的私情——你（萧让）称之为各人的出身；我们替'天'行的就是这个'道'呢!"所以，我们理解这"出身"时，不可过于偏狭，其所指实为各阶级或阶层自身的利益。这些不同的"利益"，在现实的人间无处不在，就是在反抗统治者的队伍里也不能没有反映。古代施耐庵的《水浒传》不可能揭示的"机密"，就这样被现代茅盾的"水浒"小说戳穿了。

茅盾为什么偏偏在这个时期写起反映古代农民起义的小说来?

茅盾很早就主张文学必须反映人生和社会，在"水浒"小说和《大泽乡》的创作前后他都这样坚持。可以说，为创造未来光明的生活而深刻地反映革命运动的现象，是茅盾在那个时期一直力主并奉行的宗旨，即使在写这三篇小说时也不例外。茅盾曾赞扬鲁迅的《故事新编》是"借古事的躯壳来激发现代人之所应憎与应爱，乃至将古代和现代错综交融"。其实，这些话也正是茅盾的夫子自道，是他创作的经验之谈。

鲁迅"彷徨"过，茅盾也曾"动摇"过，因为他们同处一个时代：一方面是革命洪流汹涌澎湃；一方面是泥沙俱下，污浊泛起，终成逆流。大革命的惨败，使革命队伍内部的利益不同、目的不一、领导不力等弊病得到了充分的暴露。茅盾作为中国共产党的第一批党员、大革命的积极参加者，面对痛苦的失败，自然要思考失败的原因，探索未来的途径。茅盾曾借法国作家法朗士之口说，几乎每部杰作都是作家的自传，文学家的环境和他的著作极有关系。以他的小说创作论，《蚀》三部曲是这种思考和探索的第一批成果，长篇《虹》和短篇《泥泞》等则是第二批成果，"水浒"小说和《大泽乡》便可以算作第三批成果了。如果说在《蚀》中还弥漫着浓重的悲观气氛，主人公还是动摇的小资产阶级知识分子的话，在《虹》中已经开始露出云缝中的曙光，主人公已经是在艰难曲折中走向革命的青年知识分子了。而到三篇古事小说时，茅盾的思想更成熟了，探索的内容也显得更深刻、更丰富。他的目光不仅看向敌我的争战，而且深入反抗者内部的矛盾甚至反抗者矛盾着的内心世界了。他不仅在研究现实的革命形势下的农民问题（如《泥泞》），而且在分析跟现实斩不断的古代反抗的农民的心理。从作者的思想轨迹看，应该说，上述三个阶段是连贯而且进步着的，其原因正在于他所处的环境和他对环境的反应。

《蚀》写在作者目睹了大革命的惨重失败而又没来得及整理自己思想的时候，"它反映了第一次国内革命战争从胜利到失败的部分历史面貌"，也反映了茅盾由于这种失败而产生的悲观失望情绪。但是，只是失望而并非绝望，只是悲观而并非投降。他说：

> 我是真实地去生活，经历了动乱中国的最复杂的人生的一幕，终于感得了幻灭的悲哀，人生的矛盾，在消沉的心情下，孤寂的生活中，而尚受生活执着的支配，想要以我生命力的余烬从别方面在这迷乱灰色的人生内发一星微光，于是我开始创作了。

正因为具备这样的思想基础，茅盾才有可能在被通缉追捕的地下生活中认真梳理批评自己的思想，而一旦环境出现转机，作者的革命思想便又重新旺炽起来。《虹》《泥泞》等就是写在中国共产党人及其追随者们掩埋了同伴的尸体，揩干了身上的血迹，又继续前进的时期，作品反映的不但是帝国主义、封建主义、官僚资本主义的凶残，还有无产阶级革命力量的勃兴。从《蚀》到《虹》，作者思想的进步是明显的。然而，由于茅盾没能完全挣脱大革命失败的阴影，又由于远在日本避难，"仅凭国内传来的消息"来写作，当他第一次写到农民问题时，他只表现了农民的落后，而没有看到农民身上存在的革命性。事隔半个世纪后，他还对这一点作自我批评说：

但这篇小说中的农民太落后了……即使到三十年代中期，还有不少落后的农民，但同时有进步的农民，还有更多的处于两者之间的农民，而且进步的带动处于中间状态的和落后的农民。可是《泥泞》写的农民全是落后的，这就不合实际情况。

随着中国农村革命根据地的蓬勃发展和左翼文艺运动的兴起，1930年4月，茅盾回到了上海，随后加入左翼作家联盟。这时他所处的斗争环境、他所持的进步立场，都使得鲜明的革命性和尖锐的批判性在他的创作中有了充分体现的条件。可是，他却碰到了一个难题。他深有感触地说：

那时的我，思想上虽有变化，而对于一个作家来说，进步的世界观虽然提供给他一个分析并提炼社会现实的基础，却还不能使他立即有比较成熟的题材以供形象描写。这便是当时我只能取材于历史或传说的缘故。

在这里，他强调的是"比较成熟的题材"，而不是说没有"新题材"。他说：

自然我不缺乏新题材，可是我从来不把一眼看见的题材"带热地"使用，我要多看些，多咀嚼一会儿，要等到消化了，这才拿出来应用。

（茅盾《我的回顾》）

就这样，作为过渡，茅盾一连写了两篇"水浒"小说和一篇历史小说。这三个短篇比起《泥泞》来，自然又是一个进步，既是对先前自己笔下农民一概落后的辩证否定，又是对农民题材的开拓和对农民问题的深入的历史反思。经过了这个准备阶段，茅盾的思想和创作才又向前发展了一步，写出了反映现实社会中处在帝国主义、封建主义两座大山压迫下的农民的痛苦和反抗的优秀小说——"农村三部曲"：《春蚕》《秋收》《残冬》。

《水浒传》的主流，是写农民的反抗还是"为市井细民写心"，学术界尚有争议。但传统的理解都把它认作写农民的反抗的，而茅盾也确实把它作为农民的反抗改写的，这一点当无疑义。问题是，茅盾的描写相比原作究竟有何革命的意义？

第一，茅盾以鲜明的阶级观点肯定了农民不是作为个人而是作为阶级站在封建统治阶级的对立面的。《水浒传》的作者对此不乏感性的体察，却无法达到理性的高度，所以反映在作品中虽有活灵活现的描摹，却无泾渭分明的阵线，虽有嬉笑怒骂的情感，却无高屋建瓴的思考；而茅盾无论是从他的斗争经历看，还是从他当时所处的时代看，他的阶级观点都是鲜明而且成熟的，所以他才在"水浒"小说中改动了林冲的出身，提高了林冲的悟性，又让萧让、金大坚说穿了这"秘密"。更可贵的是，茅盾不仅看到敌我之间的阶级对立，进而又看到了阶级对立还反映在同一营垒中，而这些认识通过描写反抗的农民的心态来体现，更能显示出它的深刻性。

第二，在阶级社会中，各个阶级或阶层的自身利益决定了他们行动的方向，这是不可动摇的事实，但人们清醒地认识它，却经过了漫长而曲折的历程。应当说，在《水浒传》中，统治阶级的危机和被压迫者（包括从统治阶级内部分化出来的林冲之类的人在内）的灾难，是得到了异常生动的描绘的。"逼上梁山"不仅成为水泊英雄共同的命运，而且也是数百年来读者的普遍认识。然而作者写出的只不过是他运用现实主义创作方法展示的生活图景，实质性的阶级斗争的内容则是他主观所无法认识到的，因此这些图景便有时因放大而模糊，有时又因缩小而消失。在这一点上，茅盾的"水浒"小说又一次显示出它的不同。《豹子头林冲》虽是短篇，但内涵相当丰富。官家奢侈腐化，对内压迫农民，对外"献媚胡儿"；农民非但"不曾受过'赵官儿'半点好处"，反而屡遭欺凌迫害，家破人亡。终于，林冲的"农民所有的原始的反抗性"得到了最后的爆发。就这样，《水浒传》中反贪官斗争、农民反抗者之间的争斗，变成了茅盾笔下"官家""朝廷"和农民之间的阶级斗争，《水浒传》中林冲作为统治阶级叛逆者个人的反抗变成了茅盾笔下原本就是被压迫者的农民阶级与封建压迫者的对抗。这并非政治上的无端拔高，而是新的时代中新的作家思想在自己作品里的直接体现。林冲虽然本来"具有农民的忍耐安分的性格"，但是农民的生活条件使他违反自己的意志不自觉地产生反对勒索的真正革命的愤恨和反抗的决心。茅盾笔下的林冲愤愤地说："什么朝廷，还不是一伙比豺狼还凶的混账东西！还不是一伙吮咂百姓血液的魔鬼！"（骂得痛快！无怪乎当时为政者要对号入座，禁这骂声。）于是，"他是除了报仇便什么幻想都没有"了。认识并揭示这样的真理，在施耐庵时代当然不可能，而在茅盾时代毫不足怪。因为这时候农民的反抗有了革命政党的领导，有了革命理论的武装，茅盾本人就是当时自觉接受这样的领导和武装的文学巨匠。

第三，马克思、恩格斯在《共产党宣言》中指出"压迫者和被压迫者，始终处于相互对立的地位，进行不断的、有时隐蔽有时公开的斗争"，而且恩格斯在《德国农民战争》中还对这些斗争进行了历史的考察，"反封建的革命反对派……随时代条件之不同，或者是以神秘主义的形式出现，或者是以公开的异教的形式出现，他们或者是以武装起义的形式出现"。这些论断同样适用于中国封建社会的实际，历史上有时还出现这几种形式兼有的情况，著名的如东汉末的太平教起义（黄巾起义）和元代的白莲教起义。茅盾的"水浒"小说和《大泽乡》也对这些方面的内容给予客观的反映，其中有同情也有批评。例如，团结和领袖是革命的两个关键问题，古代的反抗者常常也能感觉到这一点，却找不到解决问题的正确的理论与有效的办法。他们只能靠神秘主义，借"天意"来统一思想。虽然有丰富的想象力，也有迷人的诱惑力，但是终不顶用，一碰实际便头破血流。多次农民起义和《水浒传》的结局就证明了这一点。茅盾的《石碣》就是巧妙而有力地揭穿这"机密"的。同时，他还对借"天意"以服人心的做法既表示理解，又给予委婉的批评，认为这种"策略""看起来太像是诡计了"。而这些都是施耐庵的《水浒传》根本不可能道及的。正义而用"诡计"，是古代农民反抗的一个特点，也是一个缺点，是农民的机智处，也是时代和阶级的局限性，只有当无产阶级出现并站在斗争前列的时候，才能认识这个问题的实质并正确地解决它。当然，审视真理的角度可以不同，有哲学的，有政治的，也有文学的。

第四，茅盾在肯定农民反抗的时候，并没有对农民的短处视而不见。两个短篇，容量有限，可还是含蓄地指明了古代反抗的农民的两大弱点，即内部容易分裂和缺少见识非凡、众望所归的领袖（历次农民起义往往由于这些原因半途而废）。《豹子头林冲》既显示出水泊内部必然分裂的趋势，也流露了对"有胆略，有见识，江湖上众豪杰闻风拜服的"领袖的企盼。对于这种企盼，作品的刻画是很生动的："腌臜畜生的王伦自然不配"，"一身好武艺的豹子头林冲却没有一颗相称的头脑"，"这被压迫者的'圣地'的梁山泊，固然需要一双铁臂膊，却更需要一颗伟大的头脑"，这"大智大勇的豪杰"虽然当时还没有，但作者坚信"终有一天会出现的罢"。读到这里，我们突然感到历史和现实的距离缩短了、接近了，当时的革命者如有幸读到这样的文字，眼前也一定会划过一道启迪智慧的闪电吧！《石碣》同样暗示了由于梁山内部各立领袖（宋江和卢俊义）而潜伏着分裂的危机，至于假借石碣的力量来树立宋江权威的做法，正说明水泊思想的不一致和缺少英明伟大的领袖，否则不是多此一举了吗？令人惊奇的是，茅盾通过文学揭示的这些真理，与马克思主义经典著作的见解异常接近。马克思等人认为，农民战争的失败是由农民的阶级地位决定的，具体地说是由于"农民的分散性以及由此而来的极端落后性"。这些当然也是《水浒传》不可能达到的认识高度。虽然《水浒传》的作者也有了不起的眼光，颇注意从描写上弥补上述两个弱点：一百零八将不是情同手足地聚义一堂了吗？及时雨宋江不是好汉们个个爱戴的领袖吗？其实这些不过表达了作者的美好愿望，实际上却行不通。所以幻想最终还是被社会现实击得粉碎：宋江一提"招安"，不是便怨声骤起，连平日最敬服他的李逵也破口大骂了吗？宋江不是终于去"替国家打别的强盗——不'替天行道'的强盗"（鲁迅语）——方腊义军去了吗？《水浒传》的结局更是血淋淋地证明了这一点。这种理想和现实的脱节，与其说是作者的局限，还不如说是时代的局限，茅盾站在新时代之巅，又以巨人之躯，在回顾历史面对现实时，自然看得更透彻。

以上四点，使我们不得不对茅盾"水浒"小说对于农民革命的深刻理解感到由衷的佩服。作为我党最早的党员之一的茅盾，在1922年就宣告自己"确信了一个马克思底社会主义"（茅盾《五四运动与青年底思想》）。捷克学者马立安·高利克也曾在他的著作《茅盾和中国现代文学批评》中，介绍了茅盾在宣传马列主义文艺理论上所做的贡献，其中就提到他在20年代初就开始翻译列宁的《国家与革命》一书，成为中国列宁著作的第一批翻译者之一。到30年代，与中国革命的进程相一致，马列主义对茅盾的指导作用更加突出。当井冈山的星星之火已成燎原之势，开始驱散历代农民起义失败的阴影，也燃亮了茅盾心中的希望的时候，尤其如此。这一切都清楚地表明，茅盾自觉地把马列主义关于农民革命的思想同生动的艺术形象结合成一体，是顺理成章、毫不足怪的事。至此，实际上我们也已经回答了茅盾为什么要对《水浒传》中原来的故事作那样的改编。

然而，不论作如何的改造，由于思想内容上毕竟有所承继，所以当历史跨越了几百年后，一个喜剧又重演了。我们知道，《水浒传》成书后，很快在民间广泛流传，甚至成为历代农民反抗的教科书，它因此也必然地在明清两代屡遭官方的禁毁。

无独有偶，茅盾的"水浒"小说和《大泽乡》发表后，也立即引起人们的注意。有人敏感地意识到这些作品是"在把历史和传说的人物赋予一种新的意识"，还指出它们都"充溢着反抗的意识，同时，在另一方面，是还有讽刺的意味"。反动派嗅觉也很灵敏。当收有《豹子头林冲》和《大泽乡》两篇的《宿莽集》出版后，国民党当局就借口这两篇作品"颇多鼓吹阶级斗争意味"，禁止它再版。于是茅盾不得不抽去那两篇并将《宿莽》易名《石碣》后重版。这又何尝不是一种巧妙的回击！茅盾的"水浒"小说和《水浒传》原著类同的命运，有力地证明了茅盾"水浒"小说具有高度的现实性和强烈的战斗性。它们和鲁迅的《故事新编》相呼应，一起以古传之槌，擂当今之鼓，击响了号召反抗的时代之音。

说到茅盾"水浒"小说及《大泽乡》的艺术，仁者见仁，智者见智，论者不多，结论却各异。谈文学作品的艺术，似乎最容易言之成理，然而欲说得独到而贴切，却是件很难的事。茅盾认为，历史题材的文艺作品"是艺术品而不是历史书"，"作家们当其构思运笔之时，其目的是创造一件艺术品"。推而广之，茅盾在写作"水浒"小说时，也并非在进行政治说教，而是在精心地创造包蕴革命思想的艺术品。艺术上最突出的一点，便是我认为它们颇类似"心理分析小说"，其实是深受当时世界文坛新流行的"意识流"小说的影响。

1915年至1940年的英、美、法等国，有不少著名作家写过不同于传统小说的"意识流"小说，形成了一个有世界影响的文学流派，其影响也波及中国。1918年，鲁迅尝试了意识流小说的某些表现手法，发表了中国现代文学史的奠基之作《狂人日记》。1922年，郭沫若发表了短篇小说《残春》，分明是有意识地写意识流小说，他自己就说："我描写的心理是潜在意识的一种流动。"1930年，在茅盾的《豹子头林冲》里同样可以看到这种影响的痕迹。

《豹子头林冲》确实是以主人公林冲流动的意识来结构小说的（一些长长的故意不停顿的句式加强了这种特征），它用几乎全部的笔墨刻画林冲一个晚上的内心活动，那样曲折，那样细腻。就在这流动的意识之河中，蕴含了人物的命运、性格以至特定社会环境下的整个农民反抗者的心态。于是我们可以看到，《豹子头林冲》专注于摹写人物的内心生活、专注于挖掘人物内心深处的隐曲，而极少直接描写人物的外部生活（即所谓"生活流"）。在这一点上，确实接近意识流小说而不同于传统的现实主义小说。但是它在通过"意识流"反映"生活流"，通过个人理性的思想活动反映人物外部生活这一点上，又不同于很少或根本不去反映"生活流"，只是着力于表现无意识和潜意识，甚至热衷于刻画变态心理的意识流小说。说它颇像"心理分析小说"，深受意识流小说的影响，是从其表现形式上说的，而在实质上它仍然属于客观地、真实地、理性地反映社会生活的现实主义小说。

然而，这样的描写角度和表现手法毕竟同传统的中国小说如《水浒传》等是有很大的差别的。在《水浒传》中，当林冲备受高俅之流欺压凌辱的时候，被逼上梁山、走上叛逆道路的时候，不满以至火并王伦的时候，他充满矛盾的复杂心理几乎全部是通过外在的行动来反映的。这种反映较之茅盾对林冲心理的直接描摹是各有千秋的：前者富有形象性，在表现人物如何行动上见长；后者富有哲理性，在说明人物为何行动上见长。茅盾为什么要运用后者？我认为，一是内容上的需要，因为茅盾有意通过探讨古代反抗的农民的心态以找到现实斗争可以借鉴的更深层的经验教训。二是表达的需要，比起《水浒传》的传统写法，它可以多角度、多层次、更丰富、更深入地展示林冲的心理状态；它可以打破时空限制，把林冲几十年的经历，把与林冲相关的人事都纳入一个晚上的意识流中，具有较大的时空跨度；它可以让读者直接进入林冲的内心深处，直切地体验他的思想波澜，而且具有浓郁的抒情意味。这些意识流小说的长处被茅盾恰到好处地吸收了，而它的那些形象破碎、繁琐混乱、晦涩难懂、扭曲片面的短处都被抛弃了，这又正是茅盾的伟大处。茅盾在《夜读偶记》中就批评了现代派的"坚决不要思想内容而全力追求形式"，同时也不全盘否定现代派，他说："同时，我们也不应当否认，象征主义、印象主义，乃至未来主义在技巧上的新成就可以为现实主义作家或艺术家所吸取，而丰富了现实主义作品的技巧。"

至于《石碣》，一方面它在表现形式上有不同于《豹子头林冲》的地方：它更多的不是直接刻画萧让和金大坚的内心活动，而是描写人物的对话和外部状态。另一方面，它也有相同于《豹子头林冲》的地方，即它描写人物言行的目的和落脚点还是为了表现人物的内心世界，主要反映了他们获知梁山机密时的兴奋和不安，对义军内部阵营划分的窥测和选择，对个人命运的忧虑和估量。这些交织在一起，实际是在解剖和分析反抗的农民的深层意识，反映了作者对农民在革命中所处地位的深入的思考。因此，《石碣》仍然具有"心理分析小说"的某些特点，就连另一篇历史小说《大泽乡》也是如此。本文开头时说到这三篇小说艺术风格一致，不仅在于题材的选择，也包括了这一点。

茅盾的"水浒"小说仅有两篇，跟茅盾当时的生活、思想、文学创作却有千丝万缕的关系。茅盾"水浒"小说的创作，在茅盾整个创作历史上是极短的一瞬，但是它们联系着这以前和这之后的茅盾，是茅盾思想历程、创作历程的一个客观存在、不可缺少的中间环节。有了它们，茅盾才是一个完整的茅盾。研究它们，则是完整地、深入地、准确地认识茅盾的一项必要的工作，对于更好地总结茅盾的创作经验，充分地估量《水浒传》对后世文学的影响，都不无裨益。

（原载于《湖州师专学报·人文科学版》1987年第3期）

好一个壶里乾坤

　　初读寇丹的中篇小说《壶里乾坤》(浙江文艺出版社《故事与传奇丛书》第三辑)，觉得它有三个特点：(1)可读性强。故事曲折，褒贬鲜明，语言平易，是标准的通俗小说。(2)幽默感强。不是偶尔的几句俏皮话，而是玑串珠连的一个整体，可以当之无愧地把它划进幽默小说。(3)地方风情浓郁。市井瓦肆、俚语方言、衣食住行、人物风俗，活灵活现。作者选用"吴州城"作地名，既虚又实。小可视作湖州，不仅谐音，而且小湖州就是吴兴；大可视作围绕太湖的"三吴"之地——吴兴、吴江和吴县(苏州)，即杭嘉湖、苏锡常地区。三地乡情民风都非常相近，同属一个文化圈。如此，又可称之为"乡土小说"了。再深研，就会感到远不止于此。《壶里乾坤》的鲜明个性在于它用通俗小说的笔法、幽默小说的韵味，以及乡土小说所便于展示的生活场景，来描绘特定历史时期、特定地域、特定生活圈所表现出来的文化现象。文学本属文化，用文学揭示文化更有代入感，更能触及人心。寇丹对中国文化近乎偏爱的关注和全方位的思考，铸成他小说创作的风格，构成他审视事物的特殊角度。

　　中华民族传统文化博大精深，有灿烂辉煌的精华，也有陈腐过时的糟粕，需要扬弃，需要创新发展。如果说，寇丹在《蒙溪笔谈》《裱画的朋友》《君水清臣》等短篇小说中侧重挖掘、赞扬中华文化中的优秀传统，那么《壶里乾坤》则重在解剖和剔除中华文化留下的历史肿瘤。

《壶里乾坤》所描写的时代主要是吴州城解放前夕，同时又在结尾处把故事延伸到了解放初期——正是旧中国的终点和新中国的起点交替的时期。作者选择这样的时机来暴露传统文化中弊端的一面，是很聪明也很深刻的，不仅可以理直气壮地批判旧世界，同时也找到了通往新世界的道路。

《壶里乾坤》描写的是"城里"，似乎比乡下更多一层优越感，于是也更助长了故步自封的习气。小说主人公时半仙测字断命的本事，得益于他"摸准了这吴州百姓的性格脾气，凡事求个安耽，办事讲个坦然"。作者在描写这些时，显然不是唱赞歌，而是极尽冷嘲热讽之能事。不说别的，看这题目就意味无穷。"壶"与"湖"同音，"壶里乾坤"暗指湖州的天地，这是一。"壶"为容器，通向外界的出口实在太小太少，冷也好，温也好，就那么一壶水，外界对它的影响和它对外界的影响都不大，这是二。"乾坤"似乎大得不得了，然而毕竟在"壶里"，又多几分幽默与调侃，这是三。即使以上并非作者本意，而是经读者阅读时的再创造，那也是极有韵味的。

《壶里乾坤》所描写的人物生活范围，以算命先生时半仙为中心，集中了不少九流人物。

从文化学的角度划分，中国传统社会的阶层可分为超社会层系（在封建社会中如皇亲国戚，在国民党统治时期如四大家族）、社会上层层系（核心是官僚阶级）、社会中层层系（农村的乡绅、城市的有产阶级）和社会下层层系（劳动群众）。《壶里乾坤》所描写的，除参议员兼司令王非处在社会上层层系，其余多是处在社会中层层系末流的人物，第一个便是时半仙，其他则如施兰荣、沈达三等，还有作为附庸的他们的老婆。这些人既羡慕又惧怕上层的权势，既与上层相勾结，又同上层存在深刻的矛盾。他们在人际关系中表现出的性格特点往往是媚上又怨上，欺下又惧下，内部则尔虞我诈，明里客客气气，暗里互相捣鬼。时、施、沈三人同王非既沆瀣一气又倾轧争夺，时半仙贪污了堂妹阿钧的金子又"心惊肉跳"，施兰荣欺扣蚕农又上了半仙的圈套，这些都是作者对这一层系人物的人文特征的出神入化的描写。需要特别指出的是，作者把更多的笔墨集中在市井瓦肆中的三教九流之人身上，很有意思。因为这些人本身及其周围，正是传统文化中很多糟粕的沉淀之处，对它们进行解剖，更具有典型的批判意义。

小说写人，必写家庭关系。在中国传统文化中，建立在小农经济基础之上的家长制和夫权制一直是旧中国家族制度的基础，成为中国文化发展中极其稳定的因素并延续数千年之久。《壶里乾坤》当然不会放过对它的批判和嘲讽，突出表现就是对时半仙夫妻关系的描写。

水仙是时半仙高兴时搂在怀里、生气时臭骂恶打的一件会说话的玩意儿，还比不上他的一把茶壶。有人问："时先生，太太和茶壶，你究竟宝贝哪一个？"时半仙毫不犹豫，应声而答："当然是壶。"连水仙自己也明白这一点，所以借发酒疯的机会骂："男人最坏了，要你时，捧你个王母娘娘，不要你时，是件丢来损去的家什。我在他眼里，还比不上一把壶。"半仙对水仙最大的指望是给他生个儿子，因为"不孝有三，无后为大"。可水仙偏偏生不出孩子，于是半仙便对水仙"白虎星""扫帚星"地乱骂，有时还要打一巴掌踢一脚，却从来没想过是不是自己有毛病。如果只写水仙作为妇女在封建家庭中低下的地位，在旧中国也好，在小说描写中也好，比比皆是，不足为奇，奇只奇在反映这一传统恶习时，仍然没有忘记地域文化特色，这就是吴州人不仅做事坦然求安耽，而且追求表面上的光光鲜鲜、漂漂亮亮、和和气气。所以，即使夫妻间无爱无情，也不愿意丢面子，一下子闹得天翻地覆。水仙、美云、琴娟不管如何没地位，做玩偶，但在家里吃穿还是不愁的，到外面去也能跟着丈夫享受一点虚幻的风光。当然，最能表达作者思想的中心人物还是时半仙，他不是脸谱化的反面人物，而是一个血肉丰满、性格鲜明的反面人物。同时，时半仙又不是政治上的反面人物，而是传统文化中某些糟粕的人格化表现。

时半仙有两大特长——玩壶和测字，而不论玩壶还是测字，都可以从中看到作者从文化的角度表现人物的匠心。

本来，紫砂壶无论从技术和艺术，还是从实用和赏玩上说，都不愧为中华文化的一大瑰宝。时半仙手中那把刻有二百六十来字《心经》的紫砂壶就不简单。然而，时半仙以及捧他的人并不重视和研究这些，偏偏让整部小说的主要道具——心经壶，透出一阵阵神秘的"灵气"和"铜臭气"，把它变成能教半仙相法，能帮半仙断事，甚至能给人治病的"吕纯阳的药葫芦"了，弄到后来，就连半仙自己也分不清真假了。而王非要争夺骗取心经壶，也确实以为它是价值连城的珍品。这样的讽刺不是绝妙透顶吗？

再说测字。时半仙煞似一个"文字学家"。由于他的文化教养和谋生经验，他对汉字从字形上进行解说的本事确实是比他周围的人高出一头。例如，他对两个同时求问能否考中学府，又同测一个"口"字的人，有两种截然不同的组合和解法，虽是歪招，倒也不能不令人佩服。当然，测字算命光拆卸、组合汉字还不行，还得会察言观色，即所谓眼观六路，耳听八方，这些其实涉及心理学、社会学、行为学等。对此，作者借"小神仙"之口道出了其中的奥妙："你想，卖屋读书，哪有不用功之理。那个油头光棍叫用人排队，不读书也有饭吃，他成绩会考得好？时半仙他开口机、闭口机的，骗得了人家，还骗得过你我？"

因此，玩壶也好，测字也罢，这些传统的物质文明和精神文明成果本来都是好东西，都可以用来昌明科学，推动社会进步。然而，小说写的却是不幸的另一面：传统文化中许多好的东西都被封建统治推上了邪路和末路。同时，内中也蕴含着这样的深意：要改变这种状况，要发扬它们中好的东西，将它们引上科学之路，就必须改造这种状况赖以存在的社会基础。在小说的结局中，随着吴州的解放，借假以蒙混于世的时半仙也终于走上穷途末路，被假丑恶压制住的真善美正在恢复生气、快速成长，连水仙也背叛了半仙，与别人结合怀胎并有了做人的尊严，也算是作者的点题之笔吧。

当然，社会制度的改变并不等于旧社会遗留的思想文化毒素可以在一个早上便扫荡殆尽。相反，它们还很顽强地潜伏在新社会的肌体中，侵蚀人们的头脑，碰到一定的气候，还可能泛滥成灾。在小说结尾，时半仙走了，他那因为路灯照射而留下的残影却被拉得很长很长。全文至此，戛然而止。这样运笔，确具神韵，似在淡淡而自然天成的笔墨中留给读者一串跨越时空的长长问号，让人们思索。

有人说，《壶里乾坤》在描写解放后人物的变化时显得太仓促，诸如王非的被捕、水仙的转变都没有详尽展开，读起来感到不过瘾。我本不想对小说的艺术单独作过多的评论，倒不是护短，而是怕离开本文所定的"文化"之题太远。我以为，一部作品，面面俱到，不分主次，会使小说失去特色，要义模糊不清。《壶里乾坤》主旨在用手术刀剖开并切除旧社会的痼疾，不过其结果是放在新社会来表现的，主要任务完成就可以了，新的任务可以另辟战场，不然很容易变成蛇足。

《壶里乾坤》虽然在艺术上还不尽圆满，比如说除时半仙形象比较丰满、他的老婆"灰荬白"稍具特色外，其他人物还太粗糙（如王非、施兰荣）和单薄（如沈达三、姚三癫痢）。但值得充分肯定的是，《壶里乾坤》提供的图画确实能让我们认识到特定时代下特定地域的文化特色。这里有山水钟秀、物华天宝，也有井底之蛙、歪门邪道。小说更多的是在暴露和批判后者。这是作者给定的时代背景和特有的审视角度决定的。作者参过军，有着丰富的生活经验和创作经验，对人民的解放比常人具有更广泛深入的理解，又属意于各种文化现象，是很有学问的人，诗词字画、地方掌故、风俗文物，他都颇有研究和心得，光是茶和茶壶，就似乎有说不完的话题，这些都为他的创作奠定了坚实的基础。有人奇怪，寇丹不过是久住湖州的外来（北京）人，为何写湖州竟如此得心应手？我觉得，这倒正是他的一个优势。不"久住"无以知湖州，因"外来"则"旁观者清"。我热切盼望寇丹能创作出新的反映湖州文化的力作来。

（原载于《湖州师专学报》1991年第1期）

书／情／之／旅

《海上心情》代序

　　建明嘱我为他的第一本随笔集《海上心情》作序，我不怀疑他的真诚，却惊诧他既与许多文学名人颇有交情，缘何偏找名不见经传的我。他在天涯那头的电话里笑着说："我为什么要让人家以为我的作品是靠名人张大旗呢？我只想让老哥你说几句话，哪怕骂一顿也行。"

　　我认识建明是1975年5月的事。他还是一个高中生，我们在篮球场上相遇。这本随笔集里有许多追记他闯荡"江湖"的文字——到农村去"战天斗地"，到天涯去品尝艰辛，当农民工人时做文学梦，当编辑记者时又杀入商界……现在想起来，他的突破旧我、创造新我的生命冲动和挑战精神，在学生时期就已经孕育。一个学生篮球队的队长，不安于校园，竟跑到社会上到处向大人们挑战。在球场上他野得很，横冲直撞，打完了，不计胜负，便领着他的队员呼啸一声，扬长而去。当时我猜想，这小子定是个不肯读书的顽皮主儿。

　　隔了数月，我在骑车上班的路上又碰见建明，才知他已下乡当了知青，就住在路边生产大队的仓库里。我应邀走进他栖身的"窝"，空荡荡的偌大库房，靠泥墙搭着一张竹床，床头靠着一张小学生课桌，桌上吊下一盏灯，灯下放着一摞书。我是见书眼开的人，客套几句就开始翻他的书。不翻则已，一翻惊人。在那个年代，不知他是从哪里寻来那么多外国名著的。现在我已经记不得许多书名了，只有《斯坦尼斯拉夫斯基全集》还记忆犹新，精装的蓝色硬封面，我就是从那时起才知道"斯坦尼"其人其事其著的。经过"文化大革命"的大扫荡，一个中学刚刚毕业的小青年竟能找到这样的书而且孜孜不倦地阅读，我不得不肃然起敬了。

我约他星期天到家里来做客。

他如约而至。我们谈书，一谈谈到吃午饭，后来又谈到吃晚饭。晚饭后，他装上我借给他的几本外国名著，兴高采烈地走了。

我那些书存之不易。"文化大革命"初期，家住东北。父亲受到冲击，我担心红卫兵来抄家，就把书包起来塞进炕洞里（我睡的那铺炕是不烧火的）。全家南迁时，父母看我爱书，卖掉许多其他东西也没卖掉一本书。我惜书如命，从不轻易借书给人，对他却破了例。

我庆幸自己直觉的正确，他总是隔几天就来还书，从没少掉一本。每次借还之际，就是两人交流心得之时，有时还争得面红耳赤，模糊了年龄的差距，忘却了身处的窘境——他是穷知青，我是穷教师。于是，我们成为至交。

"文化大革命"结束后，我来到湖州读书继而留校任教，他也"上调"进了湖州一家工厂。人生之缘又一次把我俩载在同一条船上。他拼命地购书、读书，书架一个挨一个地做起来，屋子里转圈儿都是书。他又特别迷恋电影，不仅看电影，看文学剧本、分镜头剧本，还看评论，最后也写起评论来。等他电大毕业，我发现，他对文学艺术尤其是对电影的认知已经远远胜过我这所谓"科班"出身的人了。

书成就了崔建明，有时也害得他"疯疯癫癫"；书引导了他也连累了他，即使在龌龊的地方，他也无法彻底剥去长衫、抛弃廉耻。后来，他对书、对文学、对电影，从单纯的迷恋发展到爱恨交加，种种复杂的感情被装进这本集子，像杯咖啡，在甜和苦的融合中余味无穷。即使他说那些极端的话时，择词的小心翼翼也透露了他心底抹不掉的对书、对文学、对电影的痴恋。

除文学外，建明还是一个对一切新的事物保持敏感的人。凡一样新的事物出现，他便想方设法去了解、去尝试，开始是一律崇拜，后来人变得成熟了，便不再随意追求时髦。当电影、电脑、克隆、曾国藩、霍金、阿姐鼓、高尔夫球闯入他的笔端，那些描述现代化与现代化打架、文明破坏文明的文字虽然有时激烈和尖刻，但也让人不得不承认，真理有时就藏身在偏激之中。

齐鲁自古多壮士，顽强的遗传在建明这山东人的身上显露无遗，他的文艺心被血性汉子的外表所掩盖。在他身上，不满足于现状、敢作敢为、向外拓展的冲动总是那么强烈。1988年前后，中国大地涌动海南潮时，虽然我也曾眼热心动，但他却是果断的行动者。他豪迈而带点悲壮地拒绝一切善意的劝阻，告别他一向孝敬的父母，义无反顾地投奔海南。在海南有许多路可选择，毋庸赘言，许多人是为淘金而去的，然而他却独独钟情于新闻行当，进了一家报社，一干便是十年。在这人生宝贵的十年间，个中艰辛有多少？这种人生同事业的交缠与磨合，也生动地记录在这本集子中，有潇洒痛快，也有苦涩悲凉，还时时穿插些颜色难辨的幽默。特别是那些追求美好事物而又时时陷在不易得的矛盾之中的描述，简直令人惊心动魄：爱情美妙，但真爱难觅；财富生辉，但干净难得……人类许多共同的情感一旦与特殊的人和时空结合在一起，便会奏响一曲曲动人的乐章，有欢悦，也有悲声。

建明从外貌到语言，鲜明的特征是粗犷二字，但相处久了又发现，他感情的细腻有时可达到令人惊讶的程度。他对亲人、师友，特别是父母，始终怀有一种热烈而深沉的情愫，挥之不去，逐之不退，无论是在生活中遇见的，还是在文字中读到的，都令我感动不已。他回湖州探亲时曾动情地对我说："只要父母在，我们就年轻，等父母去了，我们想尽孝，也已经晚了。"我想，在他身上，外在的刚强和内在的柔情是统一的，最可贵的是一颗善良的心。

关于集中的作品，我就不多加评说了。美词多，有挟私之嫌；鸡蛋里挑骨头，又有造作之虞。好在都是白纸黑字，读者自有明眼和公论，而我留下的，是对美好往事的回忆和对老友不尽的祝福。

（原载于《海上心情》，花城出版社 1998 年版）

"浙商文化研究丛书"序

　　研究浙商，先得弄清楚何为商人。1914年3月2日颁布的《商人通例》称，从事买卖业、赁贷业、制造或加工业、供给电气煤气或自来水业、出版业、印刷业、银行业、兑换金钱业或贷金业、担承信托业、作业或劳务之承揽业、设屋场以及客之业、堆栈业、保险业、运送业、承揽运送业、牙行业、居间业、代理业等行业经营活动的主体人员，均称商人。该文罗列的种种行业，仅仅是民初我国经济发展状况的反映，当然不再适用于市场经济已大为发展的现在，但它采用的广义商人概念仍可沿用。时至今日，可以说，凡在国民经济各个部门、各个行业从事经营活动的人，都可称为商人。从这个意义上来讲，我们今天所说的浙商，应该是浙江籍（也包括外籍但长期在浙江居住生活）从事经营活动的、具有一定经营规模的工商人士。

　　浙江这块土地特具"商"的意识和灵性。早在春秋战国时期，越国谋士计然就提出了"农末（商）俱利"的观点，被称为"陶朱公"的越国大夫范蠡在民间一直被尊为商人的始祖。秦汉以降，被视为"蛮夷""方外"之地的浙江一带，生产力发展较快，商品流通也日益频繁，浙江商贾外出经商之风日盛。到两晋南北朝时期，宁波商贾的足迹已北抵青、徐，南至交、广。唐宋时期，浙江经济空前发展，商贾云集，成为当时商品经济最发达的地区之一，而商贾的足迹开始向海外扩展，到达朝鲜、日本、东南亚、阿拉伯等国家和地区。至明中叶，浙江成为中国资本主义萌芽最早的地区之一，手工业、纺织业、商业十分发达。晚明以后，浙江商人开始以地域为中心，以血缘宗族和地缘乡谊为纽带，在客居地建立同乡会馆、公所，形成商帮。浙东商帮的代表"宁波帮"、浙西商帮的代表"龙游帮"已跻身全国十大商帮之列。当然，在清中叶前，领袖中国商界的还是徽商和晋商。到了近代，得风气之先的浙江商人充分利用优越的地缘优势，采用西方先进的经营理念和技术，迅速取代徽商和晋商的地位，逐步发展壮大，并积极创办实业，介入新式商业、近代矿业，以及银行、保险等新式金融业，成为领袖中国商界的新一代商人群体。如今往往把浙商与徽商、晋商并称，此举容易混淆浙商的特质。浙商与徽商、晋商尽管时空有所交错，但总体上毕竟是彼落此起的，而最大的不同在于浙商近代性的表征。浙商与中国的近代化历程共生共荣，代表着先进的发展方向。

1978年后，改革开放大潮涌起。处于涌潮最前沿的浙江人又一次领风气之先，乘改革开放东风，弄民营经济大潮。20世纪80年代初，10万温州人跑供销一度成为媒体关注的热点。至2006年，全省已有600万经营户在外省和世界五大洲经商创业。浙商在省外设立的公司多达80多万家，注册资本达2000多亿元；浙商在省外、境外的投资总额达6400多亿元，成立的各种不同形式的商会、商业促进组织已有150余个。"无浙不成市"已被举国认同，新一代浙商已成为我国第一大商帮，浙江也成为国内最大的资本输出地。在社会主义市场经济大潮中培育和成长起来的浙商群体，成为浙江发展中一支十分活跃的生力军，同时也成为全国最活跃的企业家群体。当然，还有一支奇兵不容我们忽视，那就是辗转于中国港澳台地区及东南亚、欧美等地的浙商。在大陆战火蔓延和"左"倾思潮盛行的几十年间，他们在当地继续从事工商业，为当地经济发展，尤其是东南亚地区和中国香港地区经济的腾飞做出了重要贡献。改革开放以后，这批浙商响应党和国家的号召，积极投身祖国的现代化建设。一部浙江改革开放的发展史，很大程度上是一部浙商敢为人先、勇立潮头的创业史。浙商身上体现的创业精神和商业智慧，集中反映了与时俱进的浙江精神。

《左传》有言："大上立德，其次立功，再次立言。"如果说古代浙江有两大传统，即精英文化传统与商业传统，那么"言"和"功"正好与这两大传统紧紧对应。文化名人以执着和才华构筑成文化的大厦，这样的大厦在时常轮回的政治宫殿的坍塌中更显宏伟。而商界精英以智慧和手段打造财富的帝国，在繁荣经济的同时也推动社会的进步。立言、立功，二者不可或缺，皆为文明的发展做出贡献。两者都是浙江文化的有机组成部分，而浙商更是浙江各项自然及人文因素与现代化结合的产物。浙江的地理、经济及人文特征为浙商打上了明显的印记，反过来，浙商也在重塑浙江的文化精神。可以说，浙商的经营思路和经营行为构建了浙商文化，而浙商文化又规范和约束着浙商的思想和活动，两者之间是一种良性互动的关系。在浙商文化形成的众多渊源中，源远流长的浙江文化传统，使浙江人具有特别能适应市场经济的思想观念、行为习惯和生存技能，是浙商文化的精神之根。而新时代的浙商文化又以独特的面貌，发扬了浙江的优秀文化传统，成为浙江文化中的一朵瑰丽奇葩。

21世纪以来，在中共中央和中共浙江省委一系列关于重视社会科学研究的指示精神指引下，在浙江进一步加快建设文化大省的背景下，浙江省社科界通盘规划、整合资源、系统推进，积极建设浙江省文化研究工程，大力开展浙江的哲学社会科学研究，努力提升浙江的"软实力"。浙江省社会科学院率先启动了"浙江文化名人传记百部丛书"的工程。继而，在中共浙江省委宣传部的指导下，浙江省哲学社会科学发展规划领导小组办公室与浙江省社会科学院携手合作，共同启动"浙商系列研究"。该系列研究包括"浙江名商传记丛书"和"浙商文化研究丛书"两大部分。"浙江名商传记丛书"主要选取浙江籍著名商人，包括浙籍在港澳台地区以及海外其他国家和地区的重要经营者，兼及外籍而长期在浙江从事经营活动的重要商人。入选商人的主要经营活动，中国大陆地区一般限于1949年前，不包括改革开放后兴起的新浙商，港澳台和海外地区的浙商则不受此限。入选名商资料丰富者，单人成册；资料不足者，按行业或地域，数人合为一册。计划先出版三十部。"浙商文化研究丛书"主要研究浙商的经营文化、浙商商业伦理和商事习俗、浙商对文化教育事业的贡献、浙商家族文化、浙商与社会慈善公益事业等，旨在通过研究，加深对浙商的理性认识，丰富浙商文化内涵。浙商创造并不断创新浙商文化，浙商文化反过来又塑造浙商品格，熔铸浙商精神。两套丛书也正可互为补充，相得益彰。

今天来研究浙商和浙商文化恰逢其时，浙商卓有成效的实践活动，不仅为浙商和浙商文化研究提供了丰富的素材，而且还提出了一系列新的重大研究课题。在浙江省建设文化大省的精神指导下，主管部门积极关怀、社会各界热情襄助，给"浙商系列研究"项目提供了有力的保障。经过多年的积累，浙商文化研究已具有良好的基础和优势，涌现出一大批各领域的专家学者，为此研究项目提供了强大的智力支持。同时，丛书编委会也充分估计到浙商研究的困难。其一，传统文化和"左"倾思想对商界的轻蔑和压抑。中国封建社会延续几千年，"重农抑末"曾是长期"国策"，"首士末商"的观念根深蒂固。这些思想观念虽经近代欧风美雨冲击逐渐有所改变，但其影响甚至至今都没有完全消除。新中国成立后，虽一度鼓励私人工商业的发展，但后来"左"的指导思想愈演愈烈，以致人们谈"资"色变，商人成了研究的禁区，只允口诛笔伐，不许求是探究。其二，商人的成绩部分靠商业秘密生成，条件不允许他们即时公布成功经商的真实状况，而时过境迁，无数真相永远无法打捞留存。又因为商人永远用业绩而不是用文字说话，所以在记录上自然远逊于文化界名士。其三，商业档案比起政治、文化的记载来，因其属于私家，更易沦失。但为了展示和继承浙江优秀传统，加深对浙江商业文化之认识，激励当代商人树立远大志向、成就更大事业，编委会知难而进，愿团结省内及国内有识之士，一起将这项大有意义的工作做好！

本丛书研究之目的，非在发思古之幽情，而在以古鉴今，为当世之用。对浙商的研究，不仅仅是历史的追索，更具有特殊的现实意义。浙商在当代中国的影响力是显而易见的，对于当代经济和社会格局的形成有着深远的贡献。把浙商研究透了，不仅能够更加凸显出浙江特有的精神，也可对整个当代中国的经济和文化走向有更为准确的把握，具有现实的指导意义。

是为序。

补记：此文系与时任浙江社会科学院院长的万斌先生合作。万斌先生和我是社科联工作的同行，更是挚友。特收录此文，纪念已逝的万斌先生。

"中国太湖作家丛书"序

一份长长的作品目录和作家名单摆在案头，详读过后，欣喜和感慨奔涌而至，双眼热热地湿润起来。

湖州市作家协会正准备为我们的祖国50周岁的生日献上一份厚礼——"中国太湖作家丛书"。

有时，我觉得作家们很辛苦，他们为了使自己也使读者满意，不惜"绞尽脑汁"，像对付湿毛巾一样将饱含智慧的大脑拼命地拧，渐渐地，脑汁挤在白纸上就成黑字，自己的黑发却慢慢变白。

有时，我又觉得作家们很幸福，虽然吃的是"草"，挤出的大多是"牛奶"。男女老少喝了，既利于健康，又愉悦精神。一个人能立言于世，又造福于人，不是很幸福的事吗？

在我们的祖国诞生50周年的前夕，既辛苦又幸福的湖州作家们决心将自己的心血凝成一套丛书，用来表达对母亲和乡亲们的挚爱，其中有小说、诗歌、散文、评论、影视文学、报告文学等，种种流行的文体，几乎都有了，描画千姿百态的社会生活，记录湖州的峥嵘岁月，同时也展示作家们自己心底的波澜……在一年间完成这样宏大的工程，恐怕在湖州是破天荒的事，其本身就是一种壮举。我想，这除了得益于湖州作家的赤诚和正逢盛世，是否也得益于湖州文学土壤的深厚呢？

湖州确实是润泽文学和文学家的地方。

在中国古代，诗歌是文学的主力，而首创中国诗歌音韵理论——"四声八病"说的就是南朝的大诗人湖州武康的沈约。唐代大历十才子之一的钱起是湖州人，唐宋八大家之一的苏东坡做过湖州的"市长"，明代散文大家归有光与四大奇书之一《西游记》的作者吴承恩竟在湖州长兴为同僚！中国古代白话短篇小说有两座高峰，一座叫"三言"，一座叫"二拍"，后一座的主人就是湖州的凌濛初！还有清代的剧作家孟称舜，现当代的散文家、"红学家"俞平伯和诗人、报告文学家徐迟，等等，都是为中华争光的大家巨匠。谭正璧先生著《中国文学家大辞典》，所收先秦至清末的文学家中，湖州籍占2.8%。又有细心人统计，在新版《辞海》中，南朝至清末湖州被立传为文学家者占收录总数的5%！这两个数字确实不简单，值得湖州人骄傲，也鞭策着湖州人。鞭策的结果便是湖州近50年来，文学创作一直可与诸多大城市媲美。特别是改革开放20年来，浙江文学界潮起潮落，湖州的小说、诗歌、报告文学、影视文学都曾占据重要地位，有的门类至今仍方兴未艾。

此次编入《中国太湖作家丛书》的作家仅为湖州作家的一部分，但仅此一部分作家的作品集，已经是洋洋大观，足以检阅湖州市的文学成果了。而且，湖州因为依太湖而得名，太湖流域养育了一代又一代湖州文学家，所以，湖州作家们要给自己这部丛书冠上太湖的名号，爱情之深，意蕴之远，不能不令人感动。

衷心祝愿湖州的文学事业源源不断如苕霅流长，浩浩渺渺如太湖波涌……

（原载于《中国太湖作家丛书》，贵州人民出版社1999年版）

《江南旧影》序

　　黄晓帆先生是我十分尊敬的前辈。这尊敬不仅因为他的年龄，更由于他的文化修养和一生对地方文化教育事业的忠诚与贡献。他18岁时就参与创办了湖州双林的庆同小学，从此与文化教育结下不解之缘，并先后担任吴兴县文教局、湖州广播电视大学的领导。他藏有数百张父亲黄笃初拍摄的老照片的底片，好多还是今人难得一见的玻璃底片。细细观察这些照片，让人感慨万千。拍摄的时间是中国历史上的一个非常时期——1927年至1937年。那个时期，军阀混战、内战迭起、日军入侵、社会动荡，最后全面抗战爆发，中国人民灾难深重，中华大地满目疮痍。然而，即便是这样，历史的列车依然在沉重痛苦的承负中艰难前行。照片拍摄的地点是杭嘉湖、苏锡常一带，还有早已开埠的大上海。旧中国一穷二白，相对而言，它们是其中比较富庶、有文化的地方。这一带恰恰就是今日之"长三角"——当代中国最富裕、最具活力的改革开放的先发地区。拍摄的内容除那个时代的景、物、人之外，还涉及经济与政治、城市与农村、社会与家庭、民俗与风情、民众痛苦中的坚韧性、文明演进中的新事物……这些瞬间凝固的历史，为今天这一读图时代提供了直观真实而又丰富多彩的画卷。如今杭州出版社独具慧眼，将之付印出版，让读者可以将这些已经逝去而又幸存的真实，与当下的现实存在加以比照，是非常有意义的事情。

其实，我们最应铭记的是拍摄者——大名载入《中国摄影史》的黄笃初先生，他的摄影实践和成就足以证明他是湖州一位勇于创新创造的先贤。

常听人说，湖州是鱼米之乡、富庶之地，所以湖州人的性情大致如水，柔软细密，守成有余而创新不足。这种说法乍听似有些道理，细想并不全面。湖州濒临太湖，太湖平静如镜，其源苕溪却有开山辟壤、百折不回、勇闯新境之勇，此地平缓与湍急同在，深沉与激烈兼备，有柔软之性，也有坚韧之德，常常能够摧枯拉朽、涤旧创新！湖州人又何尝不是如此？

我再举几个与黄笃初先生有些关联的例子。

同水一样兼具柔软与坚韧的湖丝，和良渚玉一起开启了中华文明的曙光，湖州人将其发扬光大，不断创新丝绸织造，赢得了"湖丝甲天下"的美名，在1915年巴拿马国际博览会上夺得过金奖。就在那前后，中国近代史上最大的一个丝商群体在湖州崛起，为中国工商业史写下了光辉的一页。当时的青年黄笃初虽然称不上丝商巨贾，但也以实实在在的经商足迹步入了这一群体的行列，并为他的业余摄影事业创造了经济条件。

同水一样兼具柔软与坚韧的还有湖笔。这一有几千年历史的书写与艺术创作的工具，是湖州人的又一杰出创造，为泱泱中华教育子孙、弘扬艺术、传承文明做出了巨大贡献，而且造就了一代又一代开宗立派的书画领袖，如曹不兴、赵孟頫、王蒙、吴昌硕、沈尹默，等等。除这几位湖州籍的大家外，中国古代到湖州做过地方官的外省籍大书法家还有王羲之、王献之父子，颜真卿，苏东坡，等等，好像朝廷不派这样的书法家来，就对不起湖州似的。

和书画艺术珠联璧合的是产自湖州双林的绫绢。字画写在美丽的绫绢上，美丽的绫绢托裱这些字画，相互辉映，愈显美丽。摄影家黄笃初生在双林，和嫡亲舅父、著名左笔书法家费新我亲密相处，在书画与绫绢中受熏陶之益，助摄影之功，是再自然不过的事情了。

湖州还有个小地方叫晟舍。明代晟舍的凌家为中国文化创新至少做出了两大贡献：一是发明了图书的五色套印，是人类图书出版史上一件了不起的大事件；二是出了小说家凌濛初，他独创的白话短篇小说"二拍"与冯梦龙的"三言"齐名，同为中国古代白话短篇小说史上的两座高峰，真切描画了中国资本主义萌芽时代——晚明时期新的社会生活和思想，是文学转型时期的宝贵创新，又是特殊历史时代的珍贵记录。有意思的是，具有很深文化底蕴和商业家族背景的黄笃初的先人由闽来浙，就是先定居晟舍，后来才迁居并不是很遥远的双林的。

中国现存最早的照片诞生于1844年。20世纪20年代，黄笃初就投身摄影，已算得上是新潮之举。他的摄影作品也有许多创新创造，从技术和艺术层面上说，行家们自然能够见仁见智。而从与思想心灵紧密相连的内容上看，我特别钦佩的是他身为富裕商人，却能怀抱时代之感、责任之心，关注国难、民生和点滴的文明进步，摆脱当时许多人难以摆脱的麻木和短视，深谋远虑地用自己的辛勤和智慧为后人留下了弥足珍贵的历史镜头，这些都可以在其作品和黄晓帆先生的介绍文章中一一看到。他之所以能做到这些原因有很多，而他的文化教养、他的年轻敏锐、他走出家乡广增见识、他对时代新思想新事物的接受，特别是他对真善美的向往和追求，无疑是非常重要的。可惜，日军的入侵使无数中国家庭流离失所，黄家也不能幸免，黄笃初的摄影生涯被迫中断，这是他的损失和遗恨，也是中国摄影史的损失和遗恨！

最后，值得一提的是，这批摄于七八十年前的老照片，经黄笃初、黄晓帆父子殚精竭虑、艰难辗转地珍藏和传承，历经战火和"文化大革命"的浩劫，终于完整地留到今天并发挥出它们存史、教育和审美的作用，这是多么令人尊敬和欣慰的事情啊！

....

（原载于《江南旧影》，杭州出版社2009年版）

补记：12年后的2021年，黄晓帆先生的女儿黄真和女婿郑期鸣遵照父亲的遗愿将这批底片悉数捐献给了湖州市博物馆，先贤传善的精神得到了弘扬，近100年前的珍贵遗存终于找到了好的归宿，幸哉！

一本书、一个人和一种文化

——《蚕乡山海经》序

近几年来，对中国传统文化的研究成了一个热门，这与现实生活有密切的关系。因为人们越来越认识到，中国的现代化建设离不开中国国情，而中国国情又与历史文化传统有割不断的联系。三多同志的《蚕乡山海经》正是从地域文化的角度，对古代属于吴越之地的含山进行了全方位的扫描，增加了人们对这一方土地的纵深了解和热爱，确实是一件很有意义的工作。

含山在中国地图上只是一个黑点，含山的故事在中国源远流长的历史文化中也不过是沧海一粟。然而，普遍正蕴藏在特殊之中，小小一个点放大看，也是一个丰富的世界。含山的蚕乡文化正是中国地域文化的重要支脉——吴越文化的一个生动缩影，是湖州文化的一个典型。

湖州文化在春秋时期属吴越文化的组成部分，吴、越先后亡国后又融入楚文化之中，秦统一后又汇入中原文化，吴越文化独具的特征渐趋淡化，然而却始终没有消失，并且延续至今。三多先生的《蚕乡山海经》生动地证明了这一点。

湖州蚕乡文化有哪些特征呢？

就物质文化而言，湖州蚕乡由于气候温暖湿润、土地平坦肥沃、水网纵横交错，所以农业特别发达。湖州人在饮食上以稻米为主，连喝的酒也多以稻米为原料；副食是鱼虾等大量水生动物和家养畜禽，四季蔬菜也很丰富。居住是把防潮隔水作为第一要务，亭台楼阁、石砌木架的建筑比较普遍。衣则葛麻丝绸，这是由于蚕桑业、纺织业发达，且风和日暖的天气较多的缘故。出行上"以舟代步"成为传统，因为河道繁多，从而也带动了造船、水运业的发展。

就文化心态而言，湖州蚕乡的方言处在吴语和越语之间，所以北连苏南、南接宁绍，语音词汇虽稍有变化，却容易被彼此听懂，同属中国八大语系之一的吴方言。

著名的语言学家赵元任先生在研究吴方言时就曾选择湖州的双林作典型调查。而语言是人类进行交际的重要工具，是相同文化产生的基础，由此可见，湖州蚕乡文化在中国东南地区具有多么重要的地位。湖州蚕乡人的性格由于受自然环境（特别是水和温暖的气候）、社会环境（特别是战乱少、偏安多）和物质文明（物产丰裕、生活富庶）的长期熏陶，机敏、灵巧、冷静、从容成为他们较为普遍的特点。如果将吴越之地与中原之地的民间故事和神话传说相对照，更容易显示出这一点来。

还有种种，我没有能力一一深析和说透，而这些都在三多先生的《蚕乡山海经》中有生动的展示。

阅毕三多先生的书稿，敬重之情油然升起：在含山工作、生活了27年多的既是工人又是读书人的费三多，在这片古老的土地上，勤奋地耕耘、播种，用心血和汗水培育出一片根深叶茂的绿林——《蚕乡山海经》便是其中的一棵。

读《蚕乡山海经》，我觉得除了在读一种文化，也在读一个人。三多自1981年起开始留意民间文学，1983年发表了处女作——民间故事《含山石洞》，那一年他已经40岁。此后，年龄的增长并没有束缚他的手脚，他文思奔涌，一发而不可收，至今已在全国近十个省、市的刊物上发表了各类体裁的作品200余篇。对含山，三多更是情有独钟。十几年来，他常常是白天一边工作一边辛勤采风，晚上则埋头书案，笔耕不辍，积累了丰厚的材料，现在又结集出版，实在是对湖州文化也是对吴越文化研究的一种贡献。

《蚕乡山海经》对含山文化宝藏进行了全面的发掘，包括蚕乡习俗、民间传说、古代建筑、宗教活动、诗歌小说、人文物产等，丰富多彩的内容，活泼跳动的形式，像把读者引进了蚕乡文化的"大观园"，极形象，极富色彩。

而且看得出，三多是怀着深挚的感情表现这一切的，无论是采集、改写，还是创作，都能使人强烈地感受到这一点。而这一点恰恰是最可贵的。可以说，正是三多对养育自己的家乡的热爱和对写作的热爱成就了这本书，细读这本对今人和后代都十分有用的书，不但会给人知识、给人情趣，还会给人爱心、给人思想。

当然，不能说这本书已经尽善尽美了，比如体例编排、语言表达似乎还可推敲，选材广而有点杂，叙述细而有点繁，但这些比起三多给予读者的，又算得了什么呢？

我对含山文化的了解远远不及三多，本来是无权写什么"序"的。然而，三多自1983年5月就开始在当时的《湖州日报》上发表作品，十多年来一直是《湖州日报》积极而老健的通讯员；同时，他的勤奋也确实令人感动，高中尚未毕业就被下放到社办企业当工人，但为了搞创作，在自学三年北京自修大学的函授课程后，又参加了《工人日报》举办的全国职工函授课程的学习，两种教材共达72册，摞起来有几尺高，光摘录的卡片就有几千张。到过他含山脚下的家的同志都知道，他在物质生活上是甘守清贫的，房里几乎没有什么家具，然而他的精神追求是高尚的，而且确实也很富有，我又怎么忍心拂他一片盛情和诚意？于是写下这点文字，表达向他学习和致敬之意吧。

（原载于《蚕乡山海经》，海南国际新闻出版中心 1996 年版）

太湖南岸的风情画

——沈鑫元《湖州风情》序

　　肥沃的土地上有各种人进行各种各样的耕耘，太湖南岸的湖州便是这样一片土地；同我们的祖国一起成长的沈鑫元，就在这片土地上进行着双重的耕耘——既长守在商业岗位，又时时醉心于文化工作。

　　认识鑫元是在20世纪90年代初。那时我在《湖州日报》工作，而他先于我为《湖州日报》做贡献，早就是《湖州日报》优秀、老健的通讯员。后来，我为他授过奖，看到过他撰写的许多新闻报道，知道他还兼任湖州市委宣传部特聘的"新闻信息员"，写了不少好的评论性文章和建议。没想到他还能写小说，对民间文学也钻研得很深，当他从深深的时间隧道中运出宝藏来时——把一部书稿《湖州风情》送到我面前，我不禁大吃一惊：洋洋洒洒20余万字，近70篇文章，通过多种形式、多种体裁、多种角度描述我们居住的这方沃土的风土人情，实觉不易，也深感过去对他了解的肤浅。

　　湖州随着整个世界进入了21世纪。湖州人民正满怀激情建设自己的21世纪。然而，人们不会忘记，21世纪大厦的根基是从20世纪乃至几千年前就开始构筑的。早在新石器时代晚期，湖州的先民就在此繁衍生息。自楚国春申君黄歇置菰城始，湖州已有2200余年的建城历史了。之后，湖州长期因雄厚的物质和精神文明基础被公认为"吴越古邦""东南望郡"。《明一统志》记云："江表大郡，吴兴为一。山泽所通，舟车所会，雄于楚越。南国之奥，五湖之表。山水清远，江外佳郡。"真是切不断的血脉啊！

湖州时代久远的历史传统和物质文化，孕育了深厚的文化内涵，留下了凝重的文化积淀。鑫元所著《湖州风情》采撷了湖州特有的风姿、风韵、风俗、风尚、风物、风貌，演绎成风情小说、民间文化（含故事传说、名品溯源、风俗掠影、民歌民谣四部分），以上编、中编两部分录写和展示了湖州的峥嵘岁月，描绘和铭刻了千姿百态的社会生活。记录已渐渐远逝的风俗风貌、吴越文化，我想不仅是为了引起今人和后人的回忆，更是为了给建设现代化的人们提供宝贵的启示吧！

作者还在下编的"时代风貌"中，对湖州那些"窗口"——绣乡织里、湖笔工艺、教育事业、医药卫生、烹饪美食、服饰穿着、观光旅游，通过行业的今昔变化，展示了湖州人的风采和风范。尽管下编的趣味性、可读性稍逊于上、中编，但都是以现场采访、目击的真实材料为基础，较典型地反映出发展中的湖州的风貌，歌颂新时代湖州人的情感和精神。

当然，按接受美学的观点，一部作品只有传到读者手中被认真读了，才算完成创作。而且仁者见仁，智者见智，并不服从一个人的评说，无论欣赏其长，还是发现其短，都是有益的事情。但不管怎样，我敢说，用心血写成的如《湖州风情》般的地方之"志"，虽朴而真，虽拙而雅，时间越久越有价值。

（原载于《湖州风情》，安徽人民出版社2000年版）

被晓力感动
——《曾经的思考与生活》序

　　晓力打电话来让我为他的集子《曾经的思考与生活》写序，我说我是退休赋闲的人了，怎么不让在位的领导写，还可以扩大书的影响力。他在电话那边笑着说，自己无非是对多年的工作和思想轨迹作番整理，留个纪念，还是请老友写好。这份诚恳和朴实令人难以回绝——这就是他的本色，多年不变，说来平常却也可贵。

　　我同晓力确实有缘：同乡、同学、同龄、同党。1975年初相识，我们同上安吉县中学教师培训课，做了三个月的同学；第二次做同学则是在三年后，上的是嘉兴师专（湖州师院前身）——他当班长，我当体育委员；他升作团总支书记、学生党支部书记，我就捡来班长当。我申请入党，他自告奋勇做我的介绍人；到安吉我下乡的地方调查我的行迹以考察我是否能够入党的也是他。毕业几年后，两人一直从事的工作也大抵相同，都没离开文化宣传领域。

　　我知道晓力无论在学校求学时，还是在工作岗位上，都要说会说、要写能写，善思善行、有才有能，但他从不张扬、抱怨，也不抢功、推责，更不是那种张牙舞爪却又色厉内荏的角色。他是像安吉毛竹一样的人，虚心有节、朴实耿直、喜光向上。他在不同的岗位上都做出了很好的成绩就是真实的证明，如今这些花费多年心血结晶而成的文字也是有力的证明。仔细看他的这些文字，就知道绝非人云亦云、做照搬照抄的苦力，而是认真消化中央精神又联系实际，凭借理论功底再酿成思想的美酒，转变为工作的意见和行动，书里面真知灼见又有实践价值的闪光点还真不少，比如新闻报道是否符合"三贴近"要求应该有一个客观的评价体系的观点、应该恢复"做好一人一事的思想工作"好传统的观点，比如克服民生节目同质化的建议、关于一些领导干部"媒介素质"不高的分析，比如增强广播电视公共文化服务能力的思考、"回家过年"也是一种文化需要科学引导的意见等，就是在今天乃至今后都是值得深思、值得参考的"金点子"。我曾与河北一座名寺的住持交谈，这位高僧既出世又入世地说，当今社会的一大弊端是理论与实际相脱离——既有理论脱离实际的问题，又有实际脱离理论的问题。我听了惊讶得合不上嘴，可不是吗？现在一方面确实存在一些五光十色却完全脱离社会发展、民生需求的实际的所谓理论—— 一半是从国外硬搬来的，一半是自己臆想生造的——在那里云里雾里地忽悠众生，蒙骗群众；另一方面确实又存在一些胡闯乱撞不找科学理论指导引路的盲动，总是造成恶果后才反思，忙着纠偏。从此角度看，也证明了像晓力这样用思考和文字演绎理论与实际这一对哲学范畴并非无用之功，也证明了恢复弘扬优秀传统和与时俱进顺应历史潮流是可以合二为一的。

（原载于《曾经的思考与生活》，天马出版有限公司2014年版）

安且吉兮退不休

——郑濂生《古鄣记忆》序

汉灵帝中平二年（185），皇帝下诏，将丹阳郡故鄣县的南部分离出来，独立建县，并取《诗经·唐风·无衣》中的一句诗"安且吉兮"来命名。这是家乡安吉美名的来历。如今，我在众多的为家乡勤奋耕耘的人中又新认识了一位退而不休的老教师——郑濂生。

那天，家乡的"父母官"陆为民打电话来，让我为一位从未见过面的退休老师郑濂生即将出版的书稿《古鄣记忆》写篇序。尽管电话里聊的时间不长但通话中包含的"三缘"都触及我心底最柔软的地方。一是"师缘"，我父亲是老师，我也曾做过14年老师，更重要的是，我人生的墙基是老师特别是小学老师砌造的，一遇"老师"就会产生天然的亲切之感；二是"乡缘"，我虽然在安吉只生活和工作了不到十年，但它是我父亲的老家，我人生中最宝贵、最艰苦的20岁到30岁的年华是在那里度过的，生命最深的烙印也是在那里打下的，对故乡安吉，我一直怀有深切之爱；三是"情缘"，郑老师在教书育人之余，潜心研究家乡的历史人文，并孜孜不倦地将它们写成文章，结集出版，把自己一生热爱的课堂和学生放大至社会，为大众作贡献，其诚可嘉，其情感人，我对这样的人一直怀有深深的敬意。

虽然在电话里答应了我一直敬重的陆为民，但心里想着必须去安吉跟作者见面交流后再做最后的决定——不必一律求上乘之作，但对著述之人是应该有点了解的。

没想到郑老师在陆为民传话后很快由朋友领来和我见了面。在湖州一家气氛不错的小饭店的包厢里，我们既酌令人兴奋的小酒，又品让人清醒的佳茗，在茶与酒的碰撞中，交流经历、情感和识见。呵，到底是长期从事教育特别是小学教育的老师，虽已年长，却依然保留着可贵的天真，虽初相识却产生一见如故的亲切之感，那种对家乡山山水水、历史人文的深厚感情，对研究写作经历中的坎坎坷坷的乐观态度，着实令我感动并肃然起敬。看到郑老师那双诚恳而热情的眼睛，我心里油然而生荷重之感——不是要不要为之写序，而是担心自己能否交出郑老师所期待的满意答卷来。

分别后的日子一天天过去了，断断续续将郑老师的书稿看了一遍又一遍，很多内容竟让我置身其中，比如关于"石虎山"和"狮子山"的解析，勾起了我青年时的记忆；关于在《三国演义》小说中被淡化的东吴名将朱然的真实历史，让我联想起曾在《浙江日报》上发表过的议论……

逐渐地，我的思绪完整清晰起来。作者的观察是细致深入的，考据是下了功夫的，思考和感情是诚挚的，文字表达是认真的，这些心智的结晶贡献给读者时，读者自然会在吸收中思考、在认知中辨析——法国文学批评家圣伯夫说："最伟大的诗人并不是创作得最多的诗人，而是启发得最多的诗人。"法国作家法朗士在《乐图之花》中曾经写道："书是什么？主要的只是一连串小的印成的记号而已，它是要读者自己添补形成色彩和情感，才好使那些记号相应地活跃起来。"这就是接受美学的观点，这就是100个《红楼梦》读者眼中和心里有100个贾宝玉和林黛玉的道理。但无论如何，我深信，郑老师的研究和文字，对安吉地方历史人文知识的普及、研究的深入一定会起很好的推动作用，他的这种热爱家乡并付诸行动的精神一定会感染更多的人。他的这些用心血写成的文字有的在今天可能还不起眼，但是时间愈久一定愈显价值。他可能不是安吉文史研究的摘星者，但一定是安吉文史研究继续攀登高峰的石阶和人梯。我坚信，我们历史人文积淀深厚、生态环境美丽、国内外多少人向往仰慕的家乡，值得更多的人去不断做新的发现、不断做新的研究。我也期待，郑濂生老师在这片可爱的土地上继续辛勤耕耘，收获新的硕果。

（原载于《古鄣记忆》，吉林出版集团股份有限公司2017年版）

《母燕和她的儿女》序

　　老友耿夫，教师出身，后担任过多种领导职务，游历过不少名山大川，眼界大开，历练大增，然文气、正气始终不变，此一贯也。后退休经年，仍勤耕文化，热心社会事业，特别倾心于古陶瓷研究，文心可雕龙，此二贵也。现整理旧日佳作，分类辑校出版，启思于今人，存史于后世，此三贵也。今嘱我作序，虽自知才力不济，然有此三贵，加以情谊，实难推却。

　　耿夫文集内容丰富，涉猎甚广。对文学艺术的热爱是他文化人生的一面，其中有散文，含寓言、游记；有评论，评文学，评艺术；还有古陶瓷研究，也颇见功力。对履职从政的认真，是他公职人生的一面，虽然已经退休，但将在职期间的重要收获和成就留诸文字，也是好事。而我尤为中意于他的艺文部分，特别是那些年轻时写下的文字。细心观察，潜心思考，精心写作，常在似乎平淡的不经意间突然让你的眼睛离开文字去瞑目思考。透视这些文字，我们可以看到一位青年教师当年评判事物的标准、一位文艺青年当年憧憬未来的目光，再后来则走向丰富、走向成熟，在丰富和成熟中时而会有些不甘、有些疲惫，但更多的是平静和智慧，而最值得自己欣慰、旁人钦佩的仍是文气不变、正气不变，追求生活的美好和心灵的充实不变。

年轻的优势在敏锐和尖锐。文集中几篇寓言就篇幅而言，占比甚微，但放置在前，整个文集以首篇寓言命名，可见它们在耿夫心中的位置。我读后突发奇想，如果作者当年能沿此不断发现、思索、写作下去，世上是否会多一部中国版的《伊索寓言》？这种用故事熏陶思辨、培植道德的办法虽然古老，但是因为易入人心确实有用，孩子最需要，成人何尝不需要？扪心自问，我们的道德观、价值观、人生观在萌生期和成长期难道不是大多来自"故事"的影响吗？中小学语文课本里的故事、文艺和新闻作品中的故事、历史长河中的故事、社会生活包括周围人的故事……事实证明，"故事"往往比"道理"更有效，自己从"故事"中体会"道理"往往比别人给自己"讲道理"更有效。

耿夫文集中的游记，也引起我很大的兴趣和共鸣。因为他去过的很多地方，我也去过。但我只是走马观花，没能像耿夫那样细致观察，勤作记录，精于思考，因而也没有耿夫那样的丰厚积累。游记是文学，以美文记录景物、人文，以精思给所见所闻注入生命；但我认为，游记亦是历史，对后人认识前代社会风貌极有价值，即使是自然山水，彼时彼人的眼中之景、心中之境，于旁人后人，也是很有价值的，有些当下看并不足为奇，但留之愈久便愈显价值。

游记重传真更重传神，真实诚可贵，思想价更高。真实记录不等于浮光掠影、浅尝辄止，须入木三分，接近本质。无论山水风景，还是人文社会，能见其精神方为佳品。耿夫的游记中数量相对多的是域外游记，真实地介绍了很多国外的风景和风情，对于尚未去过那些地方的读者会起到增长知识、激发兴趣的作用；对于去过那些地方的读者则会起到加深印象、比较得失的作用。而且这些游记往往善于运用联想以展示风景风情背后的历史和人物故事，还特别注意挖掘外国奇迹中的中国元素和中国贡献，家国情怀中的传真和传神在这些游记里常常得到很好的结合。

值得一提的还有耿夫良好的文化修养和钻研精神，不仅因他早年的文学评论常现精论妙语，而且因他一旦将这种修炼用于本土古陶瓷研究，立见功力和功效。这些年来，他与志同道合者携手作深入研究，为展现湖州在中国陶瓷史上的贡献和地位，奋力鼓与呼，精神着实感人，湖州的文化建设正需要这样的人、这样的精神！

是为序。

（原载于《母燕和她的儿女》，中国文化出版社2022年版）

勇敢者的日记（代序）

20世纪30年代初，湖州人潘德明做了世界骑自行车环球旅行的第一人，创造了一个奇迹。中国改革开放之初，湖州人罗开富做了徒步重走红军长征路的第一人，又创造了一个奇迹。在20世纪与21世纪之交的2000年4月7日，湖州市群艺馆的摄影干部王璐骑上自行车，独自一人，踏上了前往古代丝绸之路采风的征程；2001年1月11日，他终于骑着那辆疲惫不堪的自行车重返家乡的土地。我认为，王璐之举也是一个奇迹。这本简洁的《西行日记》便是这一奇迹的忠实记录。他以骑行之远证明了湖州与世界距离之近。

湖州人常为自己的家乡是中国丝绸之路的重要发源地之一而感到自豪。史称汉唐丝绸之路的起点是长安，其实，长安不过是当时全国最大的丝绸集散地，其产地主要在江浙、山东和四川，经由西安，又源源不断地输往西域，走向世界。湖州地处江浙，其丝绸业的地位极为显要。在中国，称"丝绸之府"的城市有几个——浙江杭州、江苏苏州、四川南充等，但湖州更名副其实。其一，历史最久。世界现存丝绸织物最早的遗存（距今4500多年）就是在湖州钱山漾发现的。其二，从未间断，具有持续性，源远流长。其三，产业链最全，从植桑、养蚕，到缫丝、洗练、织绸、印染、成衣……一应俱全，无一缺漏。由此可见，湖州对世界丝绸文化所做的贡献有多大！王璐重探丝绸之路，是对自己身体心智的考验与锻炼，是对汉唐丝绸之路历史现实的了解与观察，是否还是对弘扬湖州丝绸文化的提醒与呼唤呢？

我仔细翻阅了王璐的一件珍品，一本盖满西行东返途上各地邮戳的小小硬皮抄。第一枚是浙江长兴夹浦邮政营业邮戳，时间是 2000 年 4 月 8 日 9 时；最后一枚是安徽宣城的邮戳，时间是 2001 年 1 月 8 日 9 时。邮戳共有 180 枚，历时整整 9 个月，穿越浙江、江苏、安徽、河南、陕西、甘肃、新疆、青海、四川、重庆、湖北 11 个省市自治区，直抵中国最西部帕米尔高原——中巴交界的新疆红其拉甫山口。王璐一路采风，一路创作，拍下了 1000 余幅照片，发表了五万余字的《西行日记》，通过《湖州日报》广泛介绍了丝绸之路上的人文历史、自然风貌、民俗文化，以及改革开放尤其是西部大开发以来的巨大变化，也写到了虽然不多却值得一提的开拓西部市场的湖州人。这很容易让人想起大名鼎鼎的罗开富。他在重走红军长征路的途中也是一地一地地盖邮戳，一地一地地写文章，虽然其分量、意义、影响不全然一样，但其精神何其相似。潘德明、罗开富等湖州人敢于冲破思想的枷锁、敢于闯世界的精神和勇气是何等可贵，是多么需要弘扬呀！

"如果一个人的潜能得以开发，可以做很多很难的事，不然，也荒废了。"历经艰辛危险，自行车连骑带推走了 1.3 万公里，认为自己"终于做了一件事情"的王璐对我如是说。我想，一个人是这样，一群人肯定也是这样，一地之人、一国之人又何尝不是这样的呢？

［原载《西行日记》，浙内图准字（2002）第 108 号。王璐《西行日记》，2002 年在《湖州日报》上连载，后结集内部发行］

为崇高而歌（代序）

　　在当代诸多文学形式中，诗是比较小众的，旧体诗尤其如此。但只要用得好，长枪短刃都是大有用武之地的。在新中国成立70周年之际，俞金松先生在他《点墨斋诗词赋选》的第一部分《英雄礼赞》中大胆采用七律诗体颇具规模地赞美为新中国诞生而做出突出贡献的英雄模范人物，独树一帜，难能可贵。

　　从中国共产党诞生到新中国成立的28年里，100位为新中国成立做出突出贡献的英雄模范人物，或是为了民族独立和人民解放英勇牺牲，值得永远铭记的革命先烈；或是为了党和人民的事业不懈奋斗的基层优秀共产党员、战斗英雄和革命群众的杰出代表；或是坚决拥护和支持革命事业，积极从事进步活动的著名民主爱国人士和国际友人；或是在全民族抗战中顽强奋战、为国捐躯的爱国将士。从李大钊奔走共和到江竹筠血溅刑场，从陈潭秋倥偬平生到赵一曼捐躯珠河，从陈树湘绞肠明志到周文雍和陈铁军刑场婚礼……他们，才情纵横，铁骨铮铮，前仆后继，义无反顾；他们，舍亲人，献青春，洒热血，掷生命；他们，都有一颗高贵的头颅、一种崇高的精神。礼赞、高歌这些伟大而崇高的灵魂，呼唤和激扬这样的英雄主义，正是这一曲曲"诗吟"最能撼动人心的地方。

旧体诗是一种典雅、凝练、跳跃的语言艺术，既要遵循严格的形制规范，又要具有情不动人誓不休的艺术感染力，用这样的文学载体来承载内涵非常丰富的英雄事迹和大气磅礴的精神世界，没有精准的捕获要义的思辨水平和高强的艺术概括能力是很难做到的。细读这体量不大容量大的100首英雄赞歌，会发现这部诗集的一些显著而值得点赞的特点。

一、抒情色彩浓烈。中国诗歌，历来有"诗言志"之说。各家所说的"诗言志"含义并不完全一致。《左传》所谓"诗以言志"意思是"赋诗言志"，指借用或引申《诗经》中的某些篇章来暗示自己的某种政教理想。《尧典》的"诗言志"，是说诗是言诗人之志的，这个"志"的含义侧重于思想、抱负、志向。战国中期以后，由于对诗歌的抒情特点的重视以及百家争鸣的形成，"志"的含义已逐渐扩大。孔子时代的"志"主要是指政治抱负，这从《论语》中孔子要观其弟子之志就可看出来。而庄子"诗以道志"的"志"则是指一般意义上人的思想、意愿和感情。到汉代，人们对"诗言志"即"诗是抒发人的思想感情的，是人的心灵世界的呈现"这一诗歌的本质特征的认识基本上趋于明确。如《毛诗序》说："诗者，志之所之也，在心为志，发言为诗，情动于中而形于言。"

本诗集的100首七律，抒发了诗人对革命英烈浓烈的崇敬和赞美之情。有的直抒胸臆："辽原壮美起狼烟，八女抗倭担铁肩。北战南征驰马疾，白山黑水利刀旋。横蛮稔寇侵疆土，毅勇豪英卫国边。血染浑河川岳恸，忠魂义胆薄云天。"（《八女投江》）"缘分同歌梁父吟，湖山稔寇竞相侵。广州仗剑民权建，香港谋约窃贼擒。假扮夫妻纾国难，真成情侣奉丹心。刑场婚礼千年颂，铁骨铮铮天下钦。"（《周文雍和陈铁军》）有的借景抒情，情景交融："茫茫九派起风云，星火燎原拱北辰。负载雄行驱魑魅，摇旌呐喊救寒贫。井冈跃马长缨舞，扬子挥师霜剑抡。牛岭突围鲜血洒，苍天泪雨哭忠魂。"（《阮啸仙》）"北伐雄行发吼声，南昌摇帜迅雷鸣。洪湖浪卷波澜壮，湘鄂云开正气生。跃马扬鞭由恵挞，挥师仗剑任纵横。忠良冤抑河山泣，功烈声威耀太清。"（《段德昌》）在这些诗篇中，几乎每一篇的颔联和颈联都巧妙地把对英雄的崇敬之情寓于叙事或现于描写之中，作者熟练掌握七律这种旧诗体的要求并将之应用于新时代写人咏志，成为这部诗集最显著的表达特点。追怀英雄的律诗怎么写？既要写出"是这位英雄"，又要写出"是不同于别的英雄"，可不是一件容易的事情。或堆砌华辞美藻，或空洞无物，或"千人一面"，缺少鲜明的个性，缺少独特的气质，都不是成功之作。在这部诗集里，几乎每一篇都是独特的英雄"诗史"。如《王尔琢》："少年投笔立昆仑，戎马平生岂惜身。举帜东征除稔寇，挥师北伐救黎民。井冈筹运鸿才著，闽粤纵横霜剑抢。喋血沙场山岭泣，英名垂史感人神。"特别是《王若飞》："丈夫入世把吴钩，誓扫魑魅救九州。拔剑讨袁倾帝制，摇旌抗暴著风流。铁牢冷眼荣褒拒，魔窟周旋划策谋。我哭先贤空难去，血忱肝胆耀千秋。"从烈士"入世"起笔，似乎笔意幽远，但接着选取"讨袁""抗暴""铁牢""魔窟"四个代表性的意象，典型地表现了英雄一生奋战的几个片段，全景式地再现了英雄的壮美生平。

二、用典自然丰富。以典入诗，是历代诗人常用的表现手法。凡诗文中引用有关人、地、事、物之史实，或有来历有出处的词语、佳句，来表达诗人的某种愿望或情感，增加诗句之形象、含蓄与典雅，及意境的内涵与深度。用典巧妙、恰当，于简约处见丰富、于含蓄处见深邃，从而提高作品的艺术表现力和感染力。但用得不好，生涩费解，就会沾上古人讥之为"掉书袋"的毛病，有卖弄学问之嫌，令读者生厌。

本诗集用典，大体分为用史实、用佳句、用词语三种类型。用史实者如《江上青》："少年磨剑指蛟龙，倥偬平生矢救穷。骇浪惊涛擎赤帜，南征北战佩犀弓。卢沟晓月才情溢，史岭红梅胆魄雄。志夺河山千万里，长存豪气贯苍穹。"颈联"卢沟晓月"，指1937年7月，卢沟桥事变后烈士发表《卢沟晓月》文章，表达抗日救国的激情；"史岭红梅"，烈士乃江苏扬州人，明末民族英雄史可法衣冠冢所在地在扬州梅花岭。江泽民作词《满江红·江上青百年诞辰祭》："史岭红梅花沥血，卢沟晓月天飞鹤。"无论诗或词，都有将烈士类比民族英雄史可法之意。用佳句者如《王尽美》："沉浮谁主问苍茫，舟泛鸳湖悄起航。盗火人间黎庶暖，布雷巢窟鬼魔惶。迎风搏浪摇霜剑，沥血呕心铸纪纲。叱咤沙场年不借，江河垂泪哭离殇。"首句"沉浮谁主问苍茫"，王尽美于1918年考入山东省立第一师范学校，临行前挥毫作诗，以抒情怀，其中有"沉浮谁主问苍茫，古往今来一战场"句。此处作者引用烈士自己的诗句，使内容更加生动活泼，人物形象更加鲜明。用词语则更多，如折冲、吴钩、椎秦、南冠、缧绁、摘藻等，就不一一赘述了。

三、章法规矩井然。首先，诗词章法是内容和形式的统一。律诗由起、承、转、合四大础梁作为情感表达纵横捭阖的手段，使言事抒情既逐层深入又起伏婉转。而起承转合这四项任务，则由七律的四联来承担，这就是律诗的首联又叫起首起联，颔联又叫承接联，颈联又叫转折联，尾联又叫结尾（关合）联的原因所在。《李白》是歌颂电影《永不消逝的电波》中的主人公原型的："只身魔窟斗顽凶，侠骨丹心映昊穹。黄浦挑灯传密电，之江披月顶阴风。刑房燎烤咬牙忍，谍海沉浮迎浪冲。殉国黎明天地恸，共和青史建奇功。"首联统领全篇，颔联和颈联则承上展开，具体叙述英雄独特的建功事迹，尾联则由实叙转向咏叹，全诗起承转合铿锵有力、一气呵成。

格律诗形制严格，束缚甚多。形制范式主要体现在押韵、粘对、对仗、句法四个方面。押韵是现代人写近体诗的一大难题，因为很多汉字今音、古音相去甚远，如"一""白""歇""觉""石""黑"这样的字在普通话里都是平声，而在古时都是入声，入声属仄声。这种区别，现在会说吴方言的人倒还容易掌握，北方人就很难辨别。这部诗集的一百首七律全押平水韵，显示了作者对格律方面的追求与坚守。同样，在粘连、对仗和句法选用上，作者也花费了不少心血。难能可贵的是，100位英模人物，在忘我奋斗、作出牺牲方面都是相通的，但诗人还是尽量避免使用相同的词语礼赞他们，显示出诗人扎实的语言文字功底和不懈的美学追求。

我与作者是浙江师范大学中文系的同班同学。毕业后，我先后做过高校教师、报社编辑、机关公务员，逐渐远离本行，变得不文不武。金松兄倒一直坚守教师岗位，辛勤耕耘，在教书育人之余，潜心读书，攻研诗词，终有成就。今新添一创作成果，可喜可贺。又邀我为诗集作序，受宠若惊，盛情难却，只好视作重温旧时功课的学习机会。受金松兄诗作的感染，也赋诗一首，献给为共和国诞生做出牺牲的先烈前贤，也献给我们自己：

> 铁血忠魂铸共和，英雄担义唱燕歌。
>
> 精神不朽丰碑耸，勋业永存来者多。
>
> 牢记初心当奋力，再书青史莫蹉跎。
>
> 百年强国中华梦，大厦巍巍定峻峨。

2019 年 5 月 1 日凌晨

（原载于《点墨斋诗词赋选》，作家出版社 2020 年版）

美丽的江南秋色（代序）

由浙江省美协等多家单位主办的"菰城艺气"上湖画会全国中青年油画名家邀请展，即将在湖州拉开大幕，并有《菰城艺气》画集正式出版，可喜可贺。

湖州以其悠久而且丰厚的中国书画优秀传统而闻名于世。这名的背后矗立着王羲之、王献之、曹不兴、颜真卿、苏东坡、米芾、赵孟頫、王蒙、吴昌硕、沈尹默、费丹旭、费新我等一批未能尽数的令人高山仰止的大师们，他们留给湖州乃至世界的是为人们永远津津乐道的艺术精品，还有既勇于挑战世俗又勇于超越自己的艺术精神。他们还证明，"一部中国书画史半部在湖州"不是妄言和狂言，是湖州本籍的和虽是外籍却驻足过湖州大地并留下了艺术轨迹的大师先贤们共同创造了这一奇迹。

负有艺术盛名的城市留给后人的是傲人的光荣，也是巨大的压力。如何传承光荣的历史文脉为新时代的艺术铺路或续写新的艺术辉煌，是对当今艺术家或准备做艺术家的人们的一种严峻也很光荣的挑战。对此，一代一代的湖州人付出了不懈的努力，成绩在积累，量变待飞跃。今天，湖州的油画家们又一次承担起激发创作热情、书写当代光荣的使命，并拓宽视域，敞开胸怀吸纳，集聚了50名省内外油画名家新近创作的精品，来表现不同地域、不同经历、不同风格的画家们眼中的色彩、心底的情感，以及中青年特有的长着锐角的思想，让这些蕴含自然、社会、人生的艺术瑰宝在文化名城湖州得以交流和沉淀，既回首向历史招手，又前瞻向未来迈进。其中有成熟也有稚嫩，但稚嫩的另一个名字叫纯真，艺术作品从稚嫩走向成熟而永远不失纯真才是上品必备的条件；其中有传统也有现代，但传统也曾"现代"，现代终将渗入传统，传承和创新应该永远并肩而行；其中有技术也有思想，技术插上思想的翅膀才能展翅高翔，思想有了技术的强力支撑才不会苍白无力。

我喜欢带着浓郁东方情趣的中国书画，也非常喜欢用光和色彩表现事物的西方油画，它们相距似乎很远，却气息相通。对于这些从四面八方集合到湖州的中青年优秀画家的作品，我无力用艺术的术语来阐说它们，但能感觉到它们从内到外洋溢出来的美感、气质和时代精神。我想，有着热爱艺术传统的湖州人民也一定会欢迎和喜爱这些充满生机和活力的油画艺术硕果！

眼见的是今天，希望的是明天！希望明天的大作和大师能从今天的中青年才俊中诞生，明天的艺术包括油画艺术能不断在湖州、在中国描绘出更多的灿烂。

2015年11月25日于湖州

（原载于《菰城艺气——上湖画会全国中青年油画名家邀请展》，2015年浙江省美术家协会刊印）

赞《问道者说》（代序）

秀生同志抬爱我，让我和出版社编辑同做他这部《问道者说》书稿的首批读者，并要求我为书稿写篇序。无论从什么角度——初识时的投缘、共事时的默契、私交时的情谊都让我无法推辞。

人生一般分为三个阶段：先是接受养育、逐渐成长的阶段；再是走上社会，从业做事的阶段——这是一个人施展身手、服务社会、成就自己的最佳时期；最后是颐养天年的阶段，有余热可以继续发挥，但最重要的还是求健康、快乐。在人生不同的阶段，扮演不同的社会角色，对家庭、社会、国家产生不同的影响。秀生同志将自己的书稿分成学道军营、思道委办、践道民政、悟道政协四个篇章，实际上是选择自己人生的第二阶段，用自己曾经留下的心声和文字作一个不同历史场景下的小结，反映了党和国家在各个时期对他的培养，也反映了他自己的努力和奋斗。我认为这是件于己于社会都很有意义的事情，而且存之愈久愈有价值。

伟人曾留下诗句曰："人间正道是沧桑。"我很喜欢这句内涵颇深的哲言。历史正是在正道与邪道的斗争中前进的，邪恶可能会一时得意，但终究是道高一丈，人类奔向文明、光明的历史潮流浩浩荡荡是不可阻挡的。在历史大潮中个人的力量是渺小的，但"不积小流无以成江海"，作为小流能助正道，能入江海，也是上不负国家，中不负父母，下不负己心的快乐之事。

秀生将他的这些用实践和心血写就的书稿，以"道"为内核，富有深意。我理解其"道"至少在两个方面，一是党和国家的"大道"，即路线、大政方针和为人民服务的事业；二是自身修为的"人道"，他是常人，亦非常人，因为他还是共产党员和曾经的革命军人、领导干部。读他的这些文字，一位"正道"的践行者、思想者和传播者的面貌得到了凸显。他在人生第二阶段的各个节点上，虽然履行不同的职责，但都既能保持初心，又能奋发有为，不同凡响；同时他不是一个人云亦云、随波逐流的人，他知道只有认真思考、独立思辨，才能分清是非的界限，坚守做人的底线；而且他是位肚才文才口才极佳的人，认准合"道"的事，就努力去传播推广。所以读这些朴素无华却铿锵有力、富有感染力的文字，会不自觉地"被带入"，在我面前似乎会像放电影般走过一位英姿勃发的有为军官、热心干练的机关领导，走着走着，头上白发渐多，脸上皱纹渐深，但让人欣慰的是他的那颗心依然鲜红，配得上这些真实的黑亮的文字，演绎出美丽动人的白＋红＋黑的经典配色。

我想，这些告慰他自己的文字，也会有启迪他人的作用。每个人的人生经历都有各自的故事和底色，但如果都是走在正道上，一定会产生共鸣，一定会共同绽放出绚烂的焰火！

2024年10月23日凌晨

（原载《闻道者说》，中国文化出版社2024年11月第1版）

为新时代中国慈善事业鼓与呼（代序）

慈善事业是项伟大的事业。慈善，以慈心为基、慈念为导、慈行为效。慈心即慈悲情感，怜悯苦难穷困，若无此真心，或为冷漠，或属伪善。慈念即慈悲执念，从心念到理念到信念，逐级升华，是指引和坚持慈行的精神意志。古今中外，慈善事业既传颂着无数动人心弦的人物故事，也闪耀着多道照亮前路启迪心智的理性光芒。从中国历代先贤哲言，到新时代国家大政方针，到中国与世界慈善文化的文明互鉴，慈善实践为慈善理论提供宝贵的营养，慈善理论则为慈善实践提供方向和路径的指引，二者总是在相互赋能中并肩前进的。慈善事业强的时期，正是慈善理念理论强的时期，慈善事业弱的时期，也恰是慈善理念理论弱的时期，这一规律在刘艳云女士这部专著中的历史回顾部分即可得到证明。

刘艳云女士执教于党校，教务繁忙，但丝毫不影响她投身慈善事业，无论实务还是研究，都不甘人后，这部厚重的专著即是她积多年实践经验和理论心血于一体的一个结晶，当赞之扬之。

读刘艳云女士这部专著，体会到几个特色——

其一是全面性与客观性的紧密结合。论著既全面、客观地审视了新中国慈善事业艰难发展的历程，又剖析了当下慈善事业发展的路径选择和典型案例，还以全球视野展望慈善事业的未来发展，充分展示了学者应有的理论勇气。同时这种全面的分析和总结又是建立在冷静观察、客观解析的基础之上的，既总结经验，又不回避教训；既为新时代慈善事业的蓬勃发展唱赞歌，又饱含忧患意识地审视短板和问题，充分体现了学者应有的理性和科学态度。

其二是实践性与理论性的紧密结合。实践是理论健康成长的沃土，脱离实践的理论是无本之木。一个典型的实践案例会令喋喋不休的空洞说教黯然失色、颜面尽失；而对实践案例入木三分的剖析和提升又会使理论和实践同时大放异彩、启发智慧。刘艳云女士正是从实践案例出发，有心积累，谨慎选择，精细提炼，当令理论脱离实际或实际脱离理论者们汗颜。

其三是地域性与全国性的紧密结合。作者巧妙地用"长三角"地域之"矢"射新时代中国慈善事业发展之"的"，具有理论创新意义。"长三角"地区在历史上是经济上的富庶之地、人文上的开明之地，也是慈善事业的发达之地；至当代，在改革开放的各项事业包括慈善事业上都是走在全国前列的地方。"长三角"地区慈善事业的实践及其理论意义对全国的慈善事业发展既具有示范、带动作用，也具有前瞻、引领作用。作者从全国着眼，进而剖析"长三角"，最后又归结到中国慈善事业的未来，结构严整、方法科学，相信会对全国不少地方的慈善事业产生启发和借鉴作用。若如此，也不负作者一番心血了。

我与刘艳云女士有一同，就是在履行本职的同时也用业余时间为慈善事业尽点心和力，感同身受，故不避学识短浅，愿为之序。

2024 年 12 月 2 日

（原载《新时代中国特色慈善事业发展探究——基于长三角地区的观察》，中国社会出版社 2024 年版）

后　记

　　我的第一本散文随笔集《人在旅途》自 1997 年出版已经过去 28 年了。其间我又陆陆续续在各类报刊上发表了一些此类的文章，于是准备出个增订版，即对原来的文章一律不改动内容，只作文字上的修订或润色，再增加后来发表或被收录的文章，做一个总结式的合集。因不改初心，不移旧情，故书名和师友原序一概保留。感谢浙江人民出版社的厚爱和责任编辑毛江良老师细致入微的工作，希望新老读者和朋友们继续予以关心并多提宝贵意见。

作　者